读客悬疑文库

认准读客读悬疑,本本都是大师级。

消失的
13级台阶

[日] 高野和明 著 赵建勋 译

13阶段

上海文艺出版社

13階段

目 录

序　章		001
第一章	回归社会	007
第二章	事件	037
第三章	调查	062
第四章	过去	113
第五章	证据	178
第六章	处以被告人死刑	222
终　章	两个人做的事	262
参考文献		276

序　章

在这个地方，死神总是于上午9点降临。

不过，树原亮只听到过一次死神的脚步声。

最初听到的是铁门被推开时发出的沉重的声音，犹如地震时的地面发出的声音。声音消失之后，单人牢房的气氛骤变。仿佛打开了地狱之门，恐怖的气浪汹涌而来，吓得他连呼吸都停止了。

不一会儿，死囚牢房恢复了寂静，走廊里冲进一列纵队，从皮靴踩踏地面的脚步声可以听出，进来的人数和速度都超出了他的想象。

千万不要在我的牢房门前停下来！

树原亮不敢看牢房的门，只是跪坐在单人牢房中央，呆呆地看着自己膝盖上颤抖的双手。

求求你们了！千万不要停下来！

他在这样祈祷的时候，猛烈的尿意袭击着他的小腹。

脚步声越来越近，树原亮的双膝开始不停地颤抖。与此同时，被黏稠的汗水濡湿了头发的脑袋，不由自主地慢慢向地面沉下去。

皮靴踩踏瓷砖地面发出的声音越来越大，终于接近了树原亮的牢房。转瞬之间，树原亮体内所有的血管全都膨胀起来，从几乎破裂的心脏里挤压出来的血液，在身体里剧烈循环，震撼着全身每一根汗毛。

但是，脚步声并没有停止。

警备队员们从树原亮的牢房门前走过，又向前走了九步，才突然停下来。

树原亮正在想着自己今天是否能躲过一劫的时候，听到了拉开牢房门上的观察口的声音，紧接着是打开死囚牢房门锁的金属声。好像是跟隔壁的空牢房相邻的一个死囚牢房。

"190号！石田！"一个低沉的声音叫道。

警备队长的声音？

"接你来了！出来！"

"啊？"回答的声音听起来既感到意外又感到突然，"是在叫我吗？"

"是在叫你！出来！"

随后，周围突然安静了下来。然而安静的时间并没有持续多久。就像有人一下子把音量旋钮转到最大，传来了巨大的声响。塑料饭盒砸到墙上的声音，杂乱的脚步声，还有为了制止这些骚乱发出的动物似的咆哮声——很难相信那一声声狂叫是人类发出来的。

树原亮侧耳倾听，想分辨出那都是些什么声音。他从那些杂乱的声音中似乎听到了急促的呼吸声，全身不禁战栗起来。那是一个无法忍受死亡前的恐惧的人，将未消化的食物和胃液呕出来的声音。没错，此时此刻，呕吐物正在从那个将被带出牢房的男人嘴里狂喷而出。

树原亮用双手捂住嘴巴，拼命压下想呕吐的感觉。

几分钟过去后，杂乱的声音没有了，只剩下喘息和呜咽的声音。不久，这种声音与重新响起的皮靴踩踏地面的声音以及拖拽重物的声音一起远去。

死囚牢房恢复了平静，树原亮却再也坐不住了。管他惩罚不惩罚的，明知是违反规定，也顾不上那么多了。他的身体向前倒下去，脸朝下趴在了榻榻米上。

想起那时的事情，树原亮现在都从心底里往上冒冷气。那是他在东京拘留所通称"0号区"的死囚牢房被关押了三年以后的事情。从那时到现在又有将近四年的岁月流逝而去。在这段时间里他不知道自己的死刑是否已经停止执行。那样的骚乱后来虽然没有听到过，但偶尔在走廊里擦肩而过的死刑犯中，确实有人再也见不到了。

树原亮停下为百货商店糊纸袋的工作，环视了一下自己的牢房。单人牢房的面积还不到三叠[1]，除去洗脸池和坐便器占据的面积，剩下的活动空间只有两叠。牢房里采光很差，白天都得开着荧光灯。到了夜晚，荧光灯就关了，但10瓦的小灯泡一直亮着，照着被严密监视的死刑犯。树原亮就在这种阴沉郁闷的空间里，在每时每刻都要面对死亡的战栗中生活了七年。

听到窗外传来电车驶过的声音，他抬起头来悄悄站起，从晾着衣服的绳子下面钻过去，站在了窗前。

因为窗外还有铁栅栏和塑料板，打开推拉式玻璃窗也看不到外面的风景。不过透过塑料板上方的缝隙，能看到阴沉沉的天空，面颊也能感受到潮湿的风。

下一次死神降临将是何时？

树原亮呼吸着从外面流淌进来的空气，同时被始终无法习惯的不安袭扰着。死神在他的牢房门前停下的日子恐怕已经为期不远了。

以前三次重审请求以及被驳回之后的即时抗诉和特别抗诉，全都被驳回。现在正在做第四次重审请求被驳回之后的即时抗诉。这简直

---

[1] 日本面积单位，1叠约为1.62平方米。——译者注（本书注释如无特别说明，均为译者注）

003

就像是用手指捏起希望的残渣，心里一点底都没有。重审请求到了第四次，无论翻阅多少审判资料，也找不到任何怀疑终审判决合理性的证据了。

自己真的要被执行死刑吗？

就因为自己根本没有犯过的罪？

树原亮好像听到了狱警的脚步声，于是回到矮桌前坐了下来。现在是上午11点，不是"接你来了"的时间，这条命至少可以确保到明天早晨平安无事。

树原亮重新开始做他那份通过申请才得到的工作。他把印着著名百货商店标记的牛皮纸折叠起来，刷上糨糊粘好，一个纸袋就完成了。这个工作一个小时可以挣32日元，换算成月薪的话一个月只有5000日元。尽管如此，也够买些文具、点心和内衣等需要自己购入的物品，已经相当不错了。

手上的动作与大脑的思考分离，树原亮总是像这样陷入沉思。

究竟是哪些人在使用这些纸质购物袋呢？

他在这样沉思的时候，可以稍微缓解一下对死亡的恐惧。这是他在实践中学会的一个小窍门，能够使心理稳定下来。

在百货商店买东西的顾客应该是以家庭主妇为主的女性占大多数吧？也许还有为女朋友买礼物的男性顾客。

想象着顾客手提购物袋走在百货商店楼梯上的样子，树原亮忽然停下了手头糊纸袋的工作。

台阶浮现在他的脑海里。顾客两手提着沉重的袋子走在百货商店楼梯上的样子，不知何故总让他放不下。他眉头紧皱，聚焦于心里那个正在上楼的顾客身上。

顾客的背影，沉重的袋子，一步一步向上爬的双脚。

好像有什么东西从他的记忆深处浮现出来！树原亮扬起脸来。

台阶!

已经忘却的记忆在他的大脑里复苏了。

是的,那时候,自己顺着台阶往上爬来着。在跟现在一样的死亡恐怖中,顺着台阶往上爬来着。

为了确认这模糊的影像并不是由于妄想形成的,树原亮拼命地摇着脑袋。没错,想起来了!那时候自己的确是顺着台阶一步一步地往上爬来着。

树原亮站起来走到洗脸池边,用一块木板盖上洗脸池,就成了一张简易写字台。他又从旁边的架子上拿下来一支圆珠笔和一沓信纸,然后坐在了代替椅子的坐便器上。

他要写一份申请书。即便是给律师寄信,也要先写申请,经过允许才能寄出。

他想,作为写给律师的特殊信件,应该允许寄出。信的内容也应该能通过检查,寄送到律师那里。

如果律师能收到他的信,说不定可以免于一死。

树原亮胸中亮起希望之光。他被关进死囚牢房七年来,从未感受过如此强烈的希望之光。

也许能从地狱的入口处走回来。

写完申请书,树原亮开始一心一意地给律师写信。

第一章
回归社会

— 1 —

"第一条，一定要有合法的固定住所，一定要从事正当的职业。"

又尖又高的声音紧张得一个劲儿打战。启程前往乐园之前，不允许有一点点疏忽大意。

"第二条，一定要保持善行。"

三上纯一站得笔直笔直的，听着就要跟他一起被提前假释出狱的狱友宣读誓约书。他已经脱下囚服，换上了自己的衣服，手里拿着的是假释许可证。他有一双内双的眼睛和细长的眉毛。今年二十七岁的他看上去比实际年龄还要年轻。他紧绷着脸，似乎为某件事情钻了牛角尖。

"第三条，坚决不与有犯罪倾向的人和行为不端的人来往。"

纯一紧张地盯着正在宣读誓约书的狱友的后背。狱友姓田崎，比纯一大十岁。田崎外侧眼角下垂，长着一张谦恭的脸。谁也想不到他会因为未婚妻不是处女怒而杀人。

"第四条，搬家或者长时间外出旅行时，要得到监护观察官许可。"

松山监狱保安部会议室里，除了就要被假释的两个服刑人员以外，还有包括监狱长在内的几名看守。看守在法务省文件中的名称是惩戒处理官，一般称为管教官。看守这个名称只作为职位还被保留着，而作为官职称呼，早在十年前组织机构改革时就被废止了。

透过磨砂玻璃，柔和的光线照射进来，管教官们的表情从来没有像今天这样和蔼可亲。但是，纯一平静的心情很快就被田崎宣读的第五条誓言打乱了。

"第五条，我们要为被害人祈祷冥福，我们要诚心诚意赔偿被害人的损失。"

纯一感觉上半身的血液唰的一下子流空了，脸色变得煞白。

要为被害人祈祷冥福？还要诚心诚意赔偿被害人的损失？

自己杀死的那个男人到哪里去了？是升入了天堂，还是下了地狱？还是哪里都没去，化为乌有了呢？是因为自己的施暴，整个人就彻底消失了吗？

"第六条，要每月两次跟监护人或监护观察官会面，报告近况。"

纯一低下了头。在服刑期间，他一直有一个问题，至今没有找到答案。自己真是一个犯了罪的人吗？如果自己的行为是犯罪的话，服刑还不到两年就能赎罪吗？

"第七条，监狱里的情况坚决不对任何人讲。"

田崎宣读完假释期间必须遵守的事项之后，开始宣读誓言。

"从今天起我被假释，我要接受监护观察……"

纯一突然抬起头来，视线跟坐在他对面的管教官碰在了一起。这名管教官姓南乡，年近五十，职位是看守长。结实的肩膀上是一张庄重严肃的脸。此刻，南乡正看着纯一微笑。

最初纯一认为南乡是在祝贺他出狱，但仔细一看，发现南乡的微笑中还有更深的含义。

"我宣誓，严格遵守以上各项，努力重新做人。"

纯一感到不可思议：南乡为什么这么关注我呢？服刑期间，纯一遇到过在不违反规定的范围内为囚犯谋求方便的态度和蔼的管教官，也遇到过态度蛮横、动不动就找碴儿惩罚囚犯的虐待狂似的管教官，但南乡既不属于前者也不属于后者，连接触都很少。很难想象南乡对纯一的悔过自新会有什么特别关照。

"如果违背了上述任何一项，我对取消假释送回监狱不会提出任何异议。假释犯人代表田崎五郎。"

誓约书刚刚宣读完毕，纯一背后就传来了不合时宜的孤零零的掌声。大概鼓掌的人马上就意识到了自己的失态，拍了两下就不拍了。

纯一不用回头看就知道鼓掌的人是自己的父亲。父亲为了接儿子，特意从东京来到了遥远的四国松山。父亲五十一岁了，经营着一家很小的街道工厂。父亲停止了鼓掌，纯一面部紧张的肌肉随之松弛下来。

"也许你们觉得服刑期很长，"身穿深蓝色警服的监狱长开始作最后的训示，"但是我希望你们能认识到，真正的重新做人从现在起才刚刚起步。我不希望你们再回到监狱里来！当你们成为社会上优秀的一分子的时候，才能说是真正完成了悔过自新的过程。回到社会上以后，不要屈服于任何困难，不要忘记在这里学到的东西，好好努力吧！我就讲这些，祝贺你们！"

这次，会议室里所有在场的人都热烈地鼓起掌来。

交付假释许可决定书的仪式举行了十分钟就结束了。

纯一和田崎向管教官们行礼之后，不知道接下来该做什么才好。他们已经习惯了连面朝哪个方向都要按照命令执行的生活，一时还改不过来。

监狱长对他们说了句"你们可以回家了"，并伸出右手做了一个送人的手势,他们这才朝监狱长指示的方向转过头去。

三上纯一的父亲三上俊男背靠着墙站在会议室的后方。父亲肤色灰黑,身体瘦弱,像个常年辛苦劳作的工人。今天穿上了仅有的一套西装,但怎么看都觉得人配不上衣服,就像一个总也出不了名的演歌[1]歌手。不过,父亲这身显得有些土气的穿着,充满了家乡温暖的气息。

纯一向父亲走过去,田崎也向大概是他父母的一对初老夫妇走过去。

三上俊男迎着儿子,满面笑容地晃着拳头,做了一个庆祝胜利的姿势。管教官们见状不由得笑出了声。

"这么长时间,"俊男看着纯一的脸,就像自己刚服完刑一样,叹了口气又说,"终于坚持下来了,好样的!"

"我妈呢?"

"在家里给你做好吃的呢。"

"嗯。"纯一点点头,犹豫了一下才说,"爸爸,对不起……"

听到儿子这句话,俊男的眼睛被泪水模糊了。纯一咬着嘴唇,等着父亲开口说话。

"不用想那么多,"俊男也不知道说什么好,"今后,一定要认认真真地工作,老老实实地做人。对吧?"

纯一点点头。

俊男脸上又有了笑容,他用右手摁着儿子的头顶,使劲摇了摇。

南乡透过总务科的窗户看着正要走出监狱大门的三上父子。在大门里边,管教官正在最后一次核实三上纯一的身份。

南乡的全名是南乡正二,此刻,他正以一种"又一个罪犯被挽救过

---

[1] 日本特有的一种歌曲,融合了江户时代日本民俗艺人的唱腔风格和日本各地的民族情调。

来了"的心情看着高高兴兴的三上父子。他喜欢看囚犯被释放走出监狱大门时的情景。他十九岁就当了看守，但是只干了一年，他对这个工作的使命感就消失殆尽。但是，打那以后他又连续干了近三十年，完全是因为可以看到囚犯被释放走出监狱大门时的情景。只有在这时，才能说罪犯已经重新做人了。至于他们是否还有犯罪的危险，也只能睁一只眼闭一只眼，只要能沉浸于放他们出去的喜悦就足够了。

南乡看到三上父子向管教官深深鞠躬，然后走出监狱大门，肩并肩地走了。

两个人的背影从视野里消失之后，南乡走到文件柜前。文件柜里有三上纯一的《服刑记录》。这份厚厚的文件是囚犯在服刑过程中所有表现的观察记录。纯一假释出狱，《服刑记录》由南乡所在的管教部门转送到总务科。只要纯一不因为再犯罪被关进监狱，《服刑记录》就会永远被保管在这里。

南乡虽然看过很多次三上纯一的《服刑记录》，但还是掀开封面，重新看了一遍分类调查表上记载着的三上纯一的个人信息，以及公诉事实，为的是最后确认一下。

纯一出生于东京，其家庭成员有父母和一个弟弟。两年前犯罪时二十五岁，罪名是伤害致死罪。一审判决后没有上诉。包括判决之前的拘留期，总共服刑两年。按照服刑人员分类的规定，被定为YA级（未满二十六周岁的成人，没有进一步的犯罪倾向者），从东京拘留所移送至松山监狱服刑。

南乡的目光移到出生后的经历和罪行一栏。纯一出生后的经历和犯罪经过，都是根据搜查资料整理的。南乡的手指在文字下面滑动着，查看着纯一犯罪的详细记录。

三上纯一，1973年出生于东京都大田区，父亲以前是街道工厂的工人，后来独立出来，经营着一家只有三名员工的小工厂。

初中毕业前的情况没有什么特别的记载，但是在1991年，十七岁的纯一上高中三年级的时候发生了一件事，这件事可以说是后来事件的诱因。

　　那年暑假，纯一对家里说要和朋友外出旅游四天三夜，但是过了该回家的日子也没有回来，父母十分担心，便去派出所报案寻人。

　　十天后，也就是8月29日，家人才得知纯一正在旅游目的地千叶县胜浦市以南十五公里处的中凑郡被警察辅导。纯一不是一个人，而是跟女朋友一起被警察辅导。原来，和朋友一起出去旅游是撒谎，他是去享受有生以来第一次与异性在一起过夜的快乐。

　　事件过后，纯一回到东京就开始经常逃学，对父母和老师也开始表现出强烈的反抗情绪。他的学习成绩直线下降，高中毕业后没考上大学，复读了一年才考上一所作为第四志愿的理科大学，专攻化学工业。

　　大学毕业后，纯一在父亲经营的"三上造型"工厂帮忙，两年后的1999年就出事了。

　　"看什么哪，看得这么入迷？"突然有人问道。

　　南乡吃了一惊，抬起头来。

　　原来是总务科长杉田。杉田的级别比南乡高一级，是副管教长，警服袖口上的两条金线闪闪发光。

　　"229号假释有问题吗？"229号是纯一的囚犯编号，管教官们都这样称呼他。

　　"不不不，他这一走，我还真觉得有点舍不得呢。"南乡开玩笑地搪塞了一句，"这个，可以借给我看看吗？"

　　"啊，倒是没什么不可以的……"杉田嘴上这样说，但还是困惑地直皱眉头。

　　南乡心中暗自高兴。管教官们在固定不变的日常工作中哪怕有一点点破绽都会脸色大变，因为监狱里的小征兆很可能会发展成大问题。杉田就是以那种谨小慎微的人特有的警戒心为武器升官的男人。哪怕部下只是把《服刑记录》拿出来看看，他都会感到极度不安。

"我很快就会还回来的。"

南乡说完这句安抚杉田的话，走出总务科，回到保安部二楼的管教部门。这里是负责全面管理囚犯的部门。南乡是这里的首席管教官。职级是看守长，对于四十七岁的南乡来说，晋升得不算快也不算慢。相当于一般企业里部长助理的位置。

摆满了办公桌和监视器的房间里只有很少几个管教官，显得空荡荡的。其他人都出去监督犯人或巡查监狱了。南乡特意放慢脚步，确认没有要来向他请示工作的部下以后，才坐在了背靠窗户的首席管教官的办公桌前。他点燃一支烟，开始仔细阅读三上纯一的《服刑记录》。三上纯一二十五岁时犯罪的详情，在写给检察官的书面材料和审判记录等数份文件中都有记录。

1999年8月7日晚上8点33分，突然发生了一起伤害致死事件。现场在东京市滨松町车站附近的餐馆。一个正要在店里就餐的名叫佐村恭介的二十五岁的客人，对当时也在店里的纯一用挑衅的口吻说了一句"你他妈的看我不顺眼是吗"，这就是事件的起因。

是佐村恭介先出言不逊找碴儿打架，二人各自的餐桌相距五米左右，一直没有说过话等，好几个当时在现场的证人都在证词中证实了以上事实。

根据餐馆老板的证词，是佐村恭介主动走到纯一这边来的，当时纯一只是一脸困惑地看着佐村恭介。佐村恭介对纯一说："我讨厌你看我的眼神！简直就是看罪犯的眼神！"总之是想挑起事端。

后来二人又对了几句话，然后就争吵起来，而且越吵越厉害。不但言辞激烈，而且逐步升级。在写给检察官的书面材料里，根据纯一的证词,佐村当时说的话的主要意思是"你认为我是乡下人,瞧不起我"。当纯一知道了佐村恭介是千叶县人时,为了让对方冷静下来,还说起自己在高中时代对家里谎称跟朋友一起去旅游,去过千叶县房总半岛外侧的中凑郡。没想到这样一说更是火上浇油。原来,佐村恭介正是从中凑郡出差来东京的。

"你这浑蛋!"所有在场的人都听到了佐村骂纯一的这句话。骂完以后,佐村劈胸抓住了纯一的衣襟。老板为了制止二人打架从柜台后面跑了出来,但还没等他跑到纯一的餐桌,二人已经你来我往对打了好几拳,有的证人说是打了十拳以上。先出手的是纯一。纯一在口供记录里说自己是"为了挣脱对方,只好出手"。

老板赶到时,已经无法把扭打在一起的两个人分开了。在后来的审判中,老板的证词是这样的:"企图伤害对方的应该是被害人,被告人看起来只是为了离开现场拼命挣脱。"

后来,纯一终于成功地摆脱了佐村。但是佐村又要从正面抓住纯一,于是纯一一边怒骂着"你这浑蛋!畜生!"一边用头、右肩和右臂撞向对方。佐村突然遭到纯一的撞击,摇摇晃晃地向后退去,结果被一只矮凳子绊住双脚,身体腾空而起,后脑着地倒在地上,造成头盖骨骨折和脑挫伤,救护车赶到十一分钟以后不幸死亡。

事件发生后,纯一也不用老板制止他逃走,只是呆呆地留在现场等着警察到来。最终纯一以伤害致死嫌疑的罪名被逮捕。

看到这里,南乡掐灭香烟,叹了一口气。他的脸上露出一丝苦笑,尽管他知道自己的表情太不谨慎了,但无法控制自己。

这是一起由吵架引起的典型的伤害致死案件。只有那种运气不好的人,才会卷入这种事件。从公诉事实来判断,量刑为有期徒刑两年可以说重了点,判个缓期执行也不奇怪。也许法官把纯一高中时代被警察辅导过的经历跟这次事件联系在一起了。检察官为了达到影响法官心证[1]的目的，最初在法庭上陈述犯罪事实的时候就详细地叙述了纯一那次离家出走的事，并暗示那次离家出走跟这个案件有关。

尽管如此，也可以说法官的判决是公正的。通常，在伤害致死案件的审理中，争议焦点在于是否为正当防卫，或者被告人是否有杀人意图。如果被认定为正当防卫，被告人就会被判为无罪；如果被认定为有杀人意图，就会定为杀人罪，量刑重得多。在法律条文上，杀人罪是可以判死刑的罪。

就纯一的情况而言，审判中最大的争议焦点是他的背包里有一把猎刀。虽然这对纯一来说是相当不利的证据，但纯一在父亲的工厂里帮忙，平时干活时很多的细活都需要使用小刀，而且这把刚买的刀还包着商店的包装纸，一直在背包里装着没拿出来。辩护律师说："如果有杀人意图，被告人肯定会使用那把刀。"辩护律师的主张不仅得到了法庭的认可，而且在立案阶段关于违犯刀枪法的追诉也被免除了。

检察院方面竭尽全力反击。他们让被害人的父亲佐村光男作为证人出庭，拿出餐厅的小票作为凭据，说被害人只点了两杯兑水的日式烧酒，根本没喝醉，不能认为醉酒是吵架的原因。的确，被害人醉酒程度很轻，这通过对尸体进行司法解剖时测定血液中的酒精浓度也得到了证明，但是这并不能成为左右审判结果的证据。

结果，法院经过三次开庭审理，宣布加上判决前拘留的一个月，判处三上纯一有期徒刑两年。

南乡看了一阵《服刑记录》以后抬起头来，开始回忆纯一服刑一年零八个月期间在狱中的表现。

南乡对229号囚犯的总体印象是：不计较个人得失，性格纯朴笨

1　法律用语，又称自由心证。一切诉讼证据的取舍和证明力的大小，法律不作预先规定，而由法官根据内心确信进行自由判断。法官通过对证据的审查判断所形成的内心确信，称为心证。

拙。仔细看了《服刑记录》以后，这个印象越来越强烈了。纯一的脸上依然留着少年时代的影子，一双眼睛透出的神情好像总是在一心一意想着一个问题。上高中时发生的离家出走十天的事情，大概也是因为一心一意地想着女朋友吧。

现在，南乡想起了半年前的管教官会议。纯一拒绝与教诲师见面，问他为什么，他回答说："我不依赖宗教，我要用自己的脑子思考。"结果纯一给负责他的管教官留下了狂妄自大的印象。会议上有人提议以反驳管教官为由处罚他，但是由于南乡的反对，这个提议被否决了。从这件事开始，南乡注意上了这个叫三上纯一的229号囚犯。

后来，通过《服刑记录》了解到的奇妙的偶然，使南乡下定了决心。

纯一上高中三年级时带着女朋友离家出走以后去的那个地方，在同一时间发生了一起抢劫杀人事件。

最终确认之后，南乡对于最合适的人选，已经不再犹豫了。

南乡在烟灰缸里摁灭香烟，拿起桌上的电话，拨了东京一个律师事务所的号码。

"我这边都准备好了，"南乡低声告诉对方，"就这一两天，肯定有办法。"

-2-

从松山监狱到东京只有四个小时的路程。可是在这短短的四个小时里，出狱的喜悦接二连三地从纯一心底涌上来，连喘息一下的时间都没有。

首先让纯一感到吃惊的是，自己住过的监狱的围墙竟是那么矮。五米高的水泥围墙看上去怎么那么矮呢？自己从监狱里面看它的时候，几乎可以说是高耸入云，遮住了整个天空。

宽阔的马路也让他惊得目瞪口呆。在开往机场的出租车里，纯一贪婪地看着车窗外松山市的街景。一座座高楼大厦好像要向他倾倒下来似的，让他有一种被压迫的感觉。昨天在接受最后一次出狱教育时，他来过松山市，那时候并没有什么特别的感觉。刚刚过了一夜，对松山市的印象就发生了如此大的变化，如果就这样坐出租车回东京的话，那会是怎样一种感觉呢？

到达机场办完登机手续以后，俊男问纯一："想喝点酒吗？"纯一摇摇头，立刻答道："我想吃甜的。"

父子二人走进咖啡馆，点了法式水果布丁和巧克力芭菲等甜点。

看着狼吞虎咽吃甜点的儿子，父亲什么都没说。

不一会儿，纯一吃饱了。吃饱以后他开始四处乱看周围年轻的女人。现在是6月，正是女人们穿着单薄的季节。从咖啡馆出来到上飞机之前，纯一不得不一直把双手插在裤兜里，微微弓着身子往前走。

上飞机以后，纯一被剧烈的腹痛袭扰，肠子在腹腔里翻滚，疼痛难忍的他去了好几次厕所，狼狈不堪。在将近两年的时间里，他一直以麦饭[1]为主食。长期以来只摄取最低限度卡路里的消化系统，由于刚才那顿甜食的攻击，引起了恐慌。尽管如此，纯一还是很高兴的。仅仅是能够在一个谁都看不见的单人卫生间里排便，就像做美梦似的。

父子二人在羽田机场下了飞机，坐电车直奔大塚。到了东京都内，又换上环绕东京市中心运行的山手线，在位于西北方向的一个车站下了车。车站附近就是繁华的池袋，走着去都不会觉得太远。

1　大米和大麦混在一起煮的饭。

纯一还没见过这边的家。半年前他从父母的来信中得知,家已经搬到这边来了。但是,他故意没问那是一个什么样的家,而是将其作为出狱后的一个期待埋在了自己心里。在一个陌生的街道里生活,对于一心想告别过去、重新做人的纯一来说,感觉就像给了他一个美好的未来一样。

走出大塚站的检票口,纯一眺望着面前的环行交叉路口和呈放射状的道路。到处都是银行、商务旅馆、高档餐馆和快餐店,来来往往的行人也很多。看着眼前充满活力的城市,纯一非常兴奋。

但是,也许是因为进入了住宅区的原因吧,纯一跟在俊男的身后刚走了五分钟,周围就突然静了下来,甚至给人几分寂寥的感觉。又走了十分钟左右,纯一心情沉重起来。他怀疑自己没有意识到家里发生了重大变故,继而从他的内心深处,涌上来强烈的自责之情,不知从什么时候开始低着头走路了。

离家越来越近,说话越来越少的俊男终于开口说话了:"前面那个路口拐弯就是咱家。"

转眼之间父子二人拐过弯去,映入纯一眼帘的是抹了砂浆的黑乎乎的墙壁。在常年的风雨侵蚀之下,墙壁上有很多明显的黑色条纹。没有院门,临街的一扇小门告诉人们那就是这所房子的入口。建筑面积只有六坪[1],虽说是一所独门独户的小楼,但也太寒酸了。

"进去吧!"俊男低着头说,"这就是你的家。"

纯一忽然觉得自己让父亲担忧了,于是他装作满不在乎的样子走进家门,装得还挺像那么回事。

"我回来了!"纯一大声打着招呼拉开了门。一进门就是厨房,母亲幸惠正在往盘子里盛色拉,她听到声音,回过头来。

---

[1] 日本面积单位,1坪约等于3.3平方米,6坪约20平方米。

盼望已久的重逢的喜悦，使母亲那双眼皮的大眼睛睁得大大的。母亲的脸圆圆的，眼睛与眉毛之间的距离很近，神色坚毅，这特点被儿子遗传了。

"纯一！"幸惠一边用围裙擦着双手，一边慢慢向门口走过来。眼泪顺着她的面颊哗哗地往下流。

看着变得衰老的母亲，纯一精神上受到很大刺激，不过他竭力控制着自己，没有从表情上流露出来。

"给你们添麻烦了，对不起，"纯一说，"我终于回来了。"

纯一和父母一家三口的庆祝晚宴不到下午5点就开始了。在一楼只有六叠大小的房间正中放着一张矮桌，矮桌上摆着牛肉、烤鱼和中式炒菜等三种主菜。

纯一没看到比自己小八岁的弟弟明男，觉得很奇怪，但他决定在父母谈到弟弟之前什么也不问。

俊男和幸惠最初说话很少，大概他们都不知道应该对有前科的二十七岁儿子说什么好吧。一家三口零零星星地对话，总算落到了纯一的将来这个话题上。

纯一想明天就去父亲的工厂"三上造型"干活，但是父母都劝他先休息休息，过一个星期再去。纯一听从了父母的劝告。他并不是想毫无目的地闲逛一个星期，因为他看着这个黑黢黢的所谓的新家，察觉到家里一定发生了自己不知道的事情。

吃完饭，幸惠带着纯一上了二楼。踩着陡得不能再陡的咯吱作响的楼梯来到二楼，看到的是被短短的走廊分开的两个日式房间。

拉开推拉门，看到自己的房间只有三叠大小，纯一心中仅存的一点点出狱后的喜悦完全消失了。这间屋子的面积跟监狱里的单人牢房一样。

"小了点，没问题吧？"幸惠用明快的声音问道。

"没问题。"纯一点点头，放下从松山监狱带回来的运动背包，坐在了已经为他铺好的被褥上。

"你别看这房子看起来不怎么样，住着可方便了。"幸惠站在门口笑着说，"虽然旧一点，但哪儿都不用整修，打扫起来也省事。"

但是，幸惠的话越多，越能让纯一听出她是在拼命压抑着跟她表情完全相反的悲伤。

"离车站远，不用担心噪声。买东西的话，走十五分钟就到商业街了。阳光也算充足。"幸惠停顿了一下，轻声嘟囔了一句，"就是比以前的家小了点。"

"妈，"纯一想换一个话题，因为他担心母亲会再次伤心落泪，"明男呢？"

"明男离开这个家了。一个人租了一间公寓。"

"能把他的地址告诉我吗？"

幸惠犹豫了一下才把明男的地址告诉了纯一。

下午6点多，纯一拿起写着明男地址的纸条离开了家。

虽说夏至快到了，但这个时间天还没黑。尽管如此，纯一自己一个人在街上走还是感到忐忑不安。一个原因是他觉得来来往往的汽车行驶速度异常快，还有一个原因是假释出狱的犯人特有的问题。他还有三个月才能刑满释放，在这三个月里，哪怕只是触犯了只会被处以罚款的法律，甚至连违反了交通规则，都要重新被关进监狱。他还必须随身携带通称为"前科卡片"的联络卡片。这张让纯一感到非常沉重的卡片，就在他胸前的衬衣口袋里。

弟弟住在东十条，加上换车的时间，坐电车二十分钟就到了。那是一栋木结构的二层楼公寓。顺着外挂楼梯上去，最里面就是明男的房间。纯一敲了敲房门,里边的人很随便地问了一声"谁呀",就向门口走过来。那是已经有一年零十个月没听到过的弟弟的声音。

"明男?是我。"

纯一在门外说完这句话,就听到里边的人好像停下不动了。

"开门让我进去行吗?"

里边的人沉默了一会儿,终于把门拉开了一道缝。门缝里露出明男那酷似父亲的贫寒相的脸。

"你来干什么?"明男瞪着纯一,怒气冲冲地问道。那是弟弟真生气时的表情。

一想到弟弟生气的理由,纯一有点心虚,但还是问道:"我有话跟你说,能不能让我进去?"

"不行!"

"为什么?"

"我不想跟杀人犯说话。"

纯一的视线模糊了。从心底涌上来一种无法挽回的失败之后常有的绝望感。他想转身就走,但又觉得那太不负责任了。

就在这时,传来了有人上楼的脚步声,大概是别的住户回来了。明男的眼睛里掠过一丝胆怯的神情。

明男一把抓住纯一的肩膀将他拽进去,并赶紧关上门。

"我可不想让邻居看见我跟杀人犯在一起。"明男说。

纯一默默地环视着明男这个六叠大小的房间。在一张肯定是从大件垃圾集散点捡来的矮桌上,散落着大学入学资格检定考试[1]的参考书,其中一本是打开的。眼前的情景告诉纯一,明男现在正在

---

[1] 2004年以前日本为那些由于各种原因没能拿到高中毕业证书的人开设的一种考试制度,用以判定是否具有参加大学入学考试的能力,简称"大检"。2005年起改称"高中毕业程度认定考试",简称"高认"。

学习。

但是，纯一觉得不可思议的是：明男为什么要参加大学入学资格检定考试？

明男从哥哥的眼神里看出纯一在想什么，断断续续地嘟囔道："高中……退学了……"

"啊？"纯一吃了一惊。他想起自己出事是在两年前，就问："我出事的时候，你不是还有半年就可以毕业了吗？"

"我还能在学校待下去吗？我可是杀人犯的弟弟。"

明男的眼睛里还是刚才把哥哥拽进房间时那种胆怯的神情。纯一感到头晕目眩，但他咬牙坚持着站在那里。他必须在这里待下去，因为他认为明男一定会不加隐瞒地把家里发生的一切都说出来。

"你为什么离开家？"

"因为父亲要我断了上大学的念头马上工作……我要自己挣学费上大学。"

"你在打工？"

"在仓库里做分类等力气活，只要肯干，一个月大约能挣17万日元。"

纯一决意触及核心问题了："家里……爸妈没钱了吗？"

"那还用说吗？"明男加重语气，抬起头来，"难道你不知道因为你杀了人，大家过的是什么日子吗？损害赔偿金是多少，难道你不知道吗？"

事件发生后，被害人的父亲佐村光男向纯一和纯一的父母提出了支付抚慰金和损害赔偿金的要求。此后双方的律师通过协商达成和解，并签订了契约。但纯一不知道和解的具体内容，只是盲目相信了父亲来信中"你就不必担心了"之类的说法。

在监狱里收到父亲那封信的时候，纯一刚被从禁闭室里放出来。

他因为与一个管教官合不来发生了口角,所以被关进了充满恶臭的单人禁闭室。双手被皮手铐固定着,被关了整整一个星期。吃饭时要像狗一样把嘴伸进放在地上的盆子里吃,大小便都拉在裤子里。那是一段极其残酷的经历。那时候纯一被折磨得思考能力都麻痹了,虽然收到了父亲的信,但并没意识到问题的严重性。

"赔偿金是多少?"

"7000万。"

纯一哑口无言。他在监狱里每周劳动四十个小时,在监狱里的木工工厂干了一年零八个月,个人所得报酬仅为6万日元,而且他的劳动使监狱方面获得的收益要全部上缴国库,不能用作对被害人的抚慰金。

弟弟连珠炮似的对陷入沉默的纯一说:"以前的房子和土地使用权,卖了3500万,汽车和工厂的机器卖了200万,从亲戚那里借了600万,还差2700万。"

"怎么办?还差那么多钱……"

"一个月一个月地在尽可能的范围内支付。妈说了,付清这笔钱还得二十年。"

纯一眼前浮现出母亲那衰老的面容,他不由得闭上了眼睛。从住了多年的家里搬出来的时候,母亲该有多难过啊。住进那套又小又脏的房子,母亲心中该有多凄惨啊!自己唯一的母亲,为了犯重罪的儿子胆战心惊。想起全家团圆时的幸福生活,纯一低声哭了起来。

"你哭什么?"明男捅了一下哥哥,"还不都是因为你!你以为你掉几滴眼泪就能得到原谅吗?"

纯一无话可说。他垂着头走出弟弟的房间,在黑暗的公寓走廊里,一边走一边想着怎样在回到父母亲身边前将眼泪全都咽进肚子里去。

东京霞关中央政府办公楼6号楼。

法务省刑事局办公室一角,从检察厅借调过来的一名检察官正在做《死刑执行提案》的收尾工作。在审查了总共170页,整整占用了文件柜一层空间的大量记录之后,就要做出最后的结论了。

被确定执行死刑的死刑犯叫树原亮,现年三十二岁,跟检察官同岁。

在着手写结论之前,检察官把身体靠在椅背上,在大脑里的每一个角落搜索着,确认是否有任何一点点遗漏。此前他已经反反复复这样做过多次了。

独占了公诉权、手中握有强大权力的检察官,直到刑罚最后执行都负有责任。特别是死刑的执行,更要进行严格公正的审查,他起草的《死刑执行提案》,还要通过5个部门、13名各级官员的审查。

13名。

检察官对这个数字皱起眉头,数了数从死刑判决到死刑执行需要多少道手续,得出的数字也是13。

13级台阶。

检察官脑海里浮现出这个绞刑台的代名词的时候,不禁感慨万端:这真是绝妙的讽刺。其实,日本明治时代以来的死刑制度史上,从没有过13级台阶的绞刑台,唯一的例外是为了处死战犯在巢鸭监狱制作的绞刑台,那是美国占领军制作的。以前日本的绞刑台有过19级台阶的,但是由于让死刑犯上台阶时经常发生事故,只好进行改良。现在通用的是所谓"半地下式绞刑架"。把绳索套在被蒙上了眼睛的死刑犯的脖子上之后,死刑犯脚下的地板就会立刻裂开,死刑犯掉进半地下室被绞死。现实中并不存在13级台阶的绞刑台。

但是，13级台阶存在于让人意想不到的地方。检察官负责的工作相当于第5级台阶，到死刑执行还有8级。被确定执行死刑的死刑犯树原亮，在什么都不知道的情况下，一阶一阶地走在绞刑台的台阶上。走到最上边那一阶，大约是三个月之后。

检察官开始敲击电脑键盘。

"结论：从以上任何一点来看，本案都没有停止执行、重审以及非常上诉的理由，更没有酌情恩赦的可能。"

打到这里，检察官停了下来。树原亮这个案件是特殊的案件。检察官又在大脑里检查了一遍是否有可疑之点，但最终得出的结论还是只能依照法律处以极刑。在他的心中确实存在说不清道不明的疑惑，但疑惑并不能成为证据。

于是，他打上了《死刑执行提案》的最后一句：

"因此，特向死刑执行命令的发布机关高等法院上交本提案。"

出狱后的第二天早上，纯一去了霞关的中央政府办公楼，目的是去监护观察所报到，与监护观察官和监护人见面。

纯一昨天夜里一直到天快亮了都没睡着，清晨才迷迷糊糊地睡了一会儿，早晨7点就起来了。这是有规律的监狱生活形成的生物钟。尽管如此，早晨没有点名，已经很幸福了，所以心情还不坏。至于从弟弟那里听到的话，他打算直到父母说出来的时候一直保持沉默。

一家三口一起吃早饭时没有发生什么不愉快的事情。纯一送走去自己工厂上班的父亲，收拾一下也从家里出来了。

纯一来到监护观察所的接待室，看到铺着瓷砖的地面上摆放着几排椅子，便在其中一把椅子上坐了下来。除了纯一以外，还有十来个男人无聊地坐在那里。过了一会儿纯一才意识到，包括自己在内，接待室的人都是被监护观察的有前科的人。意识到这一点的时候他吓了一跳：自己竟然忘了自己的身份。

这时，有人叫了一声"三上"，随着叫声，一位身穿灰色西装的五十多岁的男士走进接待室来。

"久保老师！"纯一迎上去叫了一声，尊敬地看着眼前这个比自己略矮一点的监护人。监护人久保老师让纯一感到很亲近。

久保老师是丰岛区监护人协会的会员，自从担任纯一的监护人以来，一直在进行所谓的环境调整的工作，为纯一假释出狱创造了必要条件。他曾大老远地跑到松山监狱了解情况，看望纯一，所以他们早就认识。

"咱们进去吧。"久保老师用沉稳的声音说道。

寒暄已毕，纯一便与久保老师一起走进了监护观察官办公室。房间里有一张办公桌，一位姓落合的四十多岁的监护观察官正在等待他们。

落合不胖不瘦，微黑的面庞给人一种傲慢无礼的印象，但是一开口说话，就会让人感到他是一个直率务实的人。他先跟纯一确认了假释出狱后应该遵守的事项，然后又强调了"不要随便换工作，离开现住所二百公里或者三天以上的外出旅行必须得到许可"等特别要遵守的事项，最后并没有忘记用上软硬兼施的教育方法。

"因为你有前科，所以警察有时会对你表现出你认为不必要的强硬态度，你不必介意。"落合说道，"但是，如果遇到不合理的事情，你也不要有顾虑，要及时告诉我，我会使用一切手段保护你的人权。"

如此亲切的话语让纯一感到吃惊，他不由得看了监护人久保一眼。久保微笑着点点头，似乎在说：没错。

"但是，"落合继续说道，"如果你不遵守有关事项，犯了哪怕只是缴纳罚金的轻罪，那么无须多言，你将重新被关进监狱。"

纯一感到了恐怖，又看了监护人久保一眼。久保依然是微笑着点点头，似乎还是在说：没错。

"另外，和解契约的条款你都履行了吗？"

听落合这样问，纯一立刻抬起头来："您指的是钱的事吗？"

"还有一件事……你父母没告诉你吗？"

"详细情况我还不知道。"纯一如实答道。

"他昨天刚假释出狱，所以……"久保温和地帮纯一解围。

"是吗？"观察官将视线落到眼前的文件上，考虑了一下才说，"经济上的赔偿，你父母已经替你承担，这方面的事情，今后你们父子之间好好商量着解决就是了。另一件事你必须亲自去做，那就是向被害人遗属谢罪。"

听了这句话，纯一的心情沉重得就像压上了一块石头。

"你必须去千叶县中凑郡见佐村光男，向他谢罪。"观察官了解纯一的经历，又加上一句，"就是你高中时代跟女朋友一起去过的地方，那边你应该很熟悉吧？"

必须到那个镇子去——纯一想到这里，后背直冒凉气。

落合本来是想使谈话的气氛轻松一下，发现纯一的脸色变得苍白，惊讶地看了看纯一，改变了说话的语气："我知道你不想去，但这是你的义务，无论从法律上还是从道义上来讲，你都应该去。"

"明白了。"纯一这样回答着，心里想的却是马上去见女朋友。

位于旗之台的那家杂货店一点变化都没有。车站前面的商业街，用淡紫色的塑料布搭起的凉棚下面，可以看到似乎是用缎带编成的美丽文字：里里杂货店。

由于没有看到女朋友的身影，纯一走进马路对面的一家咖啡馆，坐下来一边喝甜甜的咖啡欧蕾，一边等着女朋友出现。

终于，纯一看见一辆轻型小面包车停在了里里杂货店门口，女朋友从驾驶座上下来了。她穿着一条牛仔裤,上身是一件T恤衫,围着牛仔布围裙。头发比以前短了,但左右晃动的柔细刘海还跟以前一样。白皙柔嫩的面庞,给人一种朦朦胧胧的印象,那双失去了气力的黑眼睛也是依然如故。

纯一看着久违的女朋友木下友里,觉得她就像自己的母亲一样疲惫而憔悴。

友里从车上卸下纸箱,搬入店中,开始跟收款台后面的母亲说话。

纯一把咖啡欧蕾的杯子放到柜台上,从咖啡馆里出来走上马路。友里的汽车也许马上要开到停车场去,发动机没有熄火。

友里从杂货店里出来,马上就朝纯一这边看了一眼,似乎瞬间就察觉到了纯一。

"我回来了。"纯一对友里说。

友里吃惊得脸都扭歪了,差点就要哭出来。她扭头看了一眼店里的母亲,然后迅速钻进了面包车里。

纯一以为她是为了回避想开车跑掉,其实不是的。友里在车上向他招手,让他坐到副驾驶座上。

纯一刚上车,汽车就开走了。

二人沉默了一阵。友里开着车穿过站前大街,上了大路。

"我在电视上看到了,"友里终于开口说话了,"一开始我还不敢相信……纯怎么会干那样的事?"

纯是友里对纯一的爱称,只有她一个人这样叫。

"我的事还上了电视新闻?"

"不但上了新闻,连大型综合节目都播了。什么以前就是品行不良的少年啦……一脸蠢相的主持人满嘴胡说八道。完全是这些人把纯说成坏人的。"

在社会上一般人的眼里,也许这就是自己的真实形象吧。纯一感到屈辱。如果没有媒体那样的报道，弟弟明男也许就不会被周围的人戳脊梁骨，早就高中毕业了。

"友里过得怎么样？"纯一兜着圈子问道，"还像以前那样？"

"嗯。我嘛，从那天起，时间对我来说就停止了。"友里悲伤地说，"总是想起那天的事，十年前那天。"

"一点都没变好吗？"

"嗯。"

纯一感到非常失望，不由得把视线从友里的脸上移到别处去。

"对不起。我想，今后无论发生什么事情，我再也回不到从前了。"友里抱歉地说道。

纯一陷入了沉默。应该道歉的是他，他还没向友里道歉呢。可是，他一句话都说不出来。

友里手握方向盘，就像两年前开车送纯一回家那样，向纯一原来的家的方向驶去。她好像还不知道三上家已经搬走了。

看着熟悉的大街，纯一想起上高中时的事。清晨跑步，跑过安静的住宅街，看到关着卷帘门的友里的家，再往回跑。只这样就感到非常幸福了。单程二十分钟的距离，现在开车连五分钟都用不了。随着一天天变成大人，多余的时间也越来越少。

汽车开到街道小工厂集中的地方时，纯一对友里说："就停在这里吧。"他不想让友里再往前开了，因为他不想看到那个充满了美好回忆的过去的家。

友里没说话，把车停在了路边。

"再见！"纯一说着下了车。

友里把脸转向纯一，用充满寂寞的声音说道："一切都已经结束了，纯和我。"

纯一下车后低着头默默地走了五分钟。不仅是因为情绪低落，还因为无法宣泄的性欲在纠缠着他。

他迈着沉重的脚步刚走进住宅和街道工厂混合的街区，就碰到了熟人。是出事之前他常去的文具店的大妈。

纯一想起大妈曾为他写过减刑请愿书，打算上前向她表示感谢之情。可对方认出是纯一以后，脸上立刻浮现出惊愕的表情，站在那里一动不动。纯一想好的感谢的话转眼消失得无影无踪。

大妈客气地笑着说了句"纯一，好久不见"，转身就走了。纯一发现大妈还没等转过身去，脸上就浮现出恐惧与嫌恶的表情。

我从来没有见过纯一这么好的青年。如果真的发生了那样的事件，也只能是不幸的事故——大妈在减刑请愿书上这样写道。

大妈写的那些长长的连想都没认真想过的话，在法庭上作为审判的证据被采用了。

判决是错误的，纯一的这个想法变得更强烈了，审判长宣读的判决书等于什么都没审判。不过，纯一虽然是这样想的，但他并不知道自己应该怎样做。为了不再看到熟人，纯一开始看着天走路。

现在，他才感觉到压在双肩上的前科这个包袱有多么沉重。回归社会重新做人，比想象的难多了。在区政府和检察院的犯罪者名簿里，以及警察局电脑里保存的犯罪履历数据里，都记录着三上纯一这个名字和所犯罪行。自己是个有前科的人。

突然，他想大喊大叫，想打碎停在路边的汽车的风挡玻璃。最后他总算将这种想法压了下去，因为他清楚地意识到自己正处于危险的岔路口。从陡坡上往下滚是很容易的，难的是在平坦的道路上行走。在这条平坦的道路上，把纯一当作杀人犯回避的人们，随时都会往他身上扔石头。

但是，纯一突然发现，只有友里不一样。他心中感到一丝温暖。只有友里能够正确地看待纯一。只有友里认为，无论在事件发生前还是在事件发生后，纯一都没有变化。几年以后再回过头来看，也许刚才与友里在一起的短暂时光，会成为难忘的回忆。纯一东想西想着，不知不觉来到了父亲的工厂。

"三上造型"的外观没有变化。预制板搭建的平房，铁框推拉门，都是老样子。

纯一走进去，看见父亲正在办公桌前整理发票。两年前，这是女职员干的工作。

"纯一？"俊男抬起头来，吃惊地看着纯一，"你怎么来了？"

"我想干活。"

"是吗？"俊男一边说，一边往门外看。

纯一想，也许父亲还没准备好。让有前科的人在这里干活，即便是自己的儿子，也得提前通知周围的邻居吧。

"对了，刚才有人打电话找你。"

纯一想问是谁打来的，但话到嘴边又咽了回去。因为他在这个十五坪[1]大小的车间里，发现了一台与这个破旧的街道工厂不相匹配的设备。镶着玻璃的外包装，下部乳白色的护板。这台最新型的机器，正是纯一出事那天去展销会订购的。

滨松町的展销会。

就在这一天，纯一遇到了佐村恭介。

两年前的记忆涌上心头，纯一闭上眼睛。

"那是什么机器啊？"

身后突然响起一个不合时宜的声音。

纯一的思绪被打断，回到了现实世界。回头一看，门口站着一位戴宽檐黑帽子的中年男人。

---

[1] 日本面积单位。1坪约等于3.3平方米，15坪约为50平方米。

男人脸上浮现出恶作剧式的笑容,只见他低头摘下帽子,露出一张严肃的脸。纯一条件反射似的立正站好,还差点报出自己服刑期间被叫了将近两年的囚犯号码。

松山监狱的首席管教官亲切地笑着走进"三上造型",微笑着对俊男说:"刚才打电话来的人就是我,打搅了。我姓南乡,在松山照顾过纯一。"

"哎呀哎呀,从那么老远的地方来……"俊男惶恐地低头行礼。

"让你受惊了,对不起。"南乡对纯一说。

纯一吃了一惊:一个以管教官为职业的人竟然对假释出狱的犯人道歉。

"南乡老师,您怎么来了?"

"别叫我老师。"南乡讨厌强迫囚犯尊称管教官为老师,"我有点小事。"

难道假释要被取消吗?纯一心中感到一阵不安。但是南乡很快活地环视了一下车间之后,再次问道:"那台漂亮的机器是干什么用的?"

"是激光造型系统。"纯一站在了一个一米宽、两米高的巨大水槽前,水槽里装满了透明的米黄色液体树脂,"只要在旁边的电脑里输入数据,就能制作出立体形象来。"

南乡的脸上浮现出天真的好奇:"哦?"

管教官来干什么?看来为了尽快知道管教官来这里的目的,必须先向他介绍一下激光造型系统:"比如把南乡老师的,不,把南乡先生的脸部数据输入电脑,就能制作出跟南乡先生一模一样的塑料模型。"

"这么说,用我的照片就可以制作出我的半身像?"

"照片效果还不是最好,最好是输入三维数据。"纯一不是反驳,而是耐心解释,"即便是平面数据,也可以通过电脑加上凹凸数据。激光可以按照电脑的设计使液体树脂凝固为立体形象。"

"真的?"就像找到了丢失的玩具后的孩子,南乡的眼睛放光,"连鼻毛也能再现吗?"

"这台机器,只要不小于0.01毫米就没问题。"

"是吗?"南乡喜色满面地回过头来看着纯一,"真了不起啊!没想到你还会使用这么高级的机器!"

纯一终于发现了南乡的用心:他是为了赞赏纯一才指着这台最新型的机器问这问那的。

解除了警戒心的纯一见南乡如此体谅他,感到非常高兴。他诚实地告诉南乡:"不过,我一次都没用过。这是我出事那天订购的机器。"

"是吗?这机器你还没用过啊?"南乡遗憾地说道。紧接着他话锋一转,对俊男说:"我想借用一下您的儿子,可以吗?"

"没问题,您想借多久就借多久。"纯一的父亲满面笑容,"请您多指教。我本来就打算让他先休息一周再上班。"

"我这身打扮让你吃了一惊吧?"

在咖啡馆里面对面坐下后,南乡笑着摘下帽子:"管教官找到家里来,肯定会制造出一种叫人害怕的气氛。我因私事而来,所以想尽可能穿得随便一些。"

纯一目不转睛地看着身穿花格衬衫的管教官。在监狱外边见到的南乡,集粗俗与洒脱于一身,让人感到奇妙。剪得短短的头发,爱动的细眉毛,中年男人表现出来的不可思议的魅力,让纯一惊奇不已。一旦脱掉镶金线的警服,看上去差别竟如此之大。

向侍者要了两杯冰咖啡后,南乡说话了:"你一定觉得非常不可思议吧?我怎么来了,对不对?"

"是的。"

"你放心,不是坏事。其实,我是想拜托你跟我一起做一份有期限的工作。"

"有期限的工作?从松山特地跑到这里来?"

"我是因为调动工作去的松山,我出生的地方是紧挨着东京的川崎。"

"原来是这样。"

"管教官这职业调动过于频繁。"南乡一脸无奈地挠挠头,"我想拜托你跟我一起做的工作,期限只有三个月。也就是到你监护观察期结束之前的这段时间,工作内容是给一个律师事务所帮忙。"

"具体干什么呢?"

"为一个死刑犯昭雪冤案。"

纯一没能马上理解南乡这句话的意思。

也许是因为注意到周围有客人吧,南乡压低声音重复了一遍:"为死刑犯昭雪冤案。怎么样,愿不愿意和我一起干?"

纯一呆呆地看着管教官的脸。他突然感觉到二人面对面地坐在这个小小的咖啡馆里并不是现实,而是一种幻觉:"您的意思是说帮助一个受冤屈的死刑犯?"

"是的,在他被执行死刑之前。"

"南乡先生也做这种工作?"

"是的。如果你愿意接受的话,你就是我的助手。"

"可是您为什么选择我这样的人?"

"因为你已经假释出狱了。"

"和我一起假释的还有田崎呀。"纯一说出了那个因打死未婚妻被判刑的狱友的名字。

"那小子不会悔过自新的。"有着二十八年监狱工作经验的管教官说道,"他只不过是按照法律条文被放出来了。一旦怒火中烧,那小子还会杀人。"

这样说来,南乡肯定认为纯一会悔过自新。只要回想一下南乡以前对自己那亲切的态度,就可以知道他对自己是有好感的。

"对了,你还没去向被害人遗属谢罪吧?"

没想到南乡突然改变了话题,纯一愣了一下才说:"还没呢,准备这两三天之内就去。"

"好,到时候我也去。"

纯一感到奇怪,不由得问道:"您也去?"

南乡双手撑在桌子上,向前探着身子说道:"我刚才说的那个死刑犯的事件,就发生在千叶县中凑郡。那地方跟你有缘吧?你离家出走的地方,正好是被害人的家乡。"

纯一沉默了。对南乡那份工作的兴趣也消失得无影无踪。他不由自主地问道:"那个事件是什么时候发生的?"

"十年前的8月29日,你和你女朋友被警察辅导的日子。"

纯一感到头晕目眩。他强忍着坐在那里想,这大概就是所谓的惩罚吧。是从天上掉下来的,名叫"偶然"的惩罚。

"如果你接受这份工作的话,需要在那边住三个月。我去跟监护人说。律师事务所的工作完全是正当的工作,不违反假释人员的遵守事项。"南乡讶异地看着正在犹豫的纯一,换了话题,"你父母向遗属支付赔偿金是不是很辛苦啊?"

纯一扬起脸,警戒心再次冒上来。南乡利用职务之便对纯一的情况了如指掌,无论是他的成长经历还是他家庭的经济状况。

南乡好像也对自己的狡猾感到有点不好意思,他低下头带着几分顾虑继续说道:"说句不好听的话吧,这个工作的报酬非常可观。三个月的薪酬总共是300万日元,律师和你我平分,也就是说每人每月100万。除此之外,还有300万的活动经费。如果死刑犯的冤案能够得到平反的话，外加每人1000万的成功报酬。"

"1000万？"

"是的，每人1000万。"

纯一眼前浮现出父母的身影。从前，整理发票是那个二十来岁的女职员的工作，而现在都由父亲来做了。母亲明显变得衰老了，表情好像总是在哭泣。在法庭上，父母作为情状证人[1]出庭，在身处被告席的儿子面前哭着请求法官赦免儿子。

看到纯一满眼是泪，南乡脸上流露出迷惑的神情，但他没有放弃继续说服纯一。

"怎么样？我不想使用赎罪这个词，但这是救人性命的工作，而且收入也很高，我认为你没有理由拒绝。"

如果成功了，报酬将是剩余的赔偿金的一半。而且解救了一个被冤枉判处了死刑的人，也许还可以改变社会上的人们对我的看法。纯一眼前浮现出为自己的儿子感到骄傲的父母那高兴的样子。

剩下的就只需要自己做个决定了。只要有勇气再次踏上那块令人厌恶的土地……

"明白了，"纯一说，"我干！"

"是吗？太好了！"南乡的脸上浮现出一丝笑容。

纯一也勉强装出笑脸："对于一个杀过人的人来说，要想重新做人，这也许是一个很合适的工作。"

"你一定能重新做人，"南乡的表情变得很认真，自言自语似的继续说道，"我保证。"

---

[1] 日本法律名词。情状证人为辩护方证人，一般由被告人的妻子或丈夫以及父母出庭作证，以回答辩护律师提问的方式，证实被告人本质不坏，属于偶然犯罪等。也有被告人的上司充当情状证人的情况。

第二章
事件

— 1 —

天刚亮，南乡就从川崎市的家里出来了。他在这个家里出生长大，现在哥嫂住在那里。他走到离家最近的武藏小杉站，在那里租了一辆汽车，开车沿中原街道北上，向前一天跟纯一约好的旗之台的一家咖啡馆驶去。

6点50分，他来到纯一跟他说过的站前大街，马上就看到了一大早就开门营业的咖啡馆，纯一正等在那里。

"等了很长时间？"南乡向纯一打了个招呼。

一直注视窗外的纯一抬起头来："没有没有，我也是刚到。麻烦您到这种地方来接我，真不好意思。"

"哪里，这地方离我家不远，很方便。"

南乡走到柜台前，买了充当早餐的面包，然后坐在了纯一的对面。眼前的这位年轻人穿着白色衬衫、棉布长裤，腰带将裤腰勒出很多皱褶，大概是监狱生活让他的体重下降了。尽管如此，穿上了自己衣服的纯一还是比穿囚服的纯一看上去更靠谱。

让南乡感到不可思议的是，为什么纯一总是心事重重的样子？有前科的人回归社会并不是一件轻松的事，但是他才出狱两天，应该更快乐才是啊。

这时，纯一的表情突然发生了变化。南乡追着他的视线看过去，只见马路对面的"里里杂货店"的卷帘门打开了一点，一个姑娘从下面钻出来，赤脚穿着拖鞋向远处跑去。大概是做早饭的时候发现材料不够，要到附近的便利店去买材料吧。纯一追着她的背影看的目光，完全是一个单相思少年盯着心上人时的眼神。

那姑娘皮肤白皙，年龄跟纯一不相上下。也许是他过去的恋人。不过，开庭审判纯一的时候并没有年轻女人作为情状证人出庭，估计事件发生以后两人的关系就断了。

南乡叹了口气，这也是没办法的事。人一旦犯了罪，就无可挽回地破坏了自己原有的生活环境。

南乡想不出应该对纯一说些什么。二人默默地吃完早饭，南乡带着纯一走出咖啡馆。

开车到中凑郡，单程预计需要两小时。南乡手握方向盘驾车驶入东京湾横断道路。进入房总半岛以后，一直沉默的纯一说话了。

"关于案件的详细情况，到了现场就可以告诉我吗？"

"是的。"

"南乡先生是怎么找到这个工作的？"

"今年初春，我出差去东京，遇到一位当律师的熟人，他看上我了。"

"可是，您干这种工作没问题吗？身为管教官，却要去证明一个死刑犯是无罪的。"

"你是在担心我吗？"南乡笑了。不知道他为什么这么高兴。"不要紧的，我很快就要辞掉管教官这个工作了。"

"什么?"纯一吃了一惊。

"从现在开始,我要把积攒了很多的带薪休假用完。用完以后就正式提出辞职。这个证明死刑犯无罪的工作,是我辞职之前的一次志愿者活动,不违犯公务员法。"

"可是,你为什么一定要辞职呢?"

"各种原因吧。对工作不满意啦,家庭问题啦。真的,有很多原因。"

纯一点点头,不再继续问下去。

南乡换了个话题:"对了,那件事你准备好了吗?"

"啊?嗯,"纯一好像没有什么自信,"我倒是把领带和西服都带来了。"

"不错嘛!"南乡知道纯一去做这件事会很难受,就建议道,"向被害人家属谢罪的关键,是要让对方看到你很有诚意。能做到这一点就足够了。对方可能会怒气冲冲,但你不要慌张,要通过语言和态度将你诚心诚意道歉的心情表达出来。"

"是,"纯一有气无力地答道,"我能做到吗?"

"只要真心道歉,就能做到。"

见纯一不说话,南乡看了他一眼问道:"你不是在反省吗?"

"嗯。"

南乡有点生气,想批评纯一说话声音太小,但一想这里又不是监狱,就没吱声。

此后一个多小时的时间里,行驶非常顺利。他们从国道进入鸭川收费公路,横穿房总半岛之后,终于看到了太平洋。他们的目的地中凑郡,夹在胜浦市和安房郡之间,是一个人口还不到1万的小镇。一直延伸到海岸山地下,有一块很小的平地,平地上的住宅和商店一家挨着一家。这里的主要产业是渔业,还有海水浴场和接待观光客的旅馆、餐馆与游戏厅等设施。虽然规模都很小，但足以让人们都能过上不算太富裕也不算太穷的生活，整个小镇没有经济衰退的迹象。总之，中凑郡是个充满活力的小镇。

他们从鸭川市沿着海岸线变向，朝东北方向驶去。在海风的吹拂下，穿过安房郡，进入了中凑郡。

坐在副驾驶座上的纯一，靠一张写着地址的便笺和地图，指引着汽车前行。下了国道向右一拐，穿过一条繁华热闹的大街，就看到了佐村光男的家。这座前厂后家的木造建筑孤零零地矗立在商业街和住宅区的交界处，面向街道的一层的突出部位，挂着一块牌子，牌子上写着"佐村制作所"几个大字。

南乡把车停在路边，趁纯一系领带的时候，透过车窗观察佐村光男家的动静。木制推拉门里面，一个身穿工作服的年轻男人正在操作旋床。被害人是独生子，因此那个年轻人应该是佐村制作所的工人。南乡把目光移到车间里面，看到一个装满了透明的米黄色液体树脂的巨大水槽。这里的机器跟在纯一父亲的工厂里看到的机器是同一种类的。这叫南乡感到意外。南乡看过好几遍有关纯一这个案子的案件材料，但加害人家和被害人家是同行，还是第一次发现。这种巧合是命运在捉弄人吗？

通过车内的后视镜，南乡看到纯一系好领带下了车，穿上了西装上衣。大概是出狱后还没有腾出时间去买衣服吧，这身衣服看上去给人的整体印象是不太协调。不过，这样反而更能让人感到他表达诚意的愿望。

"怎么样？"纯一怯生生地问道。

"没问题！一定要把诚意道歉的心情传达给对方。去吧！"

纯一向佐村家的大门走去。佐村制作所的工人听到有脚步声，扭过头来,纯一用目光跟那个工人打了个招呼,慢慢走近大门。

纯一还记得佐村光男的样子。作为被害人的父亲,佐村光男曾作为检察官方面的证人出庭,他在法庭上声泪俱下地对审判长说:"我唯一的宝贵儿子再也回不来了!一定要严惩被告人,判他死刑!"

纯一动摇了,几次想返回去,但还是走到了大门口。他向那个工人打听道:"请问,佐村光男先生在家吗?"

"啊,在家。你是?"

"我叫三上纯一。"

"请等一下。"工人停下旋床,走到后面,推开居住部分的一扇门走了进去。

在等待主人出来的这段时间里,纯一看了看佐村制作所的设备。这里的设备比父亲工厂的设备高好几个档次,大概是用从三上家得到的赔偿金买的吧。这里的激光造型系统比"三上造型"的那台起码贵十倍,性能也好得多。

这时,从里面传来一声怒吼:"三上?"

纯一还没来得及站好,佐村光男就出来了。抹了头油的头发油光锃亮,宽宽的额头下一双闪光的大眼,给人以精力旺盛的形象,正是法庭上见过的那个人,一点没变。

光男一看到纯一就站住了,从他嘴里说出来的那句"出来啦",既像是诅咒又像是威胁,声音里带着一股杀气。

"我在松山监狱服过刑了。"纯一站在那里一动不动,从嗓子眼里挤出了事先准备好的话,"也许您认为我不该被放出来,但我还是要来这里向您谢罪。实在对不起。"

纯一深深地低下头,等着对方说话。但是过了很长时间,他什么声音也没有听到。也许自己会被佐村光男一顿拳打脚踢赶出门去吧。纯一心里越是这样想,短暂的沉默就越让他感到紧张。

"把头抬起来！"过了一会儿，光男终于说话了。在他颤抖的声音里，可以听出他在拼命压制自己的怒火。"我要好好听你怎么谢罪，进来吧！"

"是。"

纯一走进了佐村制作所。工人已经察觉到是怎么回事，惊慌地看看光男，又看看纯一。

光男把纯一带进制作所里面的一个房间，让他在一张办公桌前坐下，他自己也坐下了。可是，他小声嘟囔了一声，又站了起来。他要干什么？纯一心中惶恐不安。只见光男走到墙边的电水壶旁，冲了一杯茶，然后放到了纯一面前。跟杀害儿子的人面对面坐着，还给他倒茶，这需要多大的意志力啊。

"对不起，"纯一站起来鞠躬，"实在对不起。"他把谢罪的话又重复了一遍。

光男盯着纯一看了很长时间才问："什么时候出来的？"

"两天前。"

"两天前？为什么不马上来？"

"和解契约的内容，我昨天才知道。"纯一如实回答。

听纯一这么说，光男那油亮亮的额头上青筋暴起："要是没有契约，就不来谢罪了吗？"

"不是的，不会的。"纯一慌忙回答，他在心里却说：正如你所说的那样，我是不会来的。我没有错，挑起事端的是你儿子！

光男不再说话。大概他是想用沉默来折磨纯一吧。纯一一心想尽快地解脱，再次低下头去："我知道我无论怎样做都无法平息您的愤怒，但我还是要诚心诚意地向您谢罪……实在对不起。"

"关于和解契约，"光男开口说话了，"我接受你父母的诚意，咱们是同行，所以我知道你父母筹措那么大一笔抚慰金和赔偿金很困难。我能理解他们。"

听光男的语气,上面那些话好像是在说给他自己听。在纯一面前,他大概在尽量压抑内心的愤怒。

"喝点茶吧。"光男说。

纯一被感动了。巨额赔偿金像一块大石头压在纯一心头。自从知道了父母的困境,纯一的心就一直在痛。但是冷静地想一想,一切都是因为自己的行为造成的。现在,光男表现出的小亲切,犹如一股温和的风吹在了纯一僵硬的心上。

纯一小声说了一句"谢谢了,我喝",随即拿起了茶杯。

"说实话,我根本不想再看到你,不过既然我们已经见面了,我要你做一件事。"

"什么事?"纯一战战兢兢地问道。

"在你离开之前,面向恭介的灵位双手合十。"

十分钟后,纯一终于走出了佐村制作所。他已筋疲力尽,简直连走到马路对面的汽车那边去的力气都没有了。他打开副驾驶座那边的门钻进汽车,长长地叹了一口气。

"怎么样?"坐在驾驶座上的南乡问道。

"总算完成任务了。"

"太好了!"南乡安慰了一下纯一,发动了车子。

随后,二人来到一家快餐店,吃了顿便餐。吃饭的时候,纯一把跟佐村光男见面的情况讲给南乡听。但是他看到放在灵位上的佐村恭介的遗像时的心境,是无法用语言表达的。被纯一伤害致死,已经从这个世界上消失的佐村恭介,在相框里微笑着。这个二十五岁的年轻人的笑脸,跟事件发生时那阴险的表情完全不同。

那个男人已经不在这个世界上了。想到这里,纯一心里一片空白。他不知道自己应该怎样去思考,怎样去感受。以前他一直在心中怜悯自己,一直认为自己是正当的,甚至认为是命运捉弄自己,现在这些想法突然全都消失了。他没有办法填补内心的空白,所以感到非常狼狈。

听了纯一的话,南乡说:"以后,你永远不要忘记被害人家属的愤怒。这个事件之后最痛苦的人不是你,而是被害人的家属。"

"是的。"

"好了,总之这件事就算过去了。你要全力投入工作哦。"

南乡拿起账单站了起来,向收款台走去。他付了两个人的账。纯一看到南乡要了发票,大概是要用律师事务所给的必要活动经费报销吧。

从现在起就要开始工作了,想到这里纯一就振作了起来。但是,为一个死刑犯昭雪冤案,真的有可能吗?

-2-

离开餐馆十分钟后,南乡开车越过铁路,进入了靠近内陆的山区。这是一条很窄的柏油马路,锈迹斑斑的护栏外边草木丛生,挡住了本来可以看到的中凑郡的全景。

拐过好几个急弯道之后,他们看到了一辆停在路边的白色小轿车。

"那就是雇主。"南乡说着,把自己的车停在了白色小轿车后面。

二人下车以后,从白色小轿车上也下来一个穿着西装的男人,年龄大约五十岁,垂在胸前的旧领带随风飘荡,眉毛很浓,由于经常为了讨好别人装出笑容,脸上刻满了皱纹。

"让您久等了。"南乡说。

那个男人脸上马上浮现出讨好的笑容，皱纹更深了："哪里哪里，我刚到。"

"这个年轻人叫三上纯一。"南乡介绍说，"这位是律师事务所的杉浦老师。"

纯一鞠了个躬："请多关照。"

"彼此彼此。"杉浦律师应该知道纯一是个有前科的人，不过并没有从他的态度上表现出来。他跟南乡闲聊了几句之后，转过头来问纯一："三上先生还不太了解事件的详情吧？"

"是的。"

"那太好了。在脑子还是一张白纸的状态下了解情况最好。审判资料我已经交给南乡了，回头你再参考一下。"杉浦律师说着把视线移到了柏油马路上，"现在我就将事件的经过按顺序讲一下。事件发生在十年前夏天的一个夜晚，就在你们现在站的地方躺着一个受伤的男人。"

纯一不由自主地倒退了几步，目不转睛地看着路面。

"是摩托车事故。在男人身后，倒着一辆撞上护栏后完全损坏的摩托车。"

1991年8月29日晚上8点30分左右。

住在中凑郡矶边町的教员宇津木启介，带着妻子芳枝回父母家看望年迈的父母。他们驾驶着一辆轻型汽车顺着这条山路往上爬。虽然那天不巧赶上下雨，但因为是很熟悉的路，也没有特别在意。

在离父母家只有三百米处，差点轧上一个倒在路上的男人。宇津木夫妇吓了一跳，急忙从车里跳下来，跑到男人身边。

听到男人痛苦的呻吟声，他们马上意识到人还活着。

男人应该是从倒在他身后的越野摩托车上摔下来的。宇津木启介的直觉告诉他，这可能是一起摩托车超速行驶造成的交通事故。

后来的现场勘查把发生事故的状况搞清楚了。时速高达70公里的摩托车拐弯没减速，结果撞到了护栏上，男人被从摩托车上甩下来，摔在了地上。

关于当时的状况，宇津木启介的证词证实了后来在审判中成为争议焦点的重要事实："躺在地上的男人没有戴头盔，一眼就能看到头部在流血。"

宇津木夫妇为了尽快赶到父母家拨打119，赶紧上车继续前行。当时手机还未普及，只能回家打电话。

匆匆赶到父母家的宇津木夫妇，看到的却是遭到斧头之类大型木工工具袭击后惨死的父母的尸体。

"咱们换个地方接着说吧。"

杉浦律师说到这里，转身上车，引导着南乡他们在山路上行驶。

行驶了三百米左右，来到一所木造平房前面。

这就是案发现场——宇津木耕平宅邸。由于事件发生后一直闲置，庭院里杂草丛生，窗户上满是尘土。造型精巧的平房已经荒废，即便在强烈的阳光照射下，也显得苍凉凄怆。

"进去看一眼吧。"杉浦律师用漫不经心的语气说着，一只脚从道路和院子之间拉着的铁链上跨了过去。

"请等一下。"纯一不由自主地制止道。

"怎么了？"

"有进入许可证吗？"

"没关系，不会有人来的。"

"不，不是有没有人来的问题……"

"哦，是这样的。"南乡插嘴了。为了照顾纯一的情绪，他只简短地说了一句"他还在假释中"。

杉浦律师一副不理解的样子："那又怎么样？"

"万一被人认为是侵入了别人的住所，就会被重新关进监狱。"

"啊？是吗？是这么回事啊？跟我这个当律师的一起进去还不行吗？"杉浦律师脸上浮现出轻蔑的笑容。这让纯一对杉浦律师有了敌意。

"那么，我们就站在这儿说吧。"杉浦律师收回已经跨进院内的一只脚，继续说道，"这所房子的布局是这样的，进门以后右侧是厨房和浴室，左侧是客厅和寝室，这对老年夫妇是在进门以后左侧的客厅里被杀害的……"

宇津木启介和芳枝来到父母家时，家里的灯都亮着，大门也开着。启介一进门厅就拿起了放在鞋柜上的电话。

芳枝在丈夫叫救护车的时候，准备进客厅向公公婆婆说明情况。她拉开客厅的推拉门一看，看到的是倒在客厅两端的两位老人惨死后的尸体。

芳枝尖叫起来，与此同时，启介也看到了那凄惨的场面。他扔掉正在通话中的电话，跑进客厅，一看就知道老父老母已经死亡。

启介一时变得精神恍惚，清醒过来以后，又返回电话机旁，为父母叫了救护车。挂断电话后，他又想起了在路上看到的摩托车事故，不过在慌乱之中忘了已经叫过救护车了，于是又叫了一辆。

二十分钟后，三台救护车和临时派出所的警察赶来了。又过了十五分钟，胜浦市警察署派出的第一批搜查员也赶到了。震惊南房总地区的抢劫杀人案的侦破行动拉开了大幕。

现场鉴定和尸体观察的初步结果，判明了以下事实。

由于房子的门窗没有被撬过的痕迹，可以认为凶手是从大门进入家中，然后在客厅行凶杀人的。

被害人之一名叫宇津木耕平，六十七岁，已退休。另一个被害人是耕平的妻子，名叫宇津木康子。耕平退休前是当地一所中学的校长，七年前退休后一直作为志愿者担任刑满释放者的监护人。两名被害人的推定死亡时间为晚上7点左右。

从两名被害人身上留下的创伤推定，凶器是斧头之类的大型利器。致命伤都是头部那致命一击，两名被害人的头盖骨被击碎，大脑完全损伤。另外，耕平好像与凶手展开过短暂的搏斗，他双臂上的伤痕被认为是防御凶手攻击留下的。手臂的伤情说明大型利器的破坏力极大。被砍断的四根手指落在现场各处，只有肌肉连着的左前臂向下耷拉着。

现场勘查时在场的宇津木启介证实，装着被害人的存折、印鉴和银行卡的钱包被盗走，其他房间也有被翻找过的痕迹，但经宇津木启介夫妇确认，没盗走其他东西。

在距现场三百米处发生交通事故的摩托车驾驶员树原亮引起了搜查员们的注意。树原亮当时二十二岁，由于少年时代就有过不良行为，二十岁以后又有过小偷小摸行为，受到监护观察处分。他的监护人就是被害人宇津木耕平。

搞清了这层关系，搜查员直奔正在抢救树原亮的医院，结果在树原亮所持物品中发现了装着宇津木耕平银行卡的钱包。随后通过鉴定，从树原亮的衣服上检出了三个人的血，分别是树原亮本人和两名被害人的。

一切都清楚了，树原亮去他的监护人家里，杀害了宇津木夫妇，盗走了金钱，然后骑摩托车逃走。逃走途中由于车速太快，在拐弯处滑倒。具有讽刺意味的是，他居然是由被害人的儿子发现的。

结果，树原亮在住院的时候就以抢劫杀人嫌疑罪被逮捕，伤好以后就被起诉了。

"事件的经过就是这样。"杉浦律师说到这里停下来，叼上了一支香烟。

"难道对他的怀疑是错误的吗？"纯一问，"有能证明他的案子是冤案的证据吗？"

"首先，"杉浦律师点燃香烟后开始往下说，"我看了一审的审判记录，谈得上争议焦点的东西几乎没有。树原亮运气不好，公设辩护人根本无心为他辩护。"

纯一不由得看了杉浦律师一眼："无心为他辩护？"

"是的，这是常有的事，"杉浦律师满不在乎地说，"审判这东西全看走运不走运。被告人的律师、检察官、法官等凑在一起，完全可以左右一场审判。有这样的说法：如果被告人是一个年轻漂亮的女性，男法官就会作出较轻的判决，反之，女法官就会主张严惩。这也是自由心证主义[1]。哈哈……"

纯一根本没在意杉浦律师的哈哈大笑，而是低头思考着自己的事。自己因伤害致死罪被审判的时候，法庭是怎样一种状况呢？

"咱们言归正传，"杉浦律师继续说道，"对一审的死刑判决开始产生怀疑，是从二审开始的。新聘请的辩护律师非常执著地追究两个疑点。一个是始终没有发现被盗走的印鉴、存折和凶器。案发后警察进行了全面搜索，结果……"

杉浦律师离开通向宇津木宅邸的道路，指着通向山中未铺柏油的林荫路说："在离这里三百米左右的地方，发现了一把铁锹。那把铁锹是被害人家里的东西。也就是说，凶手逃走之前曾一度进入山中，掩埋证据。"

---

[1] 自由心证主义的主要内涵是：法律不预先设定机械的规则来指示或约束法官，而是由法官针对具体案情，根据经验法则、逻辑规则和自己的理性良心来自由判断证据、认定事实。

纯一问:"凶手不但掩埋凶器,连印鉴和存折也掩埋,这不是太奇怪了吗?"

"辩护人也指出了这一点。但是检察院方面反驳说,被害人肯定是认为只要有银行卡,就能取出现金。"

南乡说话了:"这么解释有点勉强。"

"是的。但是,留在铁锹周围的轮胎印,确实是树原亮的摩托车留下的。"

"也就是说,去与逃走路线相反的方向掩埋证据是为了搅乱搜查?"

"审判方是这样认为的。"

纯一问道:"最后也没发现存折、印鉴和凶器吗?"

"是的。警察还分析了附着在铁锹上的泥土,在非常大的范围内进行了搜查,结果什么都没找到。但是,附着在铁锹上的泥土,与附着在摩托车轮胎上的泥土的土质是一致的。毫无疑问,树原亮的摩托车去过扔铁锹的地方。"

杉浦律师说到这里停了下来,为的是给纯一和南乡一点整理思路的时间。然后他继续说道:"第二个疑点是树原亮这个年轻人在事故现场被发现时没戴头盔。根据他周围的人的证词,树原亮在驾驶摩托车时总是戴全脸头盔。作案的时候,这是掩盖面部最合适的东西,可为什么在抢劫杀人这一天,却没戴头盔呢?"

南乡想了一下问道:"也就是说,有第三者的存在?"

"是的,辩护人就是这样主张的。发生交通事故的时候,摩托车上应该有两个人,坐在后面的那个人,把树原亮戴着的头盔抢过去戴上了,所以事故发生时没受重伤。"

"您的意思是说,他一个人逃走了?"

"是的,事故现场周围虽然都是很陡的斜坡,但树木很多,抓着树枝树干下山,是完全没有问题的。"

纯一问:"警察没有查一查斜坡上是否有脚印吗?"

"查了,没发现脚印。但是那天下雨了,即使有人顺着斜坡下去过,也找不到脚印了。这却成了检方反驳第三者说的强有力的证据。"杉浦律师谨慎地说,"抢劫杀人后却没用被害人的存折取出现金,也就是说,如果是第三者拿走了印鉴和存折的话,为什么他不使用印鉴和存折呢?为了抢劫这些东西,他可是杀了两个人啊。"

纯一沉默了,南乡也陷入了沉默。辩护方与检方在二审时激辩的场面浮现在他们眼前。但是,结果呢?……

"二审驳回了上诉,最高法院也驳回了上诉,后来的判决订正申诉还是被驳回,最终确定了死刑判决。"

"请等一下,"纯一发现自己听漏了重要的事情,"关于刚才的第三者说,被抓起来的树原亮是怎么说的呢?摩托车后座上坐没坐人?坐的是谁?没有他的证词吗?"

"这个案子特殊就特殊在这里,"杉浦律师停顿了一下又说,"被告人因在摩托车事故中头部受到强烈撞击,完全丧失了犯罪时和犯罪前后那几个小时的记忆。"

树原亮骑摩托车发生交通事故负的伤,除了四肢摔伤以外,右脸严重擦伤,皮肤几乎剥落,头盖骨也骨折了,造成脑挫伤。不过,颅内的血肿通过手术被清除,头部及面部骨折也复位了,术后恢复得很好。

但是,树原亮留下了让搜查员们感到困惑的后遗症。案发当天下午5点以后的事,树原亮完全丧失了记忆。

对于自称只丧失了案发前后四个小时的记忆的树原亮,搜查员们持怀疑态度,认为他有可能是假装失忆。刑警们执著地审问,想让他招供，但树原亮坚称什么也想不起来了。

被告人失去的那段记忆，在后来的审判中也成了争议的焦点。如果是装病拒绝招供的话，那么他将受到更严厉的惩罚。但是，法官根据医务人员的证词推定，被告人记忆丧失是真实的。因为人在头部受到撞击的情况下，不仅发生事故那个瞬间的记忆可能会丧失，甚至此前很长一段时间的记忆也可能会丧失，这种现象被称为"逆行性遗忘"，而且"逆行性遗忘"并不是稀有的病症，在交通事故中受伤的人中频繁出现。法庭把医务人员的证言作为证据采用了。

但是，推定毕竟是推定。发生逆行性遗忘的病理机制还没有弄清，客观地观察到大脑的器质性病变的情况也很少。所以，说树原亮肯定是丧失了记忆，并没有物理性证据。

"问题就在这里，"南乡接着杉浦律师的话继续说道，"没有记忆就不能反驳检方主张的公诉事实。进一步说，正因为他丧失了记忆，才会被认为他接受了死刑判决。"

"这是什么意思？"

"量刑基准。量刑基准是这样的：关于抢劫杀人，如果被害人是一名，就不会被判死刑，而是被判无期徒刑。但是，如果被害人是三名以上，一般情况下都会被判处死刑。"

"这个案子的微妙之处在于被害人是两名，"杉浦律师说，"在这种情况下，审判结果转向哪边都不奇怪。但对于被告人来说，这是生死攸关的问题。如果逃过死刑，被判无期徒刑，按照法律规定，服刑满十年就有可能回归社会。"

纯一看看杉浦律师，又看看南乡，然后说道："那么，量刑基准跟树原亮有没有关于这个案件的记忆有什么关系呢？"

"这跟悔改之心有很大的关系，"南乡说，"法官判不判死刑的最重要的理由，就是看被告人是否有悔改之心。"

纯一对于悔改之心这个说法实在是太熟悉了，因为他自己被判刑的时候也存在这个问题。不过那时候也就是延长了几个月的刑期，并不是死刑与无期徒刑这么大的差别。

纯一再也忍不住了，干脆将一直存在于他心中的疑问说了出来："悔改之心什么的，别人能做出判断吗？犯了罪的人是否真正从内心反省，从外表怎么能看出来呢？"

"从过去的判例来看，判断的标准各种各样。"杉浦律师的脸上浮现出一丝浅笑，"比如在法庭上痛哭流涕啦，愿意支付给遗属高额赔偿金啦，在拘留所做个被害人的灵位每天叩拜啦，等等。"

"被害人已经被杀死了，每天叩拜也活不过来吧？如果用这些作为判断的标准，不是对有钱人和爱哭的人很有利吗？"纯一真的生气了，毫不客气地反驳道。

南乡见纯一这么冲动，感到不可思议。"你这么说话就有点过分了。"南乡温和地批评了纯一，又加了一句，"当然我也不能否定你的话是有道理的。"

"我们还是回到树原亮丧失记忆这个话题上来吧。"杉浦律师说，"因为他本人丧失了记忆，当然也就不可能表现出所谓的悔改之心，因为他根本不记得自己干了什么。他本人非常自信地作出证词，除了失去记忆的几个小时以外，从未想过要杀害宇津木夫妇。"

南乡说："这真是一个莫大的讽刺。如果发生一个跟树原亮相同的案子，凶手即便被起诉，但只要主动坦白，并表现出悔改之心，也许就不会被判死刑了。"

纯一又想起自己不满两年的刑期。自己也夺走了别人的性命，结果纯一自己的生命却没有受到威胁。抢劫致死与伤害致死，同样都是夺去他人生命的犯罪，量刑却有如此大的差别。

"由于他的逆行性遗忘，判决确定后对他也很不利。"杉浦律师说，"法律赋予的可以挽救死刑犯的方法，有请求重审和请求恩赦两种，但请求恩赦必须是在承认自己罪行的前提下，所以他没有资格请求恩赦。"

"那么剩下的方法只有请求重审了？"

"是的。他三次重审请求都被驳回了，第四次也被驳回，但现在正在进行上诉。估计这次上诉也会被驳回。我要拜托南乡先生和你的，是为第五次请求重审收集证据。"

纯一决定积极参与这件事。他开始诚心诚意地考虑如何救这位叫树原亮的死刑犯一命。如果他自己身上没有背负着犯罪前科的话，也许不会如此同情一个死刑犯。

"但是我们已经没有多少时间了，从第一次判决到现在已经过去快七年了，所以树原亮哪天被执行死刑都不奇怪。最危险的时刻就是这次重审请求被驳回的那个瞬间。"

"那么，即使我们找到了他无罪的证据，他也有可能在第五次请求重审之前被执行死刑，是这样吗？"

"是的，这次到我们事务所来的委托人也考虑到了这个情况，所以只给了我们三个月的期限。"

"委托人？"南乡感到意外，"这个工作，不是杉浦老师交给我们的吗？"

"不是我交给你们的。我还没有告诉您吗？"杉浦律师脸上浮现出讨好的笑容，"我只是转达委托人的愿望。他想为死刑犯昭雪冤案，所以让我找人收集证据。"

"于是您就选择了我们作为行动部队？"

"是这样的。"

"我也想过，如果是杉浦老师交给我们的工作，报酬也太高了。"南乡半开玩笑地笑了，但他眼神的一隅残留着对杉浦律师的些许怀疑，"委托人是什么地方的人？叫什么名字？"

"这是秘密，我只能告诉您，委托人是一位匿名的热心慈善事业的人。他反对死刑制度，是一个很有骨气的人。"

杉浦律师又圆滑地对依然持怀疑态度的南乡说："关于报酬，您还满意吧？"

"啊，"南乡沉着脸点点头，"还有什么事没说给我们听吗？"

"还有一个。现在有不少各种各样的社会组织在援助树原亮，都是反对死刑制度的人士，你们绝对不要与这些组织接触。"

"为什么？"

"虽然这些援助树原亮的人士都是善意的志愿者，但其中也有思想极端的人士。如果你们收集证据的时候与这些人扯上关系，对重审请求的审查就会更加严格。"

这个解释没能说服纯一："谁干不一样？证据就是证据。"

"那可不一样。这就是日本社会的复杂之处。"杉浦律师用一种抽象的说法回避了纯一的问题，"总之，你们两个人的活动，千万要保密。"

"可是我必须向监护人和监护观察官汇报……"

"那倒不要紧。他们有义务为三上你保守秘密，不会从他们那里泄露出去的。"

南乡问："杉浦老师以前援助过树原亮吗？"

"没有。这次是第一次。"

见南乡皱起了眉头，杉浦律师慌忙说："是这样的，树原亮还有别的律师，各种援助活动是以那位律师为中心开展的。可是有一个援助树原亮的人，这次特意跑到我的事务所来了。也许是在援助树原亮的组织内部与大家有了意见分歧，决定单独行动吧。"

"原来如此。"南乡说着用鼻子叹了口气。为了换换心情，他故作开朗地对纯一说道："那好，我们就开始干吧！可是从哪里下手呢？"

纯一听南乡这样问自己，心里很高兴，可是纯一也不知道从哪里下手，反问南乡："是啊，从哪里下手呢？"

"最后还有一点。"杉浦律师插话了。

纯一和南乡一起转过头去，不高兴地看着杉浦律师。

杉浦律师犹犹豫豫地说道："这次促使委托人采取行动的理由，是因为树原亮想起来了一部分丧失的记忆。"

"一部分记忆？"

"是的。树原亮说，在丧失的那不到四个小时的记忆里，他正在某个地方上台阶。"

"台阶？"纯一立刻问道。

"是的。他说当时他处于一种死亡的恐惧之中，他在死亡的恐惧之中上台阶。"

-3-

杉浦律师钻进自己的白色轿车，顺着山路下山了。此后，纯一和南乡站在原地，盯着宇津木耕平宅邸看了好一会儿。

这时候已经是下午1点半了，开始倾斜的阳光使周围新鲜的绿叶在逆光中格外显眼。淡淡的光线照射下的木造房屋，看上去就像落后于时代潮流的古代遗迹。

"真是奇怪，"南乡终于说话了，"这是座平房啊，怎么会有……"

"是啊，怎么会有台阶呢？"纯一也觉得奇怪。

"征得遗属的同意以后，无论如何也要进去看看。"南乡环顾四周，看到宇津木宅邸前面那条路，一边通向海边中凑郡繁华的街道，一边通向凶手掩埋证据的山中。

"不管怎么说，我们要先找有台阶的建筑物。"南乡主意已定。

"树原亮恢复的记忆，"纯一说道，"是不是过于模糊了？他想起来的，只有死亡的恐惧和他自己踏上台阶的脚。"

"除此之外他什么也没想起来啊。"

"不能跟本人见一面，详细问问吗？"

"那是不可能的。已确定死刑的囚犯与社会完全隔离。能够见到他的只有律师和他的部分亲属。从被判处死刑的那一刻起，他就跟从这个世界上消失了一样。"

"南乡先生作为管教官也不能见吗？"

"也不能见。"南乡想了想又说，"不过，同为死刑犯，在最高法院确定执行死刑之前，也有见到过的。不管怎么说，我们只能靠自己的力量解决问题。"

"南乡先生怎么看？树原亮是被冤枉的吗？"

"只能说有这种可能性。"南乡脸上浮现出为难的笑容，"从刚才杉浦律师介绍的情况来看，应该有四种假说。首先是树原亮单独作案。如果是这样，判决就是正确的。第二，有第三者存在，但如果第三者与树原亮同为主犯，死刑判决也不会更改。不过如果第三者是主犯，树原亮是从犯，就可以减刑至无期徒刑以下。"

以上三个假说，都是将树原亮当作罪犯。纯一把希望寄托在第四个假说上。

"第四个假说是第三者单独作案。去拜访监护人的树原亮偶然遇到了这个强盗，强盗胁迫树原亮，让树原亮帮他处理证据并帮他逃走，结果在下山途中发生了交通事故。"

"头盔不就证明了这个假说吗？如果一开始就是两人一起作案的话，应该有两个头盔才对呀。"

南乡点点头，说出了自己的疑问："可是，强盗为什么不在事故现场杀死树原亮呢？也许树原亮已经看到他的脸了。"

"大概强盗以为把树原亮扔在那里不管，也肯定会死掉的。如果警察发现摩托车事故现场的尸体是他杀，强盗不就惹火烧身了吗？"

"你说得有道理。也许摩托车事故刚一发生，宇津木夫妇就正好经过那里。"

"就是说，强盗没有杀死树原亮的时间。"

"是的。于是，强盗为了加罪于树原亮，把装着银行卡的钱包留在了现场。"

纯一见自己的推论说服了南乡，感到十分满足。

南乡又说："还有一件叫我觉得奇怪的事，就是存折和印鉴为什么不见了。如果说存折、印鉴和凶器一起被掩埋了，怎么想都让人感到不可思议。如果说是被那个第三者拿走了，还比较自然……可是，他为什么不去银行取钱呢？"

"怕被银行的监控录像录下来？"

南乡笑了："能想到监控录像的家伙，一开始就不会偷存折。"

"啊，那倒也是。"

"如果我们相信第四个假说，就无论如何也要找到台阶。我觉得警察没有找到的凶器就在那里，说不定其他的证据也在那里。"

纯一对此也有同感。强盗行凶后，将树原亮带到一个有台阶的地方，强迫他掩埋了证据。树原亮一定想过，警察会根据他的供述把证据挖出来的。可惜的是，摩托车事故发生后，他丧失了记忆。

但是纯一马上又想到，所谓的台阶如果是楼梯的话，一般应该在房子里，跟用铁锹挖洞的行为没有什么关联。

"先回东京吧。"

南乡说着向汽车走去。纯一跟在他身后，试探着问了一句："刚才那位杉浦律师，我们可以信任他吗？"

"律师嘛，就是为了让人们信任而存在的。"南乡笑着说道，说完又补充了一句，"当然，这只不过是理想主义的说法。"

南乡特意把纯一送到了位于大塚的家。大概是想跟从今以后要一起工作的搭档加深感情吧。南乡跟纯一确认了从第二天开始需要做的准备工作之后，就回位于川崎的哥哥家去了。

晚上，一家三口在一起吃晚饭，纯一对父母说，他找到了一份给律师事务所帮忙三个月的工作。就像他希望看到的那样，俊男和幸惠都高兴得瞪大了眼睛。儿子是接受了松山监狱的首席管教官的邀请参与这个工作的，这让纯一的父母格外喜悦和安心。看着父母的笑脸，纯一对邀请自己参与这个工作的南乡，从心底里涌出感激之情。

一家三口的晚饭很简朴，但在欢快的气氛中，纯一吃了很多。关于高额报酬的事，他没对父母说。三个月的工作就能挣到300万，如果能够救了树原亮的命，还会有1000万的奖金。他打算到时全部交给父母。

从第二天开始，纯一用了两天时间做准备工作。他用在监狱里劳动挣来的6万日元，买了换洗用的衣服和洗漱用具。

然后他又去监护人久保老师家汇报，并向监护观察所提交了"旅行申请"。

看来南乡已经向久保老师做了详细的说明。久保老师笑容满面地说："监护观察官落合先生也很高兴。这是一份很好的工作，你要好好干！"

"是！"纯一也笑容满面地答道。

与此同时，南乡又是跟杉浦律师见面，又是前往中凑郡，也在忙着做准备工作。

为了节省经费和时间，南乡打算租一套可以住三个月的公寓。最初他想去中凑郡的房地产公司，但考虑到中凑郡住着纯一事件的被害人遗属，万一佐村光男和纯一碰面的话，说不定会遇到预想不到的麻烦。

最后，南乡决定去胜浦市租房子，从胜浦市到中凑郡开车只需要二十分钟。考虑了一下之后，他认为应该让纯一自己睡一个单间，于是租了一套有两个卧室的公寓。这是南乡为了关照纯一做出的决定，他想让刚刚出狱的纯一过上正常人的生活。一套有两个卧室的带浴室的公寓，房租是5.5万日元。加上礼金，比租一套一个卧室的公寓贵了10万日元，不过还在经费允许的范围之内。

做完这些杂事，南乡直奔位于东京都小菅的东京拘留所。树原亮就被监禁在这个拘留所新4号楼二层的死因牢里，当然，南乡不可能见到树原亮，他的目的是见到那些他在频繁调动工作过程中认识的管教官。

南乡顺利地找到了一个。这个人姓冈崎，是南乡在福冈拘留所工作时的老部下，现在的职务是看守长。冈崎下班后，南乡把他约到附近的小酒馆，说是有机密事情。

"树原亮要是有被执行死刑的动静，能马上告诉我吗？"

南乡压低声音说出这句话以后，比南乡小七岁的老部下紧张得全身都僵住了。冈崎看守长比南乡晋升得快，现在已经是企划部门的首席管教官了。如果树原亮的死刑执行通知书送到拘留所，他应该最早知道。当然，关于执行死刑的日期，上边肯定会发出严禁向外人透露的命令，但是南乡认为冈崎的沉默有别的理由。

"不用说，我不会对任何人说，只有我一个人知道。"南乡再次请求道。

冈崎环视了周围一下，微微点了点头："明白了。"

"对不起，让你为难了。"

冈崎拿起酒杯一饮而尽："因为我确实受到过南乡先生很多关照。"

听冈崎这么说，南乡的心情变得沉重起来。

跟冈崎分手后回到川崎的哥哥家时，已经是第二天凌晨了。

南乡从哥哥家拿了些锅碗瓢盆和被褥之类的日常生活品，塞进从租车公司租来的一辆本田思域的后座上。

一切都准备好了。

南乡长长地吐了一口气。为了挥去郁闷的心情，南乡抬头仰望夜空。南方天空上，星星都被乌云遮住，一颗也看不到了。

梅雨季节马上就要来临了。

第三章
调查

— 1 —

出发去南房总那天早上，南乡和纯一集合的地点还是位于旗之台的那家咖啡馆。

先到咖啡馆的纯一吃完早点等着南乡。看到南乡开着一辆本田思域过来，车上装满了必要的家具和日常生活用品，纯一马上就上了车。前往中凑郡的路线与上次相同。

"刚才那个杂货店，就是你女朋友的家吗？"

汽车一开动，南乡马上就问到这个问题，纯一吃了一惊。这就是南乡常年的管教官工作培养出来的直觉吧。

"就是那个里里杂货店。"南乡又说。

今天早上没能看到友里的身影。纯一想，这事告诉南乡也没有什么不好，就在他觉得可以说的范围内承认了："是的，上高中的时候跟我一起离家出走的就是她。"

"离家出走？"南乡一副吃惊的表情，"是十年前那次离家出走吗？"

"是的。"

"你们一直在交往吗？"

"是的……不过现在只是一般的朋友。"

"她很可爱，是吗？"

"我认为她很可爱。"

南乡笑了。

纯一改变了话题，问道："南乡老师，您是怎么当上管教官的？"

"以后跟我说话不要使用敬语。"南乡说着轻轻一打方向盘，进入驶向东京湾横断道路的车道，然后开始讲述自己的身世，"我家是开面包房的，虽然不愁吃不愁穿，但是如果供孩子上大学，只供得起一个。于是我父母就决定只生一个孩子。"

讲到这里，南乡停顿了一会儿，然后继续说道："谁知生了一对双胞胎。"

纯一不由得看了南乡一眼："这么说，川崎老家的哥哥是……"

"跟我长得一模一样的双胞胎哥哥。"

纯一笑了。

南乡也觉得很有意思，笑着说："不管谁听说我有个双胞胎哥哥，都会笑起来。你说这是为什么？"

"这个嘛……我也不知道。"

"总之，到底供谁上大学这个大问题被提到我们家的议事日程上。最后，父亲决定供考上了好大学的那个，结果我哥哥上了大学。我读完高中以后，在家待业了一年。那时候，一位来我家买面包的法官很随便地对我说，去当管教官吧。"南乡说话的语气，配上两条特别爱动的细眉毛，有一种让人感到愉悦的轻快感，"详细一问，没想到管教官世界是一个非常公平的世界，并不会因为学历低而影响晋升，高中毕业生也能升到监狱长的高位。"

纯一虽然在监狱服过刑，但是并不了解这些情况。

"真不错。"纯一感慨道。

"于是我就开始以考上管教官作为自己的奋斗目标拼命努力,终于考上了。我那个时候还比较好考,现在门槛高了,竞争率高达15∶1。毕竟工资比一般公务员高嘛。"

既然这样,南乡为什么还要辞去管教官这个很不错的工作呢?纯一觉得不可思议,但是他没说出来。

"上了大学的哥哥至今都感到过意不去,一有机会就向我还债,"南乡用下巴指了指塞满了被褥和电饭锅等生活必需品的车后座,"连这些东西都给我准备好了,是个好哥哥吧?"

"嗯。"纯一点点头。他想说,因为他和南乡先生长得一模一样嘛,但觉得好像是奉承人,话到嘴边又咽了回去。

旅程非常顺利。早上的电视新闻报道说从今天开始进入梅雨季节,不过虽然阴着天,却没有下雨的迹象。

也许南乡认为到时候了吧,汽车一驶进房总半岛,他就让纯一把车后座上的包拿过来,对纯一说道:"里面有手机和名片,把它们拿出来。"

纯一按照南乡的指示拿出手机和一叠印着自己名字的名片。名片上印着:杉浦律师事务所,三上纯一。还印着事务所的地址和电话号码。纯一对杉浦律师没有什么好感,但一看到名片,马上感到自己这个有前科的人有了强大的后盾,甚至有了一种无所畏惧的感觉。

南乡把自己的手机号码告诉纯一,并说分头行动时可以用手机联系。

"包里还有一个信封吧?"

纯一往包里一看,看到一个厚厚的信封。

"信封里是20万日元。如果用于个人消费的话,月末从你的报酬中扣除。如果是工作上的必要开支,要开发票。"

"我知道了。"纯一把那厚厚的一叠钱从信封里拿出来塞进自己的钱包,然后把钱包插进屁股后面的裤兜里。

两个半小时的行程终于快结束了,国道两侧已经可以看到星星点点的人家,他们进入了中凑郡境内。

"在地图上帮我找一下这个地方。"南乡向纯一发出了指示。

纯一接过南乡递过来的一个纸条,纸条上写着"宇津木启介"这个名字和他的住址。十年前那个事件的第一发现者的家,就在中凑郡最繁华的街道——矶边町靠海的一个角落上。

被害人儿子的家是一幢崭新的二层楼房。这所房子比周围房子大得多。跟案发现场已经变得破烂不堪的宇津木耕平宅邸比起来,这所新建的房子更是华丽壮观得让人感到意外。

下车以后,南乡问纯一:"咱们看上去像律师事务所的人吗?"

纯一看看自己的打扮又看看南乡的打扮,南乡就像一位刚刚出洋回国的大叔,纯一还是纯一,穿的是年轻人喜欢的休闲衬衣和休闲长裤。

"考虑不周,穿得正式一点就好了。"南乡说完,摘下宽檐帽放进车内。纯一尽量抚平衬衣上的褶皱,和南乡一起向宇津木启介的新房子走去。

大门上有典雅的木制门环,还有对讲门铃。按下门铃之后,不一会儿就从扬声器里传出"来了"的声音,随后走出来一位五十多岁的女性。

"这里是宇津木先生的家吗?"南乡问道。

"是的。"看上去对方没有一点警戒心。

"您就是宇津木芳枝女士?"

"是的。"

纯一一直凝视着被害人的儿媳妇。对陌生的客人笑脸相迎,在大城市是见不到的。

"我们是从东京来的。"南乡递上名片,纯一也效仿南乡递上名片。

"我姓南乡,他姓三上。"

看了名片以后,芳枝脸上露出惊讶的表情:"律师事务所?"

"是的。非常对不起,虽然这话不好说出口,可是……我们这次登门拜访,是为了调查十年前发生的那个事件。"

芳枝惊得张大了嘴巴,看看南乡,又看看纯一。

"如果可以的话,请让我们到您公公住过的房子里边看看。"

"为什么到现在了还……"芳枝用呆板的声音问道,"事件早就结束了。"

"是早就结束了,不过……"南乡欲言又止,决定改变作战方案,"是一件细小的事情,其实只是想请您告诉我们,那边的房子里有没有台阶。"

"台阶?"

"是的。您只要告诉我们有没有台阶就可以了。"

纯一明白南乡的苦心。如果说这次前来是为了给树原亮的冤罪翻案,肯定会刺激被害人遗属的感情。但是,芳枝连这么简单的问题都不愿意回答。

她说了句"请等一下",转身走进家里去了。

"看来不会很顺利。"南乡小声嘟囔着。

过了一会儿,一位高个子男人跟芳枝一起出来了,不用说,这是被害人的儿子宇津木启介。启介用怀疑的目光盯着南乡和纯一。

"我是这家的户主。你们有什么事吗?"

"今天您在家呀?"

"今天是我的研究日。"启介说完又补充了一句,"我是高中教师，每周有一天在家。"

南乡打算再做一次自我介绍，启介打断了他的话："我听我太太说过了，你们为什么又要把这个事件挖出来？"

"不过是一般的事后调查。其实我们只是想了解一下您父亲的房子里有没有台阶。"

"台阶？"

"是的。虽然那是一所平房，但是不是也可能有通向地下室的台阶？"

"请等一下。我的问题是，你们为什么又要把这个事件挖出来？"启介不等南乡回答，直接触及问题的核心，"是不是为了罪犯的重审请求？"

南乡虽然不想说出来，但也只好点头承认："是的。"

"如果是这事，我不会跟你们合作的！"

"既然您这么说，我们也就没有什么好说的了。"南乡好像是尽可能地为自己辩解，"我们并不是要包庇罪犯……只不过我们发现法院的判决里还有某些合理的疑点。"

"没有疑点！"启介那具有威慑力的目光俯视着南乡和纯一，"就是那个叫树原亮的品行不良的家伙杀死了我的父母！为了那么一点点钱，就杀死了我的父母！"

"有关审判的经过，您知道吗？例如……"

"别说了！"启介突然激动起来，"什么是合理的疑点？难道不是那个品行不良的家伙穿的衣服上溅上了我父母的血，拿走了我父亲的钱包吗？这还不够吗？"

南乡和纯一在宇津木夫妻严厉的目光下，一句话也说不出来，只能呆呆地站在那里。纯一痛感对死刑判决提出疑问对于被害人亲属的感情是多么残酷的蹂躏。在他们这里，任何道理都是说不通的。

"你们有过亲生父母被人残杀的经历吗？我可是亲眼看到了自己亲生父母被杀害的悲惨现场！"宇津木启介的眼中满含着泪水，那是愤怒和悲哀的泪水。他突然低下头，压低声音说道："我看到他们的时候，脑浆正从父亲的额头流出来……"

在接下来的很长一段时间里都没人说话，只隐约听得到海浪的声音。

过了一会儿，南乡垂下头说了句"真可怜"。他的声音里饱含着同情："国家给您补偿了吗？政府应该支付给被害人一笔钱。"

启介无力地摇摇头说："那是什么狗屁制度，我们一点补偿都没得到！就在我们向被告人提出损害赔偿的时候，却说什么时效已经过了。"

"时效？"

"是的。说什么过了两年，就不能提出损害赔偿了。可事先谁也没有告诉过我们！"

南乡轻轻点了点头："我们没有充分地考虑到您的心情，突然找上门来，是我们太冒失了，实在对不起。"

"你们能理解这一点就行了。我这一辈子做的最后悔的一件事就是把救护车叫到摩托车事故现场来。如果我不叫救护车的话，凶手当场就被执行死刑了。"

面对遗属表现出来的强烈的仇恨情绪，纯一觉得无法在这里待下去了。他的脑海里浮现出佐村光男的身影。纯一作为加害者去他家里谢罪时，失去了儿子的父亲会是怎样一种心情呢？正如宇津木启介所说的那样，一定是一种复仇的心理吧？但是，光男连一根手指头都没碰纯一，这需要多大的意志力啊！

"叫我们感到安慰的是，法院下达了死刑判决。"宇津木启介自言自语似的小声说道，"虽说判了凶手死刑，我的父母也回不来了，但总比让凶手活下去要好得多。也许你们不能理解我们这种心情。"

"不，我能理解。"一直低着头的南乡简短地应答了一句。

"我刚才说话声音太大了，对不起。该说的我都说了。"启介说完，微微点头行礼，转身回家里去了。

依然留在那里的芳枝说话了："也许我们言辞过于激烈，对不起。但是有一点请你们理解。那个事件发生以后，我们每天就像在地狱里过日子。葬礼都没准备好就开始接受警察的调查，各家媒体纷纷前来采访，门铃从早到晚响个不停……那些高叫着报道自由的人，像凶手一样向我们扑过来。我和我丈夫身体都被搞垮了，一起住进了医院。当然，医疗费得自己负担。可是，那个受伤的凶手的手术费、治疗费，却全部由国家负担！"

眼看芳枝眼眶里含满的泪水就要滚落下来了，纯一把脸转到了一边。

"请原谅我说话语无伦次。我只是想让你们明白，在这个国家里，你刚成为恶性犯罪的受害者，整个社会突然就成了你的加害者。而且无论他们怎么欺负你这个被害人，也没有人来向你谢罪，也没有人承担责任。"芳枝的表情充满着对社会的厌恶，她看着南乡和纯一继续说道，"结果，作为遗属，只有将一切的仇恨发泄到罪犯身上。对不起你们二位了，我的希望是，罪犯的重审请求被驳回。"说完，芳枝转身进家，轻轻关上了大门。

纯一感到很不是滋味，盯着已经关闭的大门看了很长时间。他的眼前浮现出芳枝开门迎接他们时的笑脸。宇津木夫妻已经把十年前的沉痛记忆埋藏在内心深处的某个角落，过着表面看起来好像什么都没发生过的平静的日子。但是，纯一他们的来访，破坏了他们拼死保持的表面上的平静生活。

"我们太莽撞了。"南乡说。

纯一点头表示赞同。

"前景令人担忧啊。"

纯一再次点头表示赞同。

当天下午纯一和南乡一直待在胜浦市。他们今后的活动据点是一个叫"胜浦别墅"的公寓二楼的一套单元房。他们把带来的全部家当都搬进去,打电话把煤气公司的人叫来接通了煤气,又跟住在附近的房东打了招呼,入住手续就算办好了。

这套房子有一个四叠大小的厨房,还有一个浴室和两个六叠大小的卧室。

房子比想象的好多了,纯一吃了一惊。他原来以为只会有一间卧室,要忍受跟南乡挤在一起睡的倒霉境遇呢。在纯一这个卧室里,如果天气好的话,还可以看到远处的大海。找房子的辛劳全部都由南乡一个人承担了,纯一觉得挺对不起南乡的。

"你会做菜吗?"南乡问。

纯一老实地回答:"炒饭还凑合。"

"那还是我来做饭更好一些。"南乡笑着说,"家务我们两个人分担吧。你负责洗衣服和打扫房间。"

随后二人又出去买了些食品和日用品等,南乡在准备晚餐时已经下午5点多了。

"南乡先生,我想问您一个问题……"纯一坐在榻榻米上,看着在厨房做饭的南乡问道。

"什么问题?"

"刚才您提到的国家对被害人的补偿……我那个事件是怎么处理的?"

"你是想问佐村光男是否得到了国家补偿吧?"

"是的。"

"那个人没有得到国家补偿，因为你父母答应赔偿了。"南乡想了一下又说，"事情是这样的，如果得到了超过国家补偿的数额，国家就一块钱都不给了。"

纯一略加思索之后问道："那么，国家补偿数额是多少呢？"

"大约1000万。这是法律规定的人命的价钱。"南乡说完又加上一句，"但对于被害人来说，只不过是微不足道的赔偿。"

纯一点了点头。在知道了父母艰难痛苦的境地之后，纯一对收下了7000万赔偿金的佐村光男产生了一种很复杂的想法。然而站在被害人的立场上来看，这不过是最起码的要求。再想想刚才宇津木夫妇表现出来的愤怒之情，佐村光男对纯一的态度，就只能说是宽容了。当确信自己被宽恕时，纯一的心中确实涌上来一股觉得对不起被害人的感情。

自己还需要继续学习。忽然，纯一意识到自己正在盯着南乡的后背。刚才贸然拜访宇津木家的无谋之举，真是南乡太莽撞了吗？还是为了教育我，才特意把我带到那里去的呢？

"在我的卧室里有诉讼记录。"南乡说，"虽然量相当大，但你最好还是看一看。"

"好的。"纯一说完走进南乡的卧室。卧室一角有一捆约十五厘米厚的文件，用一个包袱皮包着。

"别看这么多，也只是一小部分。"南乡笑着说。

如此大量的文件，纯一不知道从哪里下手，就很随意地翻阅起来。

在那一叠文件的中间，有第一审的判决书。

主文

判处被告人树原亮死刑。

扣押125CC摩托车一辆（平成三年[1]押第1842号之9），男式白色衬衫一件（同号之10），男式蓝色长裤一条（同号之11），男式黑色运动鞋一双（同号之12），以上物品全部没收。

扣押现金2万日元（面额为1万日元的纸币两张）（同号之1），现金2000日元（面额为1000日元的纸币两张）（同号之2），现金40日元（10日元硬币四枚）（同号之3），被害人宇津木耕平的汽车驾驶执照（同号之4），被害人宇津木耕平名义的银行卡（同号之5），黑色皮革钱包（同号之6），以上物品全部返还给被害人宇津木耕平的继承人。

以上就是对树原亮判决的全部内容。

纯一想，法官宣读判决书的时候，被告人是怎样一种心情呢？大概与纯一听到被判处两年有期徒刑时的心情无法做比较，树原亮一定感到非常恐惧。死刑这个词在他的大脑里回响，没收和返还等内容肯定一句都没有听见。

"主文"之后是"理由"。B5纸竖排格式文件，二十多页，在"量刑的理由"一项中，关于被告人的情状是这样的：

"由于被告人头部负有外伤，造成逆行性遗忘，目前仍处于记忆丧失状态中。法庭酌情考虑了被告人的情状，但是，造成记忆丧失的交通事故是被告人从犯罪现场逃走途中发生的，更重要的是，他以丧失记忆为由，没有向被害人遗属谢罪，也没有表示进行经济补偿，因此法庭只能认为他没有一点悔过之心。

---

[1] 1991年。

"另外,考虑到被告人的成长环境和成长过程中的不良行为,以及被告人在盗窃事件发生后没有珍视重新做人的机会,也很难找到可以斟酌的情状。"

看到"被告人的成长环境和成长过程中的不良行为"这句话,纯一想到自己对树原亮这个人的人品还不了解,于是继续翻阅诉讼记录。在判决书的"犯罪事实"一栏里,有关于树原亮成长过程的记载。

树原亮,1969年生于千叶市。不知道父亲是谁,五岁时母亲因卖淫被逮捕,他被鸭川市的亲戚家收养,后来从当地的一所中学毕业。树原亮与收养他的亲戚家关系不好,因经常有小偷小摸和恐吓别人等不良行为,受到过监护观察的处分。成年后在千叶市内靠打零工维持生计,后因从他打工的快餐店的收款机中盗走现金被逮捕,受到缓期执行的有罪判决,同时受到第二次监护观察处分。由于他的担保人——他小学时代的班主任住在中凑郡,所以他就搬到了中凑郡。后来,宇津木耕平担任了他的监护人。

一年后,树原亮因涉嫌杀害监护人夫妇被逮捕。

纯一发现这个死刑犯跟自己是同一年代的人,树原亮比纯一大四岁,事件发生的时候是二十二岁。

纯一觉得这个案子很奇怪,因为至今都没有发现凶器,只是推定为斧头之类的大型利器。但是,一个刚二十岁出头的年轻人会使用这种大型利器吗?纯一想:假如是自己的话,应该会用匕首或猎刀之类的小型利器。

还有没有其他值得怀疑的地方呢?纯一想到这里,继续翻阅诉讼记录,翻到证据部分就仔细阅读起来。

首先看到的是刻着"宇津木"三个字[1]的印鉴的复印件,看样子是

---

[1] 日本的印鉴只刻姓氏,不刻全名。

本人在银行登录时盖的印鉴的复印件。一看那简单朴素的字体就可以知道,这枚被从犯罪现场拿走的印鉴,不是在政府机关正式登录过的"实印",而是一枚非正式的"认印"[1]。

接下来的一页是标题为《检证调查书(甲)》的文件。上面有胜浦市警察署警官的签字和盖章,看来这份文件是现场检证报告书。首先是标有宇津木耕平宅邸具体位置的地图,接下来是标题为《现场状况》的文件,在这份文件中详细地记载着房屋的结构,但没有明确提到家里是否有台阶。不过,有一句"厨房地板下面有储物空间"这样的简单记述,叫人闻到了存在台阶的味道。于是,纯一仔细看了附在调查书末尾的房屋平面图。进入大门以后,右侧就是厨房,厨房的平面图中央画着一个方框,方框里写着"储物空间"几个字。但是,这里也没有关于台阶的记载。

纯一继续往后翻,想看看有没有更详细的说明,突然看到了一幅意想不到的照片。

照片上是倒在血泊中已经断了气的宇津木耕平的尸体。

纯一急忙将视线移到别处,但是那个凄惨的景象已经深深地印在了他的大脑里。

我看到他们的时候,脑浆正从父亲的额头流出来——纯一想起了宇津木启介的话。

纯一恢复了正常呼吸以后,忽然想到现在看这些文件是自己的义务。他再次把视线落在了现场的照片上。

彩色照片用真实的色彩记录了现场的惨烈。浅黄色的脑浆,红色的鲜血,白色的头盖骨……纯一这时才意识到,今天,被害人的儿

---

[1] 在日本,房地产买卖、继承遗产、领取保险金、租房子、买汽车等,都要使用在政府机关正式登录过的印鉴,并需要开具《印鉴登录证明书》,称为"实印"。其他需要确认、承认的情况下使用的印鉴称为"认印"。在银行可以使用"认印"。

子表现得已经相当克制了，也明白了他为什么没有说到母亲的惨状，因为下一页上贴着宇津木康子的照片，康子的前额受到沉重的打击之后，连眼球都……

从纯一的喉咙深处发出痛苦的呻吟声。正在厨房做饭的南乡好像停下了手里的活，但他什么都没说。

纯一不由得捂住自己的嘴巴。他忘掉了自己犯过杀人罪，诅咒起抢劫杀人犯来。

这不是人干的事！

如此残虐的行为，绝对应该判处极刑！

法务省矫正局宽敞的会议室一角，坐着三个男人。天花板上一排排荧光灯只点亮了一半，就像是为了专门照射他们三个人似的。

"已经收到了拘留所所长的报告。"参事官说完，看了看矫正局局长，又看了看总务科科长，"服刑记录的复印件明天就能送到。"

局长和总务科科长表情苦闷，低头看着桌面。参事官心想，这种工作无论做多少次都不会习惯的。

"拘留所所长的报告没有谈到什么问题吗？"总务科长问。

"除了不接受教诲师的教诲以外，没有什么问题。"

"不接受教诲？"

"是的，还是因为丧失记忆。"

总务科科长领会了参事官的意思，点了点头："树原亮还是说不记得自己杀过人吗？"

参事官问道："丧失记忆不能成为停止执行死刑的理由吗？"

"你的意思是说，我们应该等到他本人恢复记忆？"

"至少应该讨论一下这个问题吧？"

这时，局长插话了："我认为停止执行是不妥当的。是不是真的丧失了记忆，记忆恢复没恢复，只有他本人知道。如果他继续丧失记忆的表演，那我们就永远不能执行了。"

"也就是说，他有装病的可能性？"

"是的。"

参事官心情抑郁地将话题拉回到报告上："除了记忆问题以外，报告上没有提到情绪不稳定的问题。"

"行了。"局长说完不再说话，总务科科长和他一起陷入了沉默。

参事官一边等着他们两个人开口，一边在心中暗自希望这个死刑犯得精神病。如果死刑犯得了精神病，死刑执行就可以停止。如果医生诊断这个得了精神病的死刑犯永远不能恢复正常了，统计上就列入"已结案"，在"确定不能执行"一栏记入数字"1"就可以了。

虽然这样做对本人来说也很可怜，但总比在本人不记得自己杀过人的情况下被处决要好。死刑犯得了精神病，至少对于跟执行死刑有关的三十名左右的工作人员来说，轻松得多了。

在笼罩着抑郁气氛的会议室里，参事官在想，为什么死刑犯都能保持精神正常呢？很久以前他就有这个疑问。死刑犯每天早上都要面对"接你来了"的恐怖，就像抱着个定时炸弹，过着看不到未来的日子。但是在参事官所知道的范围内，死刑犯发疯的事例很少。唯一有印象的就是昭和二十六年[1]，一个被判了死刑的女犯人的事例。

生活在贫困底层的她杀死邻居家的老婆婆，偷走了很少的一点钱，被起诉后判处了死刑。宣判那天，由于舍不得就要死别的孩子，她疯了。行为举止完全不正常，甚至在洗澡时用滚烫的热水往自己身上浇。结果她被免于执行死刑。她捡回一条命，但这个喜讯并没有使她恢复正常，最后一直作为精神病患者在疗养所终老天年。

---

[1] 1951年。

每次想到这件事,参事官心里都非常不舒服。因为参事官觉得,她犯罪的动机只不过是为了给自己的家人搞到必需的食物。

"尊敬的天皇,尊敬的艾森豪威尔总统,尊敬的麦克阿瑟元帅……"这是当时的审讯记录里记录下来的她所说过的话,"大家都是我的恩人……为了我的孩子,为了我的丈夫,我接受这神圣的恩惠。"

然而,虽说她是抢劫杀人,但被害人只有一名。如果放在现在肯定不会被判处死刑。还有一个案例他至今记忆犹新。那是一个邪教集团的男人,他参与恐怖袭击,杀死了十二个无辜的人。仅仅因为法庭认定他是投案自首的,就只判了无期徒刑。为什么这个男人没有被判死刑,而五十年前的那个女人却被判了死刑呢?是不是可以说,刑法用它的强制力来保卫的正义,其实并不公正呢?在参事官看来,完全可以这样说:人在正义的名义下审判另一个人的时候,所谓的正义并不存在普遍的标准。

"如果本人一直强调不记得自己杀过人,就不能申请减刑吗?"局长终于开口说话了。

参事官从一个普通市民的思维中回到了自己的立场上:"是的。"

"议案书呢?"

"在这里。"

参事官这才把刚从刑事局转过来的《死刑执行议案书》递交上去。在两厘米厚的文件封面上,已经盖上了审查过文件的刑事局参事官、刑事科科长和刑事局局长批准的印章。

"等树原亮的服刑记录送到了,再审查一遍。"局长对参事官说,"然后再交给我审查,我审查完之前,拘留所所长的报告不要中断!"

"明白了。"参事官答道。

-2-

南乡开车去胜浦市警察署的路上,一个劲儿地咬牙忍住哈欠。昨晚他没有睡好。旁边卧室里的纯一整个晚上都在做噩梦,说梦话。也许是因为看了诉讼记录中的现场照片,也许是因为他自己的犯罪事件还在他的脑海里兴风作浪。

南乡偷偷看了一眼坐在副驾驶座上的纯一,也是一副困倦的样子,南乡忍不住笑了起来。为了驱赶睡意,南乡打开驾驶座这边的车窗,问纯一:"吵得你没睡好吧?"

"什么?"纯一反问道。

"我老婆说,我每天晚上都做噩梦,说梦话。"

"南乡先生昨天晚上确实说梦话来着,"纯一笑了,"我也说梦话了吧?"

"你呀,说了整整一夜!"南乡觉得自己决定租有两个卧室的公寓太英明了,否则的话,两个大男人晚上睡觉时互相在对方耳边说梦话,谁也别想睡觉。

"我以前就有这个毛病。"南乡又说。

"我也有这个毛病。"纯一说。不过,关于为什么有了做噩梦说梦话的毛病,他什么都没说。"对了,南乡先生有太太吗?"

"有啊,老婆孩子都有。不过,目前正在分居。"

"分居?"纯一话刚一出口就收住了,觉得问下去不合适,便将下面的话咽了回去。

南乡打算满足纯一的好奇心,就说:"快要离婚了。我老婆不适合当管教官太太。"

"此话怎讲?"

"当管教官就要住管教官宿舍，而管教官宿舍就在监狱的高墙里。"

"你在松山也是住在监狱的高墙里吗？"

"是啊，有时感觉自己就跟囚犯一样，而且宿舍里住的都是管教官，世界就更小了。有的人很快就能习惯这种环境，有的人永远也习惯不了这种环境。"

纯一点头表示理解。

"我本人也觉得工作压力太大。"

"南乡先生要辞掉管教官的工作，就是因为这个吗？是因为考虑到分居的太太？"

"不仅仅因为这个。当然，这是一个很大的原因。我不想离婚，一想到老婆，就觉得还是她在我身边让我感到踏实。"南乡用眼角的余光瞥了一下纯一，发现他正在微笑，连忙补充了一句，"不是爱恋也不是离不开，是因为不想伤害孩子。我们一直在一起生活，两口子离婚，受伤害最大的是孩子。"

"男孩还是女孩？"

"男孩，十六岁了。"

纯一不再说话了。从表情上看，他陷入了回忆。大概又想起了他上高中时离家出走那件事吧。

过了一会儿，纯一也打开副驾驶座这边的车窗，南房总的清风大量涌进车里。

"等辞去了管教官的工作，咱们这个工作也结束了，那以后南乡先生打算干什么？"

"开一个面包房！"

"开面包房？"纯一完全没有想到南乡会这样回答。

"你忘了以前我跟你说过的话了？我父母就是开面包房的。"南乡笑着说,"不但要做面包,还要做蛋糕、布丁什么的。要开一家孩子们都喜欢的面包房!"

纯一快活地笑了:"店名叫什么呢?"

"南乡糕点铺。"

"太正式了吧?"

"是吗?"南乡认真琢磨起来。这时他感受到吹在脸上的海风,就说:"南风,对了,南风英语怎么说?"

"South Wind。"

"就是它了!South Wind糕点铺。"

"我认为这是个好名字。"

南乡和纯一同时大笑起来。南乡又加上了一句:"带着全家回老家去开一个糕点铺,是我现在的一个小小的梦想。"

他们来到紧挨渔港的胜浦市警察署,南乡把本田思域停在停车场,自己一个人下了车。他认为向刑事打听事情,以管教官的身份比以律师事务所的名义更有利。纯一理解他的意思,老老实实地坐在副驾驶座上等着。

走进大门,南乡在传达室打听刑事科在哪里,一位女警官问明来意之后让南乡上二楼。

刑事科所在的办公室很大。在宽敞的空间里,总务科、交通科和刑事科在一起办公。

写着刑事科的牌子吊在天花板上,刑事科的区间有不到十五张办公桌,刑警们大概都出去执行任务了,只有三个人在刑事科办公。

南乡向里面靠窗的科长办公桌走去。身穿短袖衬衫的刑事科科长正在跟一位客人谈话。

南乡用目光向科长打了个招呼以后,就在旁边等他们谈话结束。

与科长谈话的男人三十多岁，胸前别着检察机关的徽章。

作为管教官，跟检察官的关系比跟警官的关系更近些。南乡松了一口气。

过了一会儿，科长终于抬起头来问南乡："您有什么事？"

"唐突来访，失礼了。这是我的名片。"南乡向和自己同龄的刑事科科长鞠了个躬，递上自己原来的名片，"我是从四国的松山过来的，我姓南乡。"

"您从松山来的？"科长吃惊地问道。他透过眼镜片盯着名片看了好一阵儿。坐在一旁的年轻检察官也掩饰不住好奇心向这边张望。

"我是刑事科科长船越。"对方也把名片递过来，"您有什么事？"

南乡打算虚实结合展开进攻："其实呢，我是想打听一个十年前发生的事件，也就是树原亮事件。"

一听到树原亮这个名字，船越的脸色突然就变了，不只船越，连检察官的脸色都变了。南乡趁着对方还没从惊愕中回过神来，一口气说完了自己的意思。他说自己是个即将辞掉工作的管教官，过去曾在东京拘留所工作，认识树原亮，现在有件自己非常关心的事情需要联系他，等等。

"非常关心的事情？是什么事情？"船越科长问道。

"我想问问他案发现场以及现场附近有没有台阶。"

"台阶？没有。"船越这样说完以后，又客气地问了那位年轻的检察官一句，"没有台阶吧？"

"没有。"检察官说完站起来，满面笑容地递上名片，"我是千叶地方检察院馆山分院的中森。我刚到任不久，就负责处理过树原亮事件。"

"是吗。"南乡一边说，一边在心里想，遇到这样一个检察官，

081

运气不错。

"你为什么要问有没有台阶？"

南乡说，死刑犯树原亮恢复了一部分记忆，其中提到了台阶。中森和船越听了马上对视了一下。

"据检证调查书记载，那所房子里有一个地下储物空间，那地方没有台阶吗？"

"听你这么一说，我们也不敢肯定有没有了。"

南乡点了点头，马上又开始提问，因为他知道，必须一口气突破难关："在法庭上没有公开的证据中，有没有可以看出第三者存在的物证？"

中森和船越都愣住了。

"哪怕是很小的东西都可以。"南乡说话的声音很客气，但要问出点什么来恐怕是不可能的。因为南乡的问题触及了跟刑讯逼供一样的、可以产生冤案的结构性问题。在日本的法庭上，警方搜集到的证据，无须全部公开，也就是说，警方认为没有必要公开的证据，可以不公开。如果警方故意将某些证据视为没有必要，证明被告人无罪的证据就有可能被隐瞒起来。

"您真是热心人哪！"船越笑着说道，"南乡先生为什么要管这件事？"

"只是为了心中的一个遗憾。到现在我已经看到几万名罪犯获得了新生，但树原亮是特别的。"

中森问："你指的是丧失记忆这件事吗？"

"是的。他并不记得自己犯了罪，却被判处了死刑，这对促使罪犯悔过自新没有任何意义。如果弄清了树原亮这个死刑犯确实犯了该判极刑的罪，我心中也就没有遗憾了。"

南乡是直盯着中森的脸说出这些话的。给被告人定刑的不是警察，而是检察官，指挥执行死刑的也是他们。

"你的心情我能理解，可……"中森有点困惑地说完这句话，把视线转向了年龄比他大的刑事科长。

"我们没有隐瞒证据。"此时笑容已经从船越的脸上消失了，"关于树原亮的案件，搜查没有任何差错。"

"是吗？"

"南乡先生真是从松山来的吗？"船越看着南乡的名片问道。

"是啊。"

"可以让我确认一下吗？"

"可以。"南乡向监狱领导提交了休假报告和去外地的申请，在去外地的目的一栏，只是随便填写了一下。按规定，如果不如实填写，也就是挨一个警告处分，减少一点退职金。

"麻烦你们了。"南乡说完，转身离开了刑事科。

一回到停车场，南乡就看见自己租来的那辆本田思域的副驾驶座那边，一个穿制服的警官正站在那里跟纯一说话。刚开始南乡以为警察是在责备他们车停的不是地方，但发现纯一的脸色很难看，不但面色苍白，而且捂着嘴，好像差点就要吐出来似的，这才觉得有问题。

南乡加快脚步，来到汽车旁。

"你不要紧吧？"一位上了年纪的警官正在向纯一问话，他感觉有人来了，回过头来。

"怎么了？"南乡问。

"好像很不舒服。"警官担心地说，"你跟他是一起的？"

"是的。我就相当于他的父亲。"

"是吗？其实，我和他是老相识了。"

南乡不解地看看警官，又看看纯一。

"十年前我们曾见过一面。当时我是附近中凑郡的警察。"南乡终于明白了：这个警察是辅导过离家出走的纯一与女朋友的那个警察。

"好久不见了，我吃了一惊。"警察笑着说。

南乡察觉到，辅导从东京离家出走的少男少女，在一般人眼中不过是小事一桩，但在这位警察眼中却是一件大事。可是，纯一的脸色为什么会变得这么难看呢？

"他可能是晕车吧。"警察说。

"让您费心了，接下来的事交给我吧。"

听南乡这么说，警察向他点了点头，然后对纯一说了一句"以后你要好好工作哦"，转身向警察署大楼走去。

坐进车里以后，南乡问纯一："你不要紧吧？"

纯一喘着粗气答道："不要紧。"

"晕车了？"

"也不知道为什么，突然就觉得恶心起来了。"

"是因为遇到了那个警察吗？"

纯一没有说话。南乡觉得事情有些蹊跷，就半开玩笑地试探着问道："是不是想起跟女朋友在一起的那些痛苦的日子啦？"

纯一吃惊地望着南乡。

"十年前被那位警察辅导过？"

"也许吧。"

"也许？"

"我不记得了，我的脑子里雾蒙蒙的。"

"你也丧失记忆了？跟树原亮一样？"南乡开玩笑说。但是他并不相信纯一的话，他的直觉告诉他，纯一隐瞒了什么。就算是想起了青春期的羞耻感，也到不了脸色苍白、恶心想吐的程度。不过南乡知道，现在即使追问，纯一也不会说实话。

过了一会儿，纯一的心情大概稳定了，问南乡："怎么样，去警察署有收获吗？"

"白去一趟。"南乡把见到船越科长和中森检察官的事告诉了纯一，他是在一边说话，一边拖延时间。

南乡说完了该说的话以后也没有发动车子，纯一觉得有点不可思议，就问："您是在等什么人吧？"

"对。"

就在南乡回答纯一的问话时，中森从大门里走出来了。

"真是心有灵犀一点通啊。"南乡笑了，随即打开了车后门的锁。

检察官没有转动身体，只是转动着眼球，观察了一下周围的情况。他很快就发现了南乡，于是一边不动声色地往前走，一边悄悄指了指路边。

南乡马上发动汽车，从中森身边超越过去，驶出警察署。开出一段路之后，南乡把车停在了路边。

不久，身材细瘦的中森徒步追上来，拉开车后门钻进汽车，坐在了后排的座位上。南乡刚开动汽车，中森就开口问道："副驾驶座上坐着的先生是……"

"他姓三上，是我的搭档。您放心，他口风很紧。"

中森点点头："请问，南乡先生应该不是仅仅出于个人的兴趣来调查这个事件的吧？"

"应该不是。"南乡兜着圈子肯定道。

"算了，我也不多问了。"检察官没有继续追问，用公事公办的口气直奔主题，"关于刚才您提到的那个问题，确实有一个证据没有提交给法院。那个证据是在树原亮的摩托车事故现场采集到的黑色纤维。"

"黑色纤维？"

085

"是的，是纯棉纤维。跟树原亮穿的衣服完全不一样，但也不能肯定就是在树原亮出事故的时候掉在那里的。"

"也就是说，不清楚是什么时候掉在摩托车事故现场的？"

"是的。我们当然彻底调查了同案犯存在的可能性。调查的结果是，在杀人现场的地板上发现了几根黑色纤维。"

"跟摩托车事故现场采集到的黑色纤维一致吗？"

"很微妙。首先，通过鉴定摩托车事故现场的纤维，确认那是某个服装厂生产的POLO衫的一部分。这种款式的POLO衫只有衣领和下摆使用了那种合成纤维。在杀人现场采集到的合成纤维，就是这种合成纤维。可是，这种合成纤维，也用于袜子和手套等其他产品。"

"也就是说，不完全一致。"

"是的。警方也调查了可以买到这种款式的POLO衫的渠道，由于制造商的销售网遍及整个关东地区，确定穿这种款式的POLO衫的是什么地方的人是不可能的。鉴于以上种种原因，就把被视作问题的黑色纤维从证据中剔除了，并不是警方故意隐瞒。"

"我明白了。被视作问题的纤维上有血迹吗？"

"血迹倒是没有，不过有汗渍。经鉴定，穿POLO衫的人血型是B型。"中森说完后，停顿了一会儿，看样子是在想还有没有什么遗漏，然后说道，"关于未公开的证据，应该只有这一件。"

"即使这个证据被公开，也不能成为重审的决定性因素吧？"

"不能。作为翻案的证据，过于弱小。"

"明白了。谢谢您。"

"那么，请找个适当的地方停车。"

南乡一直往前开，把车开进胜浦车站前的转盘里才停下来。

"在这里下车太方便了。"中森说完，向南乡点头施礼。

南乡迅速掏出律师事务所的名片："如果还有什么新情况，请打我手机。"

中森犹豫了一下，还是把名片接了过去。下车以后，中森对南乡说道："我祈祷排除树原亮事件是冤案的可能性。"然后关上车门，向车站的台阶走去。

"这就是我在胜浦市警察署刑事科办公室遇到的那位检察官，"南乡这才向纯一介绍，"他姓中森。"

纯一惊讶地问道："这位检察官为什么要帮助我们？"

"大概因为他负责这个案子吧。"南乡心情沉重地说道，"起草处以树原亮死刑的文件的检察官就是他。"

纯一吃惊地看着正在上台阶的中森的背影说道："也就是说，他是第一个说出应该判处树原亮死刑的人？"

"是的。大概他一生都不会忘记吧。"作为一个检察官，身上的负担到底有多重，南乡是非常清楚的。

在前往中凑郡的路上，纯一沉默着，一句话也没说。他在想刚才那个英姿飒爽的检察官。

现在的中森看上去三十六七岁，那么，他在起草处以树原亮死刑的文件时，也就是二十六七岁，跟现在的纯一年龄不相上下。那时的中森与恶性事件的被告人对峙，以强硬的态度起草了处以被告人死刑的文件。

纯一被判刑的时候，对检察官没有好印象。在纯一眼里，检察官都是通过了司法考试的精英，是一些不交流感情、只将法律作为武器宣扬正义的人。但是，看到中森祈祷树原亮的死刑判决不要是冤案的样子，纯一相信他一定也有苦恼。纯一想，如果中森从事别的职业，说不定会反对死刑制度。

汽车驶入中凑郡，驶过繁华的矶边町时，一直阴沉的天开始掉雨点了。

南乡打开了雨刮器的开关。纯一问道:"接下来做什么?"

"寻找台阶。"南乡答道。

汽车上了通往宇津木耕平宅邸的山路。

"你带驾照了吗?"南乡突然问道。

纯一从裤子后兜里把钱包掏出来确认了一下,有驾驶证。但纯一仔细一看,不由得惊叫了一声:"哎呀!我驾照上的住址还是松山监狱。"

"和我的住址一样,"南乡笑了,"只要在两周以内将地址改了就没有问题。现在我要请你来开车。"

"我?"

"是的,"南乡用眼角的余光看着纯一,"我知道,你会害怕的。"

"那当然。"在假释期间,纯一如果因超速或违章停车等被警察抓住,就要被送回监狱。

"可我只能请你开车,因为我要进入那所房子。也就是说,我要私闯民宅了。"

纯一吃惊地看着南乡的脸。

"如果不搞清楚有没有台阶,什么都无法往下进行。"

"可那么干行吗?"

"没有别的办法,"南乡笑了,"考虑到万一被什么人发现,你在场很不好,你会被认为是共犯。而且如果那所房子附近停着汽车,怎么也会被人看到。所以我决定,我进去,你开车下山。没问题吧?"

看来只能服从了。"可是,南乡先生,您怎么回去呢?"

"我这边的事一完,马上打你的手机,你到摩托车事故现场来接我就是了。"

纯一点点头。

南乡有气无力地叹了一口气，为自己辩解似的说道："非法进入荒废的旧房子和为死刑犯的冤案平反，你说哪一个更重要？"

跟上次来的时候一样，宇津木耕平宅邸前面一个人也没有。开着车上来的那条路以前可能是通往内陆的交通要道，但是后来随着公路交通网的发达，已经很少有人走了。

在蒙蒙细雨中，南乡下了车，打开汽车的后备厢，把必要的工具拿了出来。折叠伞、铁锹、笔记本、笔，还有手电筒。想了一下之后，又戴上了手套。

南乡撑开雨伞，扭头看了一眼宇津木耕平宅邸。那所木造宅邸看上去阴森森的，从屋檐上滴落下来的雨滴，简直就像是宅邸在流血流泪。

纯一坐到主驾驶座上，紧张地调整着座椅的位置。

"没问题吧？"南乡对纯一说道。他说话的声音似乎被身后的宅邸吸走了，纯一不由得回过头去。

"应该没有问题吧。"纯一好像没有把握，不过还是松开手刹挂上挡，前进后退重复了好几次，才把车头掉过去。

"开得不错嘛！"

"那，我走了，过会儿来接您。"纯一说完，就沿着山路下山了。

南乡转身走向宇津木耕平宅邸，他一边驱除着从内心涌上来的不祥预感，一边回忆起在检证调查书中看过的宅邸平面图。

从后门进去！决定了作战方案之后，南乡拨开杂草直奔宅邸后门。

眼前的后门与其说是门，倒不如说是一块木板。在检证调查书中写着"门板内侧有木制的门闩"。

南乡把伞靠墙放好，打开折叠式铁锹，用铁锹柄试着敲了一下门板，本来关着的门立刻敞开了。

原来，后门根本就没闩门闩。南乡在心里叮嘱自己：沉住气，不要慌！

观察了一下黑乎乎的房间，那是一个六叠大小的厨房。南乡打开手电筒，走进房间，关上身后的门板。这时，他闻到一股锈蚀的金属发出的异味。不祥的预感再次涌上心头，但南乡还是在厨房门口脱掉鞋子，走进了厨房。

地上全是灰尘，不可避免地要留下脚印。南乡索性穿上鞋子，在厨房里四处观察。他很快就找到了那个所谓的"储物空间"，其实也就是镶嵌在碗柜前面的一块连一米见方都不到的木板。

南乡抓住那块木板的把手，掀开了木板。扬起的灰尘在手电筒的光束中飞舞。

但是那里没有台阶。"储物空间"深浅只有五十厘米左右，里面放着不常用的餐具和调味品瓶子什么的，还有干了的死蟑螂。

慎重起见，南乡又敲了敲那个"储物空间"的四壁和底部，都是用水泥加固的，不可能有什么台阶。

没有找到台阶的南乡无奈地站起身来，目光落在了里面的推拉门上。他不打算就这么回去，他想亲眼看看杀人现场。

拉开推拉门进入走廊，先看了看左边黑暗中的门厅。鞋柜上放着一部电话，大概就是宇津木启介叫救护车时用过的电话吧，原封不动地留在那里。

臭味越来越大，南乡皱起了眉头。但是，不能就此罢手，他暗暗下定决心，一咬牙拉开了客厅的推拉门。

客厅里黑乎乎的，这所房子吸了被害人大量的鲜血，已经被丢弃不用了。死人的臭味好像还跟当年一样飘荡在空气中。

尽管如此，南乡还是借着手电筒的光亮走进了杀人现场。

纯一开车下山后，一进矶边町就开始找停车场。去接南乡之前，他必须找个地方消磨时间。在这段时间里，如果一直握着方向盘开车，太危险了。

　　他一边在繁华的商业街上开着车慢慢往前走，一边回忆十年前跟女朋友友里一起来这里时见过的建筑物等。突然，一阵恶心想吐的感觉涌上来，他不再去想过去的事了。

　　纯一总算在车站前找到一家咖啡馆，他马上把车开进了咖啡馆的停车场。

　　走进咖啡馆，纯一点了一杯冰咖啡，用来缓解自己的紧张感。可是他又为自己这样做感到一种罪恶感，因为南乡现在正在那所被废弃了的鬼屋似的房子里孤军奋战。

　　自己能干点什么呢？纯一这样想着，回到车里，将南乡放在皮包里的中凑郡地图拿了出来。

　　如果那所房子里没有台阶，就必须在那所房子附近寻找。纯一拿着地图回到咖啡馆，开始在地图上寻找应该搜索的地方。

　　从矶边町到宇津木的宅邸只有一条路，开车需要十分钟左右。柏油马路到了宇津木宅邸前就变成了土路，弯弯曲曲地在山上绕行约三公里，开始进入内陆地区处，有一个十字路口。右边那一条通向胜浦市，左边那一条通向安房郡，一直走的话，就会与沿着养老川修的公路合并，那是一条纵贯房总半岛的道路。

　　那把被认为是用来挖掘地面、掩埋证据的铁锹，是警察在距宇津木宅邸三百米处发现的。可以考虑证据也被埋在这附近的可能性，但看一下地形图上的等高线，就会知道这一带不会有房屋。那么在死刑犯树原亮的记忆中复苏的台阶，应该在哪里呢？

　　纯一又计算了一下事件经过的时间。被害人的死亡推定时间是晚上7点左右，在摩托车事故现场发现树原亮的时间是晚上8点30分，也就是说，在这一个半小时的时间里，树原亮上过台阶。

无论真正的凶手是谁，树原亮的摩托车肯定被当作移动工具使用过，那么，在摩托车单程四十五分钟路程的范围内，应该有台阶的存在。如果再把挖洞埋证据的时间考虑进去，范围就会更小，最多也不会超过摩托车单程三十五分钟路程的范围。

从矶边町开车十分钟就可以到达宇津木宅邸，直线距离正好是一公里。再考虑到这条道路是险峻的山路，凶手能够移动的距离，应该在三公里以内。如果台阶存在的话，肯定在这个范围之内。

纯一抬起头来，开始设计一个包括访问郡政府在内的行动计划。就在这时，他看见了一个意想不到的人。

佐村光男！

纯一立刻僵住了。身穿工作服的光男，从丁字路对面的信用社走了出来。看样子他没有注意到咖啡馆里的纯一。他的手里拿着一个装现金和传票的手包，满脸笑容地跟走在路上的一位老人打了个招呼，然后钻进了喷印着"佐村制作所"字样的轻型卡车里。

这个很平常的情景，激烈地震撼了纯一的心。

儿子虽然被别人打死了，但是作为父亲还得保住自己的工作。每天还得吃三餐饭，还得排泄，还得睡觉，见到熟人还得满脸笑容地打招呼，还得干活挣钱，总之还得在这个世界上活下去。光男跟在海边的那栋大房子里住着的宇津木夫妇一样，跟在东京偏僻的小巷里住着的纯一的父母亲一样，每天为生计奔忙。当然，有时也会因涌上心头的痛苦记忆停下手中的工作，但还得为了不让别人发现低下头。

纯一心里觉得很难受。

他后悔自己向佐村光男道歉时没有表现出足够的诚意。

犯罪所破坏的并不仅仅是眼睛看得到的东西，而是深深地侵入人们心中，破坏了人们心中最根本的东西。

而且，人们将被这个根本性的伤害长久地困扰。

那个时候自己还有别的选择吗？

难道只有夺走佐村恭介的生命这一个办法吗？

客厅中飘散着从浸透了人血的榻榻米上发出的铁锈和霉菌混合的刺鼻臭气。

南乡用手绢捂着鼻子，把整所房子查看了一遍，亲眼确认了这所房子里没有台阶。后来，他发现到处可见地板被掀起的痕迹。一定是当时警察怀疑消失了的证据被埋在了地板下面，才掀开地板到处乱挖留下了痕迹。

确认有没有台阶的目的达到以后，南乡开始做最后一件事。他要看一下扔在客厅矮桌上的那个大信封里装的是什么。表面看来，那个大信封应该是警方扣押证据时使用的，而这些没有被法庭采用的证据，最后还给了被害人的继承人宇津木启介。不知何时亦不知何故，宇津木启介将这些还回来的证据扔在了这里。

信封全都被打开过了，南乡把里边的东西拿出来，首先看到的是一个地址簿。这是确认被害人人际关系的重要资料。

他想带走这些东西，但转念一想，这就犯了盗窃罪，不能这样做。于是南乡拿出笔记本和笔，借着放在矮桌上的手电筒的光亮，抄写起地址簿上的姓名、地址和电话来。以后在附近做调查，如果找不到台阶的话，抄下来的这个地址簿就可以发挥作用了。

但是抄写地址簿很费时间。由于戴着手套，写字很困难，翻页更困难，南乡只好把手套摘了下来。这时他突然想到一件事。

那个消失了的存折。

凶手杀人之后盗走存折时，一定会确认一下有多少存款。凶手翻看存折时，会不会也把手套摘下来了呢？

肯定摘下来了！如果戴着沾满血迹的手套，不但很难翻页，还会留下血迹。取钱时肯定会引起怀疑。毫无疑问，凶手直接用手拿过存折。

此前南乡看过数千份犯罪记录，他知道，要想完全彻底地抹掉指纹是很困难的。只要罪犯在现场摘掉手套，就肯定会留下潜在指纹。因为指纹是肉眼看不见的，人在触摸物品时完全是无意识的行为，所以即便事后企图擦拭干净，也会有漏掉的地方。只要找到消失的存折和印鉴，就很有可能在上面检测出真正的凶手的指纹。

南乡暂时停止抄写，看了看客厅里宇津木耕平和宇津木康子的尸体躺过的地方。那里的榻榻米都已变得黑黢黢的，只有两具尸体躺过的地方基本上没有变色。南乡对着两个模糊的人形印迹说道："也许我们能把杀死你们的真正的凶手找到。"

南乡开始继续抄写。他看了一眼手表，进入这所房子已经有一个小时了。

默默抄写的过程中，南乡突然在地址簿中看到了两个令人感到意外的名字。

佐村光男和佐村恭介。

被纯一打死的那个年轻人和他父亲跟被害人宇津木夫妇是熟人！

纯一接到南乡的电话以后，开车直奔摩托车事故现场。

在蜿蜒的山道中，他谨慎地往上开，不一会儿就看见了撑着雨伞等他的南乡。

纯一松了口气。既没有发生事故，也没有违反交通规则，顺利地回来了。

将车停在路边，纯一马上把主驾驶座让给南乡，并问道："怎么样？"

南乡告诉纯一，在被害人宇津木耕平的地址簿中看到了佐村父子的名字。

"是佐村光男和佐村恭介吗？"纯一吃惊地问道。

"是的。最初我也感到意外，但仔细一想，这也没有什么不可思议的。你还记得被害人宇津木耕平的简历吗？"

"监护人，是吗？"

"再往前。"

纯一想起了杉浦律师介绍过的情况："中学校长？"

"是的。大概他教过的学生中就有佐村恭介。"

纯一觉得可以理解了。

"另外，家里没有台阶。以后我们要进行野外作业了，要在山里转来转去找台阶。"

"我早就有思想准备。"纯一告诉了南乡自己查看地图后经过分析得出的结论，以及应该搜索的范围等想法。

听了纯一的话，南乡马上就觉得厌烦了："方圆三公里？那么大范围？"

"虽说是方圆三公里，但凶手走得越远，深入森林的时间就越少，所以搜索范围实际上是一个三角形。"

"嗯？"

"也就是说，如果凶手走到三公里远的某个地方，就只剩下回来的时间，没有掩埋证据的时间了。就算凶手想把证据埋在森林里，也只能埋在离道路很近的地方。"

"哦，我明白了。是这么回事吧？如果掩埋证据的地方距宇津木宅邸很近，就有足够的时间进入森林深处。离宅邸越远，掩埋证据的地方就离道路越近。"

"对。据此计算的结果，加上凶手徒步在森林里行进的时间，搜索范围不就是一个底边一公里、高三公里的三角形吗?"

南乡笑了,说:"不愧是学理科的,我可比不上你。"

"还有一件事,我去郡政府问过了,这个三角形里好像没有住宅。不过可能还有昭和三十年代[1]植树造林时留下来的设施。"

"好!那我们就先在这个范围内找!"南乡说着发动了汽车。

搜索当天下午就开始了。

两人先回了一趟胜浦市,购买了登山鞋、厚袜子、雨衣以及绳子等必需品,然后返回中凑郡的大山里。他们把汽车停在路边,走进了森林。

搜索工作比预想的要艰难得多。因为下雨,被雨水打湿的地面无法站稳脚跟,裸露的树根无情地绊住他们的脚。南乡上了年纪,纯一在监狱里长期没有得到足够的营养,体力消耗之快连他们自己都感到吃惊。

"南乡先生,"行进了还不到十五分钟,纯一就气喘吁吁地说,"我们忘了买水壶了。"

"太粗心了。"南乡也喘着粗气说。他为他们的愚蠢感到可笑,"而且没带指南针,搞不好还会迷路呢。"

"如果我们在这个地方遇难的话,谁也发现不了。"

"就是。"南乡说完,又问手里拿着地图的纯一,"我们走了多远了?"

"大约走了二百米。"

南乡笑出了声:"这么干下去,前景太令人担忧了。"

从第二天开始,两人的工作量猛增。早晨起床以后,南乡就像送

---

[1] 相当于1955年至1965年之间。

孩子去远足的母亲一样,准备好一壶饮料和两个人的盒饭。而纯一每天结束了山中的搜索,回到胜浦市的公寓后,都要抱起两人沾满泥水的一大堆衣服去投币自助洗衣店。

除此以外,他们还要计算经费,反复阅读诉讼记录,更要及时向杉浦律师汇报进展,忙得连一点喘息的时间都没有。

山中搜索这个重要任务,随着时间的推移,搜索范围日益扩大,他们的腿脚都得到了锻炼。但这绝不是快乐的郊游。考虑到这一带的森林中有猎人打猎,会有遇到野猪的危险性。实际见到的蛇啦、蜈蚣啦、蚂蟥啦,都让在城市里长大的纯一寒毛倒竖。

有一天,纯一想起警方曾为了寻找消失了的证据搜过山,那么警察是怎么搜山的呢?于是他又看了一遍诉讼记录。警方的搜山行动除了有刑事科和鉴识科的警察参加以外,还动员了七十名机动队员。总共一百二十名搜查员,用了十天的时间,把方圆四公里的范围篦头发似的篦了一遍。这是日本警察最拿手的地毯式搜索。而且警察跟寻找台阶的纯一他们不同,警察是为了找出被掩埋的凶器。警察只要看到被挖掘过的痕迹或者可疑的地方,都要挖它一个底朝天,甚至还使用了金属探测仪,把这一带全都搜查了一遍。尽管如此,也没找到作为杀人凶器的大型利器,以及存折和印鉴。

纯一期待在诉讼记录中看到有关于台阶的记载,比如设置了台阶的供登山者休息用的山上小屋之类,但是没有看到。

两人已经在山上搜索了十天。地图上的三角形被涂了一半的时候,他们在靠山的小河边发现了一个小木屋。

从远处看到小木屋时,纯一不由自主地叫了起来:"南乡先生,那边有一个小木屋!"

南乡也有一种从苦役中解放了的感觉,他两眼放光,叫道:"过去看看!"

他们跑到小木屋前一看,那是一个建筑面积约为三坪、纵向细长的二层建筑。入口处一侧虽然挂着一块牌子,但由于常年风雨侵蚀,牌子上的字难以辨认,写的好像是某某营林署什么的。门上有把生锈的挂锁,用力一拽,连钉锯都被从门上拽下来了。

"我要第二次非法侵入住宅了。"

南乡的话让纯一回过神来,不由自主地环视了一下四周。

南乡笑道:"不用看,没人监视我们。"说完一把将门推开。

二人往里边一看,立刻就失望了。因为这座小屋从外面看确实是二层,但并没有上二楼的楼梯。

"他们怎么上二楼啊?难道是用梯子?"

南乡一边往里走,一边往二楼看,纯一跟在他身后。他们仔细观察着这个只有六叠大小的空间。

到处散落着打碎的玻璃杯、四棱木材,还有沾满了泥沙的被褥等,看样子是营林署的工人们休息用的小屋。

他们并没有放弃,而是立刻把整个小屋包括地板下面都仔细搜查了好几遍,希望能找到台阶或相关证据,但是他们什么也没找到。

扑了个空。南乡和纯一呆然站在小屋里。他们必须回到门外茂密的森林里去,但是,这对于他们来说,就像在寒冷的早晨从暖暖和和的被窝里爬出来一样,是一件很困难的事。

南乡在木板铺就的地板上躺下来,对纯一说道:"休息一下吧。"

"好吧。"纯一靠着墙壁坐下来,喝了几口装在水壶里的运动饮料,腿脚的疲劳似乎得到了一点缓解。纯一听着野鸟的鸣叫声,对南乡说道:"我想了一下……"

"怎么说?"满脸疲惫的南乡只转动眼珠看了一下纯一,他累得连转头的力气都没有了。

"关于存在第三者的假设,可以认为是罪犯胁迫树原亮进入森林中的吧？"

"可以这样认为，为的是掩埋证据。"

"当时树原亮上了台阶。"

"是的。"

"问题就在这里。掩埋证据的地方有台阶，是偶然的吗？"

"这个问题提得好！罪犯应该是一开始就计划好了在有台阶的地方掩埋证据。也就是说，罪犯是个对本地的地理状况很熟悉的人。"

"我也这么认为。"

"说不定是营林署的职员。"南乡说的是玩笑话，但对纯一的意见也是尖锐的反驳。

纯一听出了南乡话里的弦外之音："您说得对。即便是当地人，对森林里的情况也了解不了那么清楚。"

"我也这么想过。尽管如此，关于树原亮对台阶的记忆，我越想越觉得奇怪。树原亮真的上过台阶吗？"

"也许是做梦或幻觉。"

"搞不明白。"南乡也感到困惑。他思考了一会儿，振作起精神说了句"继续干"，随后站了起来。他扬起细细的眉毛，脸上浮现出淘气的笑容，看着纯一问道："我这里有一个好消息，也有一个坏消息，你想先听哪个？"

"嗯？那，先听好消息吧。"

"好消息是我们的工作已经完成了一半。"

"坏消息呢？"

"我们的工作还有一半没有完成。"

- 3 -

《死刑执行草案》被送到法务省保护局的时间，是6月的最后一个星期五。

参事官立刻到恩赦科科长那里去，确认关于树原亮请求恩赦的情况。

"我也跟中央更生保护审查会确认过，树原亮一次也没有请求过恩赦。他本人一直坚持说不记得犯罪时的情况了。"恩赦科科长说道。

"记忆丧失不能成为停止执行的理由吗？"

"这不是我该考虑的事。关于树原亮的情绪是否稳定的问题，矫正局已经审查过了。"

参事官盯着矫正局局长等三人在执行草案上盖的大红印章，看了很久。他们已经认可了对丧失记忆的树原亮执行死刑。作为只负责审查恩赦理由的保护局，并没有对矫正局的结论提出异议的权力。

从恩赦科科长那里回来，参事官开始阅读执行草案。阅读执行草案的时候，他知道要想停止执行死刑已经不可能了。但是，他还是希望对得起自己的职业良心。现在连详细情况都没有掌握，怎么能把一个人送上绞刑架呢？

尽管如此，参事官在阅读执行草案时，内心经常有的那种空虚感又开始袭扰他。所谓的恩赦制度真能发挥作用吗？他对此抱有很大疑问。恩赦，实际上是根据行政部门的判断，对司法部门下达的命令，即对刑事裁判的效力进行变更。简单地说，就是可以根据内阁的判断，让罪犯免于刑事处罚或给罪犯减刑。有人批判说这是违反三权分立原则的，但恩赦制度还是被维持了下来。恩赦制度源于一种高尚的理念：在根据法律的单一性作出了不妥当的判决时，用其他方法无法补救误判,而恩赦则可以挽回。这种理念使恩赦制度得到了支持。

但是,如果看一下现实,就会发现这一制度带来的都是负面的影响。

恩赦大体上分为政令恩赦和个别恩赦两种。

政令特赦是在皇室或国庆国丧时统一进行的恩赦。昭和六十三年[1]传出昭和天皇病情恶化的消息时,就停止了一切有关执行死刑的操作。当时普遍认为,如果天皇驾崩,政令恩赦肯定会下达,而政令恩赦也适用于死刑犯,死刑就不会执行了。可以说这是行政方面的温情。但是,这种先入之见导致了意想不到的悲剧的发生。当时有几个本来在法庭上一直为自己辩护、力争免于死刑的被告人,认为政令恩赦肯定会下达,便主动放弃了上诉,结果被法官判处了死刑。

发生上述悲剧,是因为恩赦只适用于已经被判了有期徒刑或死刑的囚犯。如果还没有确定刑期或死刑,就不在恩赦的范围之内。如果在政令恩赦下达时,被告人还在法庭上为自己辩护,死刑判决还没有确定,就不能沾政令恩赦的光。那几个对恩赦有误解的被告人都想赌一把,他们把"宝"押在了政令恩赦上。

结果呢,天皇驾崩之后,政令恩赦确实下达了,不过这次政令恩赦,恩赦对象只限定为那些犯有轻微罪行的罪犯,不适用于被判处了无期徒刑或死刑的恶性犯罪者。那几个主动放弃了上诉的被告人等于把自己的死期提前了。

为什么会发生这种悲剧呢?原因一清二楚。其实,关于恩赦的适用范围,并没有一个明确的标准。也就是说,恩赦是由那些手握行政大权的人随意发布的,适用范围也看他当时的心情如何。从过去下达过的政令恩赦中可以明显地看到这种情况。政令恩赦下达之后被释

---

[1] 1988年。

放甚至恢复公民权利的人当中，因违犯选举法而被判刑的占压倒性多数。换句话说，那些为了让政治家在选举中获胜而违犯选举法的人，被优先赦免了。

相对于上述情况，死刑犯又是怎样一种情况呢？在过去的二十五年中，适用于恩赦的例子一个也没有。当然，法庭的量刑标准变得缓和了，也是一个原因。只要不是惨无人道的杀人罪，一般都不会被判处死刑。现在，日本全国每年有1300多个杀人犯被捕入狱，其中被判处死刑的只有区区数人，占杀人犯总数的0.5%以下。从全国总人口来看，几千万人里只有一个死刑犯，这样的比例堪称奇迹。这几个被判死刑的罪犯都是所谓"罪不能赦"的残暴至极的凶杀犯，如果把他们恩赦了，反而被认为太过分。

尽管参事官非常了解这些情况，心里还是有些想不通，因为政令恩赦和个别恩赦这两种恩赦都没有明确的标准。所谓的"考虑到判决以后的具体情况"，到底是怎样一种情况呢？拘留所所长的报告，是不是准确地把握了死刑犯的内心世界呢？参照恩赦制度的基本理念，不是也有过把应该减刑的人处死的情况吗？对于参事官来说，这些疑问一直萦绕于怀。

参事官看完树原亮的《死刑执行草案》以后，决定在上面盖章。这样一来，就再也不会有人提出异议了。

参事官回顾了一下自己的人生，觉得自己还是需要作一点反省的。刚进法务省的时候，他从没有想到过自己会参与死刑执行的决定。

这样做有点轻率——参事官一边这样想着，一边在执行草案上盖上了自己的印章。

"我们可以三呼万岁了吧？"

到达最后一个地点时，南乡这样说道。

他们从开始在山中寻找台阶到今天，已经三个星期了，梅雨季节也快过去了。纯一他们终于结束了预定范围内的搜索。

在这三个星期里，为了汇报自己假释期间的情况，纯一只在回东京的监护观察所时休息了半天。在阴雨连绵的天气里，他们忍受着全身肌肉鞭笞一般的疼痛，到处寻找，结果一处台阶都没找到。

他们走上停着那辆本田思域的山道，纯一无力地一屁股坐在了路边。他的下半身沾满了泥浆，雨水顺着雨衣的帽檐一串串地滚落下来。他喘着粗气问道："这到底是怎么回事啊？树原亮关于台阶的记忆是不是错觉啊？"

"只能这样认为了，"南乡把毛巾塞进雨衣里，一边擦拭身上的汗水一边答道，"找了这么久都没有找到嘛！"

"那么，我们的工作已经以失败告终了吗？也就是说，树原亮的冤罪不可能翻案了？"

"不，我们还没到山穷水尽的地步。今晚杉浦老师要来，咱们跟他商量一下。"

纯一马上想起了杉浦律师那张刻着讨好的笑容的脸。今天的搜索暂时告一段落，杉浦律师来胜浦市应该是为了听取详细的报告吧。

还有时间。纯一想起律师给他们三个月的期限。还有两个多月。

"我们绝不能就此撤退！"纯一坚定地说道。

南乡赞许地看了看纯一。纯一慌忙补充道："救树原亮的命当然是最重要的……成功以后还有报酬……"

"是啊，你也想帮你父母减轻负担吧？"

"是的。"纯一诚实地点点头。

"这也是我的South Wind糕点铺的开业资金。"南乡笑着说，"为了挣钱也不能说是坏事，何况我们还有可能救人一命呢！"

"您说得太对了！"

103

于是纯一和南乡吃力地站起来，爬上车。汽车经过宇津木耕平宅邸，向山下驶去。由于刚过中午就结束了搜索，所以他们比平时提前四个小时收工，下午3点就回到了在胜浦市租的公寓里。

当他们冲完澡，做完洗衣服等杂事时，杉浦律师也从东京赶到了。

"你们连个电视都没有吗？"

杉浦律师打量着两个六叠大小、只铺着被褥的卧室问道。

南乡好像刚注意到他们的房间是如此简陋，苦笑道："每天在山林里爬来爬去，回来以后也就是睡个觉。这就是我们这段时间生活的全部。"

"辛苦你们了。看来你们都经受了锻炼和考验。"

纯一被杉浦律师的俏皮话逗笑了，因为他眼看着南乡那中年发福的肚子一天天瘪了下去。

"可是，我们没有找到台阶。"

听了南乡的汇报，杉浦律师的神情变得严肃起来："咱们先去吃饭吧，得好好研究一下以后怎么办。"

走出公寓，杉浦律师带着南乡和纯一走进了车站前一家宾馆里的寿司店。一进门，他们就被店员领到了里边的单间，看来是杉浦律师提前预订好的。大概是想犒劳一下南乡和纯一吧。

三人落座后，先干了一杯啤酒，然后就闲聊起来。纯一狼吞虎咽地吃着好几年没有吃过的寿司，心想，要是能让父母也吃上这么好吃的寿司就好了。

一盒寿司吃下去了一半，南乡想把闲聊引入正题："我们以后的行动应该是……"

"请等一下，"杉浦律师打断了南乡的话，"在谈这个问题之前，我想先说点别的。"

"什么？"

杉浦律师好像有什么难以说出口的事，看看南乡，又看看纯一，反复看了好几遍才说："发生了点问题。"

"什么问题？"

"不是政治因素，我直说吧。实地调查只能南乡一个人干了，这是委托人的要求。"

"我一个人干？"南乡一边这样问着，一边担心地看了看纯一。

"至于理由，我也不知道。委托人不希望三上纯一参与调查工作。"

纯一放下了筷子。那么好吃的寿司，忽然一点也咽不下去了。把自己排除在外的理由，他心里很清楚。

"是因为三上有前科吗？"南乡强压住心头的怒火，低声问道，"难道有前科的人收集到的证据就不能算是证据了吗？"

"我不知道委托人是出于什么想法这样说的。"

"真是岂有此理！您向委托人通报三上以前的经历了吧？"

"是的。"杉浦律师非常坦率地承认。

南乡的视线四处游荡了一阵，看似自言自语地骂道："真他妈的浑蛋！"

纯一第一次看到南乡发怒，吃了一惊。在他被逮捕后近两年的时间里，在这个世界上还没有一人为了维护他发过怒。

但是，在紧张的气氛中，南乡脸上很快又浮现出笑容。他一边往杉浦律师的杯子里倒啤酒一边说道："这样一来，杉浦老师和我，都会很为难的。"

"为难？"

"比如说，这次寻找台阶的行动。如果没有三上，得多花费一倍以上的时间。不仅如此，以后也是一样，如果我一个人干的话，冤案

105

昭雪的可能性就会减少到50%。"

"那倒也是。"

"而且,我又不能要求报酬加倍。一开始我就说报酬与三上平分。"

纯一为刚刚了解到的事实感到吃惊。他这才知道,这份工作是南乡一人接下来的,南乡为了让他参加这项工作,报酬减少了一半。

"而且,"南乡的脸上浮现出恶作剧式的微笑,"杉浦老师的报酬也是在成功的基础上签的约吧?"

杉浦律师不知如何回答是好,尴尬地笑了笑。

"这样吧,就算是我一个人接受了杉浦老师的委托,但您得允许我自己做主雇一个帮手。这与杉浦老师无关。您看怎么样?"

"这个嘛……"杉浦律师歪着头考虑起来。

"这没什么不好吧?如果是我们三个人干,拿到成功的报酬的机会就会增加。而且……"南乡的表情突然严肃起来,"如果三上被辞退,那我也不干了。您另请高明吧!"

"哎?此话当真?"

"当然。选择权在您手里,您打算怎么办吧?"

"我投降,我投降,我投降还不成吗?"杉浦律师反复说着同一句话,好像是在为得出结论赢得思考的时间。

南乡面带微笑,耐心地等待着对方的答复。

"明白了。"杉浦律师终于说话了,"我只雇南乡先生,这样总可以了吧?"

"好啊!"南乡高兴地点了点头,然后转过脸去,对正要开口说话的纯一说道,"你没必要介意这些。"

纯一默默地低下了头。

杉浦律师对纯一说道:"当着你的面谈论这个叫人不高兴的话

题，实在对不起！"他用手巾擦去嘴角的酱油，"那么，我们就谈谈今后的工作吧。如果树原亮的记忆不可靠的话，我们就得改变作战方案。"

"我也这样想。"南乡表示赞同。

杉浦律师继续说道："也就是说，我们不必去确认树原亮记忆的内容了，要把方向转到寻找真正的罪犯上来。"

南乡点了点头。

纯一感到有些紧张："胜算有多少？"

"试试看嘛，不尝试怎么能知道胜算有多少？"南乡想了一下，问道，"杉浦老师，您是专门负责刑事案件的律师吧？"

"是啊，所以我很穷。"

"十年前的指纹，现在还能检测出来吗？"

"这要看证据保存的情况如何，应该能检测出来。"

"是用铝粉检测法吗？"

"铝粉检测法只适用于潜在指纹还新鲜的情况。"

"如果用铝粉的话，"纯一插嘴说，"也许我家工厂里就有。"

杉浦律师点点头："但是，如果是十年前的指纹，使用铝粉检测法也许检测不出来。应该使用喷雾法或激光法。"

"哦？"

"什么意思？"

"没别的意思，只是觉得您说的这些很有参考价值。"

杉浦律师又点点头，端正了一下坐姿："在这里，我还想再说一遍期限问题。"

"三个月的期限？"

"是的。实话告诉你们，两天前，树原亮的上诉已被驳回了。虽然他马上又提出了特别上诉的申请，但如果再被驳回会怎样呢？也就是说,第四次重审请求完全被驳回以后……"

过了几秒钟,南乡问道:"执行?"

"对。就要进入危险水域了。从现在算起只有一个月左右的时间是安全的。"

"您的意思是说,一个月以后,什么时候执行死刑都不奇怪?"

"是的。"

把要回东京的杉浦律师送到胜浦车站以后,纯一和南乡步行返回公寓。已经晚上9点多了。二人刚刚走进公寓二层那个简陋的房间,窗外突然下起了大雨。梅雨季节快要结束时的雷雨来了。

纯一从小冰箱里拿出来两罐啤酒,走进南乡的卧室。

南乡盘着腿坐在荧光灯下,黯然神伤地自语道:"没有时间了。"

纯一在南乡对面坐下,打开啤酒盖问道:"执行死刑的时间是不确定的吗?"

"法律规定,正式判决之后,法务大臣应该在六个月之内下达执行死刑的命令。命令下达之后,拘留所必须在五日以内执行。"

"也就是说应该是六个月零五天的期限?"

"是的。但是,再审请求和申请恩赦不包括在内。如果再审请求用了两年的时间,期限应该是两年零六个月零五天。"

"那么,树原亮是怎样一种情况呢?"纯一说着打算去自己的卧室取诉讼记录。

"期限已经过了。正式判决之后,树原亮在拘留所被关押了将近七年。除去再审请求的时间,期限也超了十一个月了。"

"为什么到现在还没有执行?"

"因为法务大臣不遵守法律。"南乡笑了,"在执行死刑的问题上,谁都不那么认真。从这个意义上来讲,现在执行的死刑几乎都是违法的。"

"为什么会这样？"

"因为没有人对这种违法行为提意见。从死刑犯这方面来说，哪怕多活一天也是好的。从执行死刑的人这方面来说，也希望有足够的时间让自己平静下来。"

纯一点点头，但他还是不太明白："如果执行死刑的期限这么不明确，树原亮恐怕还不要紧吧？不一定立即执行吧？"

"但是，根据从判决到执行的时间的平均数据来看，从正式判决算起，七年左右这个时间点是最危险的。"

纯一理解了。他终于明白了南乡和杉浦律师焦急的理由。

南乡喝了几口啤酒，摇着扇子躺了下来。纯一突然觉得很热，赶紧跑到厨房打开了窗户。大雨透过纱窗吹进屋里，他也管不了那么多了。在没有空调的房间里，没有别的方法。

从厨房回到南乡的卧室，纯一问道："刚才谈到了指纹这个话题，凶手十年前用过的凶器上还会留有指纹吗？"

"我想到的是存折和印鉴。但是，存折、印鉴，包括凶器，当时警察那么认真地搜查都没有发现。也就是说，这对我们来说，既是好事也是坏事。"

"为什么说是好事？"

"这说明凶器、存折、印鉴都还躺在山里的某个地方。已经完成了搜索的范围，是那些证据最安全的隐蔽场所。"

"那又为什么说是坏事呢？"

"光靠我们两个人，无论如何也找不到。"

纯一无力地笑了。是的，最为关键的证据，当时包括机动队员在内的一百二十名警察拉网式搜山都没有找到。

"还有两件值得注意的事情。第一，检察官中森先生说过，凶手的血型是B型。第二，我认为摩托车事故现场的纤维是凶手留下的。"

"我也这样认为。"

南乡好像又有了干劲，只见他从榻榻米上爬起来说道："不管怎么说，以后我们要从两条线出发考虑问题。一条线是宇津木夫妇认识凶手，另一条线是宇津木夫妇不认识凶手。"

"认识的可能性更大吧？"不知为什么，纯一觉得宇津木夫妇肯定认识凶手。

"问题在于他们家的位置，离城里那么远，又是独门独户。到处流窜作案的强盗会到那里去吗？还是专门选择离城里远的人家作案呢？还有一个可能必须考虑到，那就是凶手一开始就选中了树原亮。"

"也就是说，凶手一开始就想好了让树原亮顶罪？"

"是的，"南乡说着从卧室角落一个沾满泥巴的背包里拿出记事本，"我用这个记事本把被害人的地址簿抄下来了。如果被害人认识凶手，凶手就在其中！"

纯一翻开记事本，确认了一下佐村光男的名字。佐村光男有可能是罪犯吗？想到这里，纯一的大脑好像被什么东西卡住了。

最初是一种很奇怪的感觉，这种感觉叫他觉得很别扭，就像是本来以为自己在正确的道路上前进，却突然发现自己被引到了一个跟目的地完全不同的地方。

纯一抬起头来。那种奇怪的感觉突然变成一头凶暴的野兽，正在向他毫无防备的身后突袭而来。

"你怎么了？"南乡问道。

"南乡先生，等一下，"纯一拼命清理自己混乱的大脑，"如果找到了真正的凶手……上了法庭，会怎样判决呢？"

"死刑。"

"有可能酌情减刑吗？也就是说，如果成长经历和犯罪动机跟树原亮的情况完全不同，也会判死刑吗？"

"当然。因为犯罪事实并不会因此有任何改变，无论情状如何，法院都会坚持以前的判决。"

"这我就有点想不通了，"纯一发现自己正在拼命控制自己的情绪，"我是为了给这个死刑犯洗清冤罪才接受了这个工作的。我认为这个工作可以救人一命。但是，找到了真正的罪犯的结果，不等于把另一个人送上绞刑架吗？"

"是啊，在有死刑制度的国家，抓住恶性犯罪的罪犯就等于杀掉他。我们如果发现了真正的凶手，他肯定会被判处死刑。"

"那样好吗？不杀这个人，就得杀那个人……"

"那有什么办法！"南乡严肃地反问道，"你说怎么办好？如果我们什么都不做，本来可能根本没有犯罪的人就会被处以死刑！"

"可是……"

"好了好了。现在我们只能二者择一。比方说，现在，我们的面前有两个人溺水，一个是受冤枉的死刑犯，另一个是真正的抢劫杀人犯，只能救一个人，你救哪个？"

纯一没说话，但在心里回答了南乡的问题，并且明白了一个道理：罪犯性命的轻重，跟他所犯罪行的轻重是成反比的。所犯罪行越重，罪犯的性命就越轻。想到这里纯一感到脊背发凉：自己犯下了伤害致死罪，自己的性命应该是很轻的。

"如果是我的话，我就放弃那个真正的抢劫杀人犯，让他淹死！"南乡用非常肯定的语气回答了自己提出的问题。

"南乡先生可以做到，可是我……"纯一不想用杀人犯这个词，但还是继续说道，"我做不到。我过去杀过人，我是个杀人犯！"

但是，南乡的表情没有发生一点变化。

"所以,你不想再干夺去别人生命的事了,对吧?"

房间里安静下来,只能听到下雨的声音。不过安静的时间并不长。

"杀过人的不只是你,"南乡说,"我也杀过两个人。"

纯一怀疑自己的耳朵,瞪大眼睛看着南乡:"什么?"

"我用这双手,杀过两个人。"

纯一没听懂南乡的话,认为他在开玩笑。但是,只见南乡表情僵硬,眼睛也失去了神采。看着那双暗淡无光的眼睛,纯一似乎听到了南乡每天夜里做噩梦说梦话的声音。

"到底是怎么回事?"

"执行死刑,"南乡低下头说道,"那是管教官的工作。"

纯一默默地看着南乡,再也没说什么。

第四章
过去

― 1 ―

1973年，十九岁的南乡正二看到了招聘管教官的广告，广告上根本没有写管教官的工作包括执行死刑。

广告上只写这是一个非常值得做的工作，工作内容为：改造罪犯，引导罪犯重新做人，防止罪犯隐藏或销毁罪证，保证对拘留中的被告人的公正审判……

南乡通过了管教官考试以后，被分配到千叶监狱。在这所监狱服刑的罪犯，虽说都是初次入狱，但都是被判八年以上有期徒刑的罪犯，即LA级罪犯。

一开始南乡在保安科，做了一段时间的杂务之后，在矫正研修所接受了为时七十天的初级培训，取得了见习管教官资格。他又学习了有关法律和护身术，希望成为一名毫不逊色的管教官。

但是，南乡回到千叶监狱后，理想与现实的乖离，让他受到沉重打击。当时，全国的监狱一片混乱，并不是所有正在服刑的罪犯都想悔过自新，很多监狱的看守也不把囚犯当人看，对教育罪犯重新做人缺乏耐心。

虐待囚犯的看守被囚犯告上法庭，同情囚犯的看守反而被囚犯利用，结果受到了处分。监狱不再是教育人改造人的地方，而成了人与人钩心斗角的地方。

必须给这种混乱状况打上终止符。在大阪开始实行的《行刑管理条例》，使全国监狱的管理状况大为改观。对囚犯实行军事化管理，禁止囚犯东张西望、交头接耳等，这是一个全面彻底监督囚犯的方针。规定全体看守必须随身携带被称为"小票"的记事本，随时记录囚犯任何细小的违规行为。

南乡被任命为法务事务官看守那年，正是日本的行刑制度迎来了一大转机的时候。

可是，南乡在履行自己职务的同时，一直对自己到底在干什么抱有疑问。

囚犯列队时，只要往边上看一眼，就会受到惩罚。在南乡的同事里，有人蔑称囚犯为"徒刑"，有人只考虑如何完成上边下达的指标，从不考虑怎样教育囚犯，使之重新做人。

南乡深切地感到，许多同事都对这种风潮皱眉头。对自己的工作感到骄傲，致力于改造囚犯，为他们重新做人回归社会开辟道路，进而消灭他们对社会的威胁——这些教育刑主义[1]的高尚理念都到哪里去了？但是另一方面，严格的规定哪怕放松一点点，囚犯中就一定会有人乘机捣乱。行刑管理条例实行之前，甚至出现过监狱里的黑社会成员深夜让看守去路边摊买拉面的怪事。

如何对待眼前的现实中存在的犯罪者？站在监狱行政管理最前线的看守们，面对的是一种左右两难的情况。

---

[1] 教育刑主义是西方国家刑法学中的一种刑罚理论，这种刑罚理论的核心是主张刑罚的本质是教育而非惩罚，亦称教育刑论。认为刑罚的目的不在于对过去的犯罪行为的报应，主张刑罚的目的在于教育改造犯罪人，与报应刑论的主张相对立。

工作五年后,南乡的内心发生了变化。变化的契机是监狱里举行的一年一度的运动会。运动会对囚犯来说是非常快乐的活动。只有运动会这天,囚犯们才会忘记与看守的紧张关系。这些成年人像孩子似的在一起赛跑,像孩子似的欢蹦乱跳。

运动会那天,南乡在运动场上负责监视参加运动会的囚犯。他突然发现这个监狱里竟然关着三百多个杀人犯!这意味着什么呢?意味着从这个世界上消失的三百多名被害人就是被他们杀害的!

想到这里,南乡眼前的光景突然发生了变化。那些杀人犯狼吞虎咽地嚼着今天特别发给他们的甜点,个个笑逐颜开。为什么要让这些人高兴呢?要是这样的话,这些人还能想起被他们杀害的那些无辜的人吗?南乡感到自己受到了强烈的冲击。

恰在这时,南乡为了通过晋升的第一道门槛——中级考试,正在拼命学习。在这期间,他学习了刑法史。他想到了刑法史中残留下来的有关问题的历史性争论。在近代刑法的摇篮期,欧洲大陆围绕着刑罚到底是为了什么这一问题展开了激烈争论。

刑法史上有两种理论:一种是报应刑论,主张刑罚是对犯罪者的报复;另一种是目的刑论,以教育改造犯罪者、消除社会威胁为主。这两种思想经过长期争论,最后结合两者的长处发展,形成了现在的刑罚体系的基础。

但是,由于不同的国家有不同的法律,侧重点也就有所不同。一般而言,欧美诸国大都倾向于报应刑论,而日本则倾向于目的刑论。

学习这些理论的时候,南乡终于知道让自己感到左右为难的东西是什么了。那个严格的行刑管理条例,表面标榜教育刑主义,实际上是对囚犯严加管制,完全是一种形式与内容分裂的管教方针。

运动会这天,南乡在杀人犯背后看到了那些以前没有浮现过的被害人的灵魂,清楚地认识到了自己应该选择的道路。他认为,惩罚犯罪者是自己的工作，只要想一想被害人，就会认为报应刑论绝对是正义的。

从那以后，南乡忠实执行行刑管理条例的管教方针开展管教工作。他通过了中级考试，结束了培训，晋升为副看守长。上级对他的评价很高，决定调他去东京拘留所。

南乡有生以来第一次执行死刑，就是在那个时候。

前往位于东京小菅的拘留所赴任时，刚满二十五岁的南乡意气风发，斗志昂扬。他正在认真考虑如何再晋升一级，登上更高的台阶，因为他已经意识到：在监狱管教官这个世界里，是下级绝对服从上级的等级社会。如果当不了大官，什么也干不成。他现在已经踏上第一级台阶了。

此时的南乡，把推进实施行刑管理条例当作了自己的神圣使命。而且，新的工作单位——东京拘留所，关押的都是那些被认为没有改造余地的被宣判了死刑的死刑犯。

关押已经被判处了死刑的死刑犯的地方不是监狱，而是拘留所。在执行死刑之前，死刑犯作为未决囚被关押在拘留所里，并且集中关押在新4号楼二层的死囚牢房，被重点监视起来。由于缝在死刑犯们衣服上的囚犯号码最后一个数字都是"0"，所以东京拘留所新4号楼二层，被称为"0号区"。

当管教官六年来，南乡从来没有深入思考过关于死刑的问题。他跟一般人一样，认为那是另一个世界的事。所以刚到东京拘留所工作不久，南乡在一位保安科同事的带领下参观"0号区"时，对死刑也没有什么切实的体会。

但是，那时候同事压低声音说话的样子给他留下了深刻的印象。走进新4号楼二层的走廊之前，同事对南乡说："走路时尽量不要发出脚步声，绝对不要站在死囚牢房门前。"

"为什么？"

"死刑犯会以为是来接他去执行死刑，陷入极度恐慌。"

参观完新4号楼二层之后，同事又给南乡讲了一件以前发生过的恐怖的事情。一个管教官为了办某种手续，去了一个死刑犯的单人牢房。这个管教官过于粗心大意，没有意识到他去的时候恰好是上午9点到10点之间，也就是行刑队去死囚牢接死刑犯执行死刑的时间。管教官在铁门叫了半天也听不见动静，觉得很奇怪，从观察口往里一看，只见那个死刑犯已经大小便失禁，马上就要昏厥过去了。几天后，这个单人牢房的报警器突然被举了起来。所谓报警器，也就是一块囚犯用来与管教官联络用的木牌。囚犯在牢房里往上推一下操纵杆，牢房外面的木牌就升起来了。管教官立刻跑到牢房门口，从观察口中往里面看。就在这时，那个死刑犯突然从观察口里伸出手指，戳烂了管教官的眼睛。

"死刑犯被关在死囚牢里，紧张得超过了极限。"同事对南乡解释道，"如果你不了解这种情况，就不知道如何恰当地对待死刑犯。"

南乡点头表示同意，但是，运动会上那个津津有味地吃甜点的杀人犯在他脑子里的印象太深了。那个男人杀了人，才被判了十五年有期徒刑。关在东京拘留所的死刑犯都是犯下了残酷暴行的罪犯，怎么能同情他们呢？当时南乡的想法非常单纯。

一周以后，南乡跟那位保安科同事走在拘留所的院子里，看到院子里的小树林中有一座象牙色的小屋，感觉就像森林公园的管理处。

"那所建筑是干什么用的？"南乡漫不经心地问道。

同事回答说："刑场。"

南乡不由得停下了脚步。这是为执行绞刑建造的设施。漂亮的外观，与外观不协调的坚固的铁门，让看到它的人联想到残酷的童话故事。南乡心中涌上来一种说不清道不明的不安感。执行死刑的任务也有可能会落到自己头上吧。那时候，在那扇铁门里面，到底会发生什么样的事情呢？

　　自从看到了刑场那一天起，南乡下班后一回到宿舍里，就开始学习关于如何对待死刑犯的知识。其中关于执行死刑的细节，除了自己学习以外别无他法，因为即使去问前辈们，也不会得到满意的回答。大家都好像干了什么见不得人的事情似的，缄口不语。在这种背景下，有执行死刑经验的管教官只有很少几个人。

　　只有一位在千叶监狱时就认识的老看守的话依然回响在南乡耳边："他们总是在黄昏时到来。那就是死神啊。只要有一辆黑色公车吱的一声停在办公室前面，就危险了。"

　　虽然那时候南乡不知道老看守指的是什么，但现在的他已经意识到，那辆黑色公车是来送死刑执行的命令的。

　　南乡开始研究如何对待死刑犯的问题时，也找到了这个制度在实际运用时的问题点。法律规定死刑犯也应该跟刑事被告人一样对待，也就是说，跟一般被拘留起来但还没有被宣判的被告人是一样的。虽然法律上是这么规定的，但现实中不是这样。根据1963年法务省的内部通知，死刑犯基本上被禁止与外界联系，甚至不允许与隔壁房间的犯人说话。进一步说，只有收信送信等方面的细小规则可以由拘留所所长具体掌握，很难说所有死刑犯所受待遇是公平的。

　　即便南乡认为对恶性犯罪者应加以严惩，他对这种做法也有疑问。法律本来应该放在第一位，但在这里，一个内部通知却更具有效力。作为一个法治国家，这是不能被允许的。

　　那时候南乡把这些矛盾当成了督促自己上进的动力。如果通过了高级考试，他的晋升就不会再受学历限制了。一旦升到了矫正管区长这样的高位，他这个只有高中毕业学历的人，就可以和法务省的高级官僚平等竞争了。

但是，就在南乡一心一意拼命学习的时候，死神终于悄悄地出现在他面前。

正如那位老看守所说的那样，一天黄昏时分，一辆黑色公车停在了办公室前面。从车上走下一位身穿黑色西装、手提文件包的三十多岁的男人。

看到这个男人胸前别着的闪光的银色徽章时，南乡才知道了死神的真面目。东京高等检察院的检察官，把《行刑执行指挥书》送到拘留所来了。南乡看到的检察官胸前那枚检察官徽章，也叫"秋霜烈日徽章"，代表执行刑罚的严厉意志。秋天的寒霜和夏天的烈日，都是检察机关的象征。

南乡确信，就要执行死刑了。但是，他并不知道现在被关押在东京拘留所的十个死刑犯中，谁会被执行死刑。

两天过去了，南乡的身边什么都没有发生。不过，保安科的上司以及老资格的狱警们，表情看起来比平时严肃得多。

第三天的傍晚，南乡被保安科科长叫了过去。一进会议室，科长就沉着脸，非常严肃地向南乡宣布：

"明天对470号死刑犯执行死刑。"

南乡眼前一下子浮现出470号死刑犯的脸。那是一个因两起强奸杀人案被判处死刑的二十多岁男人。

科长停顿了一下，一直盯着南乡的脸，然后一字一句地说道："我们考虑了各方面的情况，决定推荐你对470号死刑犯执行死刑。"

终于来了——这是南乡想到的第一句话。不可思议的是，小学生时代的一些事情，在他的记忆中复苏，那是在牙科候诊室里等待时的不安感，被护士叫到名字时想逃走的紧张感。

接下来科长坦率地明确了选择的标准。被选中来执行这个任务的人都是在平时的工作中表现特别出色的。本人没有疾病，家里没有病人，妻子不在怀孕期间，本人也不在服丧期间。满足这些条件的管教官一共有七个，全都被科长推荐对470号死刑犯执行死刑。

"但这并不是绝对命令，"科长说，"如果你有不想干的理由，不要有顾虑，要坦率地说出来。"

在科长说话的口气中，可以让人感到他对部下的关心是很有诚意的。当时，如果南乡摇摇头，也许就可以不接受执行死刑的任务了。但是考虑到还有其他六个人同时被选中，他无法拒绝。

"没关系。"南乡说。

"太好了。"科长点了点头。科长脸上浮现出真诚感谢的表情，南乡帮他解决了让他苦恼的执行死刑的人选问题。

"谢谢你！"科长又说。

一个小时以后，七名死刑执行官在所长室集合，接受了所长的正式命令。接下来保安科科长发给每人一份手写的计划书。文件里写着从现在开始二十四小时内必须做的事情——从检查刑场，到当日人员的配置、对死刑犯本人宣布执行死刑和押赴刑场的程序、每个死刑执行官的具体任务、遗体的处理以及如何应对记者采访等，非常详细。

南乡他们按照计划书的指示，向那个看上去像森林公园管理处的建筑物走去。他们要在那里做事前准备工作，以及死刑执行的预演。

打开门锁，推开大铁门，低沉的声音在夜幕中的树林里响起。七个人中年纪最大的是一位四十岁的看守部长，他摸到墙壁上的电灯开关，打开了日光灯。

建筑物内被统一涂成了浅驼色，地面也铺着同样颜色的地毯，看上去的感觉就像进入了一所高级住宅。但是它的内部结构跟一般的住宅完全不一样。南乡他们走进一层，看到的只有入口和走廊，再往前走，可以看到走廊的左右两侧分别有通向二层和半地下室的楼梯。也就是说，这座二层的建筑物有半层是被埋在地面之下的。南乡他们实际上是从位于半层高的入口走进去的。

七名死刑执行官默默地沿着还不到10阶的楼梯，走上比一般建筑物低矮得多的二层。

南乡首先看到的是三个安装在走廊墙壁上的按钮。这就是执行死刑的按钮，是打开绞刑架下面的踏板的开关。为什么是三个按钮呢？这是为了让三个死刑执行官分不清楚到底是谁把死刑犯送上西天的。

负责按下按钮的三个死刑执行官留在了走廊里，包括南乡在内的另外四个死刑执行官进入墙壁另一侧被称为佛堂的房间。

这个房间被伸缩式帘子隔成两个，这边只有六叠大小。正面是祭坛，中间放着一张桌子和六把椅子。这是教诲师读经和死刑犯吃最后一顿饭的地方。

进入佛堂的四个死刑执行官当中，其中两个要在这里工作。在执行死刑之前，一个负责蒙上死刑犯的眼睛，另一个负责把死刑犯反铐上。

南乡为了预演一下分配给自己的任务，拉开伸缩式帘子，打算走到里边去。

但是，就在他看到绞刑架的那一瞬间，不由自主地后退了一步。

距离帘子只有一米远的地方就是踏板，踏板上面铺着绒毯，被蒙住眼睛的死刑犯站到上面，感觉不出自己站在什么地方。

在这个一米见方的踏板上方，垂下一根两厘米粗的麻绳。麻绳的全长有八米左右，两端都被固定在侧面墙壁柱子上，通过天花板上的滑轮垂到踏板上，中间部分形成一个绳套。

南乡的任务是把这根麻绳套到死刑犯的脖子上。他呆呆地站在伸缩式帘子边上，很长时间没动地方。其他六名同事都在默默地等待着他。南乡想咽口唾沫，但是还没等他咽下去，唾沫就在口中消失了。他无可奈何地吸了口气，然后才进入施行绞刑的房间，拿起绳套。

套住死刑犯脖子上的绳套部分裹着黑色的皮革。看着皮革表面暗淡的光，南乡感觉自己好像闻到了死尸的臭味。绳套的根部，有一个椭圆形的铁板，铁板上有两个洞，麻绳穿过这两个洞形成一个绳套以后，返回侧面墙壁的柱子上，跟麻绳的另一端固定在一起。这样，把绳套套在死刑犯的脖子上以后，再把铁板压下去，绳套就不会从死刑犯脖子上脱落了。

南乡在自己的大脑里描绘着作业的过程，不由得一阵恶心，胃里的东西差点吐出来。但是，这是他的工作。只要法律规定还要维持死刑制度，就必须有人去做执行死刑的工作。

南乡想起了计划书里写的命令：要调整好麻绳的长度，保证死刑犯落下后，脚要离开地面三十厘米以上。于是他开始练习了。470号死刑犯的身高在计划书里写得很清楚。

麻绳的长度调整好以后，南乡他们在年龄比他们大的看守部长指导下开始了执行死刑的预演。由留在走廊里负责按按钮的三个死刑执行官中最年轻一个看守扮演死刑犯。先把他反铐起来，蒙上眼睛，然后拉开伸缩式帘子，把他带到绞刑架那边，让他站在踏板上。站在左边的看守部长负责绑上他的双腿，南乡负责把绳套套在他的脖子上，然后两人一起从踏板上后退一步下来。实际执行死刑的时候，保安科长一看到看守部长和南乡从踏板上下来了，就会立刻向三个负责按按钮的死刑执行官打手势。那三个死刑执行官同时按下按钮，死刑犯就会掉进二点七米以下的半地下室去。

他们反复练习了很多遍，所需时间越来越短了。最后，执行死刑的整个过程所需时间之短，甚至让南乡感到吃惊。470号死刑犯从带进来到掉到踏板下面去，恐怕连十秒钟都用不了。主要是南乡把绳套套在死刑犯的脖子上的动作已经非常熟练了。

　　晚上10点多，预演结束了。七名死刑执行官一起走回宿舍区，然后就解散了。其中两个回宿舍休息，另外四个去了被称为"俱乐部"的管教官们散心的地方。

　　南乡一个人回到新4号楼，跟值班长交涉了一阵以后，得到了查阅470号死刑犯的服刑记录的许可。他想在执行死刑前记住明天就要被他杀死的那个男人的罪状。

　　他独自一人坐在会议室里，默默地翻阅服刑记录。470号死刑犯的罪状是两起强奸杀人罪，犯罪时的年龄是二十一岁，当时是东京都内一所大学的三年级学生。被他强奸杀害的是两个幼女，一个七岁，一个才五岁。

　　在翻阅服刑记录的过程中，南乡渐渐觉得轻松起来。对死刑犯的憎恶不是源于他的意志力，而是自然地从内心深处涌上来的。南乡一向很喜欢孩子，对杀害幼儿的犯罪，仇恨程度要比一般人深一倍。每次去位于川崎市的双胞胎哥哥家时，小侄女总是大声叫着"和爸爸长得一样的叔叔来了"，在他的身边欢呼雀跃。南乡想象着：如果被害人是自己的小侄女的话，就理解了遗属以及整个社会对凶手的憎恶。

　　而且，470号死刑犯在公审过程中还假装精神异常，甚至还胡说什么是因为被害人对他的性诱惑才造成了他的犯罪，这引起了审判长的强烈愤怒。审判长认为罪犯"丝毫没有悔改之意，没有重新做人的可能性"，理所当然地判处了死刑。

　　看到这里，南乡担心的只有一个问题了，那就是证据是否确凿，

470号会不会是冤案，自己即将杀死的会不会是一个无辜的人？

不过，看完服刑记录里的诉讼记录以后，他也不再担心这个问题了。通过各种形式鉴定，被害人体内残留的精液，跟被告人的血型完全一致。另外，在搜查阶段扣押的被告人内裤上，附着有包含血液的被害人的阴道分泌物。不仅有这些足以证明强奸罪的证据，还在被告人的毛衣上发现了凶手作案时使用的石块的碎片。

这些物证鲜明地描绘出470号死刑犯的犯罪过程，南乡不由自主地闭上了眼睛。

两名幼女遭受凌辱之后，被石块砸碎了头。

这不是人干的事，连野兽都干不出这种事来。

南乡明天要处死的，是一个连野兽都不如的东西。

但是，那天晚上南乡一夜都没睡着。后来他才深切意识到，死刑前夜的那个晚上，是他人生中的最后一个安眠之夜。

第二天早上，看守所特别安排了点名，7个脸色苍白的死刑执行官和他们的上司并排站在那里。昨天夜里没有一个人能睡好。

点名结束后，7个死刑执行官走向刑场，做了最后一次预演，然后在祭坛的佛龛上点燃了一炷香。南乡和管教官们向着佛龛双手合十。他们在合掌祈祷时不由得感到困惑，因为他们在为还活着的人祈祷。祈祷之后，他们坐在椅子上等待执行时间的到来。

上午9点35分，刑场一层的铁门打开了。在二层等待执行任务的南乡听到了教诲师读经的声音。伴随着读经的声音来到二层的先后是警备队队长、教诲师、470号死刑犯、看守所所长和另外五名干部，以及检察官和检察事务官。

南乡这时才第一次近距离地看到470号死刑犯。这个强奸并残忍地杀害了两名幼女的凶犯，长着一张细长而文弱的脸。他的手腕很细，看上去没有什么力气，恐怕只能欺负未成年的孩子。

470号被从单人牢房带出来以后，先被带进了看守所的礼堂，并在那里接受了执行死刑的宣告。在即将施行绞刑之前，这个双手被手铐铐在身体前面的死刑犯一直在撇着嘴哭泣，眉头紧皱，眼泪一个劲儿地往下掉。

　　"我们为你准备了很多好吃的东西，"保安科科长为470号死刑犯摘下手铐，温和地说道，"想吃什么就吃什么吧。"

　　470号死刑犯看了看桌子上的食物。有蔬菜，有肉，有白米饭，有水果。还特意准备了甜点，有日式甜点，有西式甜点，还有蛋糕和巧克力。

　　死刑犯哭着伸出手去，拿起一块红豆馅年糕塞进了自己的嘴里。还没咀嚼，又哇的一声吐了出来。他想弯腰把年糕捡起来，又突然停住，挨个看着周围的人们。

　　死刑犯看到南乡的时候就停下了。南乡紧张得身体僵硬。为了执行死刑套在崭新的白手套里的双手一个劲儿地出汗。

　　"救救我吧！"死刑犯盯着南乡的眼睛，呜咽着从嗓子眼里挤出一句话来，"请你不要杀死我！"

　　南乡在让自己拼命想起对这个皮肤白皙的年轻人的憎恨。

　　死刑犯挣开拉住他的警备队员的手，在南乡面前跪下："救救我！求求你了！请你不要杀死我！"

　　南乡一动不动地俯视着死刑犯。他感觉跪在自己面前的只不过是一个身材矮小的可怜的年轻人。看着苦苦相求的死刑犯，南乡把从昨天晚上开始在心里积攒下的憎恨砸了过去。

　　你对幼女施暴，然后杀害她们的时候，尝到的是怎样的一种快感？

　　你那时候尝到的快感和你现在尝到的面对死亡的恐惧可以互相抵消了吗？

　　警备队长把470号拉起来，向在场的人们使了个眼色，这是尽快执行死刑的信号。他们是一个为了杀死470号而团结战斗的集体。

"在离开人世之前，你还有什么话要说吗？"保安科科长尽可能地用温柔的声音说道，"写下来也行。"

这时，一直在持续的读经的声音停止了。也许是为了让大家听到470号死刑犯最后的遗言吧。

在突如其来的寂静中，470号开口说话了："我没杀人。"

刹那间，在场的近二十个男人一下子屏住了呼吸。

"我真的没杀人。"

"就这些吗？"保安科科长问道，"这就是你要说的全部吗？"

"我没杀人！救救我！"

三名警备队员扑向就要暴跳起来的死刑犯。与此同时，从拘留所所长的口中发出了短促的命令。

"执行！"

众人的脚步声乱作一团。教诲师用更大的声音开始继续读经。

470号的头部被蒙上了面罩。南乡看到以后立刻拉开了伸缩式帘子，走向绞刑架。

南乡的眼前就是已经调节好长度的绳套。

他不由自主地回头看了一眼。470号被摁倒在地，手被反铐在身后。

必须把这个绳套套到那个家伙的脖子上。想到这里，南乡的脸上一点血色都没有了。教诲师读经的声音响彻整个刑场，加剧了南乡的动摇。吊慰死者的经文没有给南乡带来心灵的平静。在吊慰对象还活着的时候，那只能是一种唤醒人的猎奇心理的邪术。

"救救我！救救我！"拼命号叫的470号被警备队员从地上拉起来。

这时，拘留所所长喊了一声："像你这样大喊大叫，舌头会被咬断的！"

但是，470号并没有停止喊叫。他一边喊叫，一边绝望地挣扎着。两个警备队员抓住他的两只胳膊,把他带上了绞刑架。

南乡想尽快把绞绳的绳套拿起来,但是,他就像一个刚刚看到一场悲惨事故的人,眼前一片模糊,连自己的手的动作都看不清了。

470号被带到了踏板前,南乡拼命地把震耳欲聋的读经声和死刑犯的号叫声从大脑里赶出去。在这种时候,支持了他的是赞成报应刑主义[1]的德国著名哲学家康德的一句话:

只有绝对报应才是正义的——

470号的脚踏在了踏板上。

绝对报应是刑罚最根本的意义——

南乡一边在心中重复着康德的话,一边拿起了麻绳。

假定有一个公民社会将要解散,假定世界到了被灭绝的最后时刻——

南乡将裹着黑色皮革的绳套,套在了470号的脖子上。

杀人者必须被处以极刑——

"我没有杀人!"

南乡听到了从眼前那个被蒙上了面罩的470号嘴里发出的声音。

"救救我!"

南乡将椭圆形的铁板押到死刑犯的脖子上,然后马上向后退了一步。

紧接着,就像地震时发出的地声,冲击着整个刑场。踏板被抽掉,刑场与地狱连为一体。470号的身体就像被突然出现的洞穴吸走了一样,转瞬就消失了。麻绳被拉直的同时,传来了窒息的声音、骨折的声音和麻绳摩擦的声音。

---

[1] 亦称刑罚报复主义,是重刑主义理论之一。即用等同于犯罪危害程度或超过犯罪危害程度的刑罚对犯罪人予以制裁,以起到威慑作用。

南乡认真调节过麻绳的长度,现在,在他的眼前,被拉得笔直的麻绳慢慢地左右摇晃,好像在对他说,你圆满地完成了任务。

"请到下边去吧。"

南乡听到了拘留所所长对检察官和检察事务官说的话。他们必须到半地下的地下室去确认470号的死亡。

南乡虽然对还在继续的读经声十分厌烦,但还是呆立在那里。过了一会儿,麻绳突然停止了摇晃。负责按死刑执行按钮的三个执行官已经去地下室,按住了还在继续痉挛的470号的身体。现在,医务官正把听诊器放在470号胸部,等待着他的心脏停止跳动。

过了十六分钟,470号的心脏停止跳动才得到确认。接下来,按照监狱法的规定,在确认死刑犯的心脏停止跳动以后,其尸体还必须在绞刑架上悬挂五分钟以上。

为了处理遗体,南乡等人于上午10点整来到地下室。他们花了十五分钟的时间用酒精擦净死刑犯的尸体,并给他穿上了寿衣。装进了棺材的遗体被运到刑场旁边的遗体安置所以后,南乡他们的工作就算结束了。死刑执行官们每人领了2万日元的特殊勤务津贴,并被告知绝对不要在外面谈论刑场里发生的事。喝完净身酒,南乡他们一起去宿舍区的"俱乐部"洗澡。

南乡就像一个旁观者,冷眼观看着这一连串的行动并参与其中。

中午12点,七名死刑执行官一起到拘留所外面散心。大家很少说话,漫无目的地在街上闲逛。后来大家都不想在一起闲逛了,就无言地解散了。南乡一个人在美食街溜达,想寻找一家中午也能喝酒的酒馆。

南乡恢复意识时,发现自己正趴在夜色已深的柏油马路上,胃里的东西都吐了出来,一片狼藉。

大概是酒喝多了吧?意识模糊的他回忆着数分钟之前的事情。刚才应该是在酒吧的吧台上喝了很多威士忌吧？

　　他又呕吐了一阵，终于想起了自己不舒服的原因。喝酒的时候，他突然想起了处理死刑犯遗体的情形。为了确认死刑犯死后的样子，他从还悬挂在绞绳上的470号死刑犯头上摘下面罩，470号由于喊叫咬断的舌头滚到了南乡的脚边。

　　我杀人了。

　　凸出的眼球和因落下的冲击抻长了十五厘米的脖子。

　　对于这个残酷的场面，他所相信的正义没有给予任何回答。

　　南乡在路边一边吐着胃液一边哭泣起来。涌上心头的是一种做了无法挽回的事情之后的悔恨。他想起了少年时代和家人一起围着餐桌吃饭的情景，反复问自己：为什么会是这样？如果自己考上了比哥哥更好的大学的话，就不会杀人了吧？也许这是回避不了的命运，从出生那天起就已经被上天决定了。自己大概就是为了成为一个杀人者才来到这个世界上的。

　　眼泪不但止不住，而且越来越多地从双眼中涌出来。他忽然觉得趴在地上呕吐的自己十分悲惨，禁不住放声大哭起来。

　　在以后的一个星期里，南乡还和以前一样每天上班。到了第八天，他觉得已经到了极限，只好请假去医院。医生给他开了安眠药。

　　那天，给南乡抓药的药剂师是一位年轻的姑娘。南乡看到姑娘胸前挂着一个小小的闪闪发光的十字架，就问她是不是基督徒。姑娘脸上浮现出腼腆的笑容，摇了摇头回答说，只不过是一个吊坠。但是，那个十字架却让南乡得到了某种启示。

　　从此以后，南乡每天晚上都要吃安眠药，并且利用睡着之前的时间阅读大量宗教方面的书籍。他觉得书中的语言很美，充满慈爱，有时又觉得书中的话是在叱责自己。南乡在这些书中得到很大安慰，心情变得舒畅起来。但是，他很快又把宗教书丢到一边去了。

因为他认为依靠神的帮助是懦弱的表现。

一切都是人类干的。强奸两名幼女,并残暴地杀害她们,是人干的;对犯下这些罪行的人处以极刑,也是人干的。这一切都是人的手干的。对于人类干的事,人类本身是不是应该给出一个答案呢?

给出这个答案用了长达七年的时间。

后来,南乡跟医院那位戴十字架吊坠的姑娘结婚了。他们从认识到结婚经过了五年的时间。他们第一次在一起睡了一夜之后的第二天早上,她对他说:"你好像整夜都在做噩梦。"听了她的话,南乡犹豫了:自己到底应不应该结婚呢?南乡对谁都没有讲过当过死刑执行官的事,他不知道是否应该对妻子也隐瞒自己以前做过的事。但是,南乡不想失去她给予他的安宁,最终还是决定结婚了。

结婚两年后,他们生了一个男孩。

孩子非常非常可爱。看着孩子熟睡的小脸,南乡又燃起了已经放弃的参加高等考试的欲望。同时,他开始认为自己七年前做过的事是正确的。

如果自己的孩子被人杀死了,当凶手出现在面前时,南乡肯定会把凶手杀死。但是,如果这个社会认可私刑,社会就会陷于无秩序状态。因此,必须由第三者,也就是国家机器行使刑罚权,来代替被害人亲属做他们想做的事。是人都有复仇心,所谓复仇心,就是对失去的人的爱。只要法律是为了人类而存在的,包括死刑在内的报应刑思想就应该被认可。

处死470号死刑犯以来,南乡一直对死刑制度持有疑问。但是现在他意识到,这是由于自己把死刑与杀人的不快感混同在一起导致的错误认识。在执行死刑之前,他一直是支持死刑制度的。

南乡的思绪回到了七年前的那个时刻,回到了他俯视着跪在地上求饶的470号,在心里把憎恨砸过去的那个时刻。

所以，当南乡第二次接到执行死刑的命令时，他已经能够控制住自己内心的动摇了。执行死刑的时候，类似杀人的那种生理上的嫌恶感，是可以忍耐的。他认为，即使因此被夺走今后四十年的安眠，也必须伸张正义。

第二次接受执行死刑的命令时，南乡已经调到福冈拘留所去了。频繁调动工作，意味着他正在踏上晋升的台阶。

执行前夜，他到公务员宿舍"俱乐部"去了。一进去就看到一个脸色苍白的年轻看守在那里一个人喝闷酒。

这个年轻的看守姓冈崎，也被任命为死刑执行官。冈崎、南乡和另外一名死刑执行官接受了按下踏板按钮的任务。

看到冈崎的样子，南乡就像看到了过去的自己，于是就在冈崎身旁坐了下来。冈崎先向南乡打招呼，并跟他谈起了如何对待看守所中的死刑犯的问题，似乎在有意回避明天执行死刑的事。年轻的看守冈崎提出了南乡以前曾经有过的疑问，即为什么无视监狱法，优先执行法务省的内部通知。

"关于这个问题，我也想了很长时间。"南乡说出了自己的结论，"法务省恐怕是希望修改监狱法的，但是政治家按兵不动，所以监狱法就修改不了。法务省发那样一个内部通知，大概也是无奈之举。"

"照您这么说，是那些不修改监狱法的政治家不好？"

"表面上是这样的。但是我们也必须分析一下国会议员按兵不动的理由。如果哪个国会议员说出要严厉惩罚犯罪者，特别是要严格执行死刑制度这样的话来，他的形象就会遭到破坏，就会影响到他的人气。"

"还是政治家不好嘛！"

"你没看过关于死刑制度的国民调查吗？"

"支持死刑制度的国民过半数,对吧?"

"是啊,"南乡说,"可是,日本人一边在心里想着坏人应该被判处死刑,一边在公开场合冷眼看待说出这种话的人。这就是真实想法与说给别人听的话完全背离的日本民族的阴暗心理。"

冈崎好像发现了什么似的张大了嘴巴,过了一会儿才点了点头,感慨地说道:"是啊,在电视上露面的都是那些反对死刑制度的人。"

"是的。而且被冷眼看待的并不仅仅是政治家,我们也在其中。我们本来是顺应国民的愿望去做的,却被人戳脊梁骨。谁也不会对我们说,感谢你们为我们除掉了恶人。"南乡叹了口气,接着说,"但是,这事总得有人去做。"

"那么,"冈崎环视了周围一下,压低声音问道,"南乡先生,您赞成死刑制度吗?"

"赞成。"

"也赞成明天对160号执行死刑?"

南乡盯住了冈崎的脸。在冈崎的脸上,可以看出两难和紧张的神情。南乡问道:"160号有什么特别的情况吗?"

冈崎没有回答。

南乡有种不祥的预感:"难道是冤案?"

"不,证据没有问题,可是……"冈崎话到嘴边又咽了回去。他想了一下才说,"您去看看160号的服刑记录吧,只看最后一页就可以了。"

南乡向死刑犯牢房走去。关于160号死刑犯的罪状,南乡已经掌握了。五十多岁,男性,因为给借钱的朋友当担保人连累了自己,负债累累。走投无路之下,他犹豫着是杀死全家再自杀,还是做强盗抢钱。结果他选择了后者,成了杀人犯。他杀死了三个人,一对很有钱的老夫妇和他们的儿子。如果他选择杀死全家再自杀,杀死自己的妻子和两个孩子以后,即便自杀不成,不要说死刑,连无期徒刑都判不了。

南乡得到翻阅160号的服刑记录的许可之后,拿着厚厚的活页夹走进晚上空无一人的会议室,跟七年前一样,认真翻阅起来。在看冈崎所说的最后一页之前,他看到了160号关于宗教教诲的记述。

"被逮捕以后,我马上承认了自己的罪行,第一次审判时,我皈依了基督教。"

南乡用手指画着160号的记述读下去。

"我不是那种同时信仰多种宗教的所谓'蝙蝠信徒',我真挚地按照教诲师的教导,每天为被害人祈祷冥福。"

南乡想,冈崎指的大概就是这些吧。这是一个关于对真心悔过的死刑犯是否有必要执行死刑的问题。

关于这个问题,南乡已经准备好了答案。因职务关系,南乡认识很多被判了无期徒刑的囚犯和判了死刑的囚犯,对这两类囚犯做过比较之后,得出了自己的结论。

同样是犯下了非常残暴的罪行,无期徒刑囚犯中没有悔过之心的占很大比例。他们心里只有为自己辩护的借口,甚至有不少人对正好出现在犯罪现场的被害人心怀怨恨。他们在监狱里假装老实,目的是为了被评为模范囚犯,假释出狱。

另一方面,被判了无期徒刑的犯人确实也有表示悔过的,也可以说大多数都表示悔过。但是,这些犯人的态度,跟很多被判处死刑的犯人在某种热情的驱使下所表现出来的悔恨有很大不同。真正达到了宗教式心醉神迷的真诚悔过程度的,只有在死刑犯中才能看到。

经过上述观察,南乡得出了一个结论:死刑犯真诚悔过,难道这不是因为他们被判了死刑才收到的效果吗?也就是说,以报应刑论为基础的死刑判决制度，引出了悔过之心这个教育刑论希望达到的目标，这种现象难道不是一种绝妙的讽刺吗？

现在看到160号有关宗教教诲的记述，南乡也感到具有讽刺意味。对教诲的态度，是判断一个死刑犯情绪是否安定的标准，也是确定行刑日期的重要因素。在死刑犯中，遵从教诲师的教导情绪安定得越早，被处刑的日子就越早。

恐怕冈崎正是对这样一种制度上的矛盾感到困惑吧。南乡一边这样想着一边翻到了最后一页。

那是一封信的复印件。收信人是福冈地方法院的审判长，寄信人是一位女性，160号杀害的，就是她的父母和哥哥。

这是被害人遗属写给审判长的信。信笺是高档的，字是手写的。当看到"我不希望判处被告人死刑"这句话，南乡不由得怀疑自己的眼睛。

为什么？这是南乡的第一感觉。以前南乡曾经想过，如果自己的孩子被杀害的话，一定要让凶手偿命。这句话使他受到很大冲击。他无法理解，甚至感到震惊。

"被告人已经充分地表示了赔偿的意愿。"看到信中有这样一句话以后，南乡又慌忙往前翻服刑记录。他想，被害人遗属是不是因为得到了足够的经济赔偿呢？但是，160号是因为受到借钱人牵连，负债累累才走上犯罪道路的，不可能有赔付高额赔偿金的能力。从被逮捕到现在，160号赔付给被害人遗属的，只有服刑十一年间在狱中通过劳动赚来的区区22万日元。

南乡又翻到服刑记录最后一页。写给审判长的信中，遗属的心情是这样表述的：

"开始，我对被告人也是恨之入骨，恨不得将其碎尸万段。但是，被告人从小家境贫寒，没有学历，饱尝人世间的辛酸，最后由于太相信朋友而负债累累。考虑到以上情况,我在希望判处被告人死刑的问题上犹豫了。如果我走的是像他那样的人生道路,说不定我也会像他对我的家人做过的那样,去伤害别人。当然,我的意思并不是主张无罪释放被告人,而是希望被告人在监狱里一直活下去,为我的父母和哥哥祈祷冥福。"

这封信比任何死刑反对论者的理论都有说服力。正是因为太有说服力了,南乡甚至非常讨厌这封信。我们忍受着那么痛苦的精神折磨去执行死刑,你却这样说,这到底是怎么一回事啊……

南乡突然意识到自己的内心深处在憎恨这位遗属,赶紧让自己打消了这种念头。

接下来南乡看了看第一审的判决。审判长收到这位遗属的来信以后,一审判决宣布判处被告人无期徒刑。但是,检方对法院的判决不服,提出了上诉。结果在第二审判决时,原判被撤销,改判为死刑。判决的量刑理由如下:"被告人在搜查和公审阶段自始至终都表现了明显的悔过之心,被害人遗属也请求免判死刑,本应酌情轻判。但是,由于被告人犯下的罪行是极其残暴和不人道的,给社会带来了极其巨大的冲击,完全没有酌情轻判的余地。即便处以极刑,都不足以彰显正义。"

后来被告人上诉到最高法院,最高法院予以驳回,并不允许被告人再次申请改判,确定了死刑的判决。

南乡认为,法院的一审判决未能彰显正义。南乡支持死刑制度,七年前执行死刑的行为得以在心中正当化,正是从被害人因果报应的感情出发思考的结果。如果不考虑被害人的感情,剩下的就只有法学家们建立的法理了。也就是说,160号侵害了法律所保护的利益,即法益,所以应该被判处死刑。

可是,事情真有这么简单吗?为了纠正这种一刀切的判决,有一种被称为恩赦制度的挽救措施。但是，恩赦制度在160号身上没有发挥任何作用。

南乡又把视线落在了遗属的信上。这位女性，虽然家人都被杀害了，但是她并不希望被告人被判处死刑。这个事实，把一个南乡连做梦都没有想到过的问题摆在了眼前。

明天就要执行的死刑到底是为了谁？南乡和冈崎有必须杀死160号的理由吗？违背被害人遗属的意愿，给予犯罪者绝对报应，这不是精神上进一步伤害被害人的行为吗？

那天夜里南乡辗转反侧，一分钟都没有睡。他甚至想到了辞职。他在三室一厅的公务员宿舍里走来走去，好几次去看妻子和儿子熟睡的脸。

他有一个必须由他来保护的家。

想来想去的结果，是他违背自己的真实意愿，打消了辞职的念头。与一个死刑犯的命相比，还是全家人的生活更重要。

第二天早晨，在刑场又做了一遍执行死刑的预演之后，南乡等待着160号被带进来。他的脑海里浮现出七年前执行死刑的情景。

"我没有杀人！"

南乡认为，把绞绳套在乞求救命的470号死刑犯脖子上的行动，怎么说都是正确的。但是，这回这个160号情况如何呢？被害人遗属写给审判长那封要求轻判凶手的信，说明在用一刀切的法律制度处罚罪犯的时候，人们的感情多种多样，太复杂了。这是一个不容忽视的事实。

刑场的铁门打开了，在身穿黑袍的神父引领之下，160号死刑犯登上了又窄又短的台阶。这个杀了三个人的五十多岁的男人，脸形瘦削，眼窝深陷，脸上却露出毅然决然的神情，甚至让人感到他充满活力。死刑犯迈着沉稳的步子，走进佛堂。

南乡很担心他身旁的冈崎。南乡的担心并不是多余的,这位年轻看守就像已经忍受不了极度的痛苦似的,身体在微微颤抖。

摘掉手铐的160号死刑犯面向祭坛上的十字架,虔诚地注视了很久。计划科科长劝他吃最后一顿饭,他先对科长表示感谢,然后吃了少量的点心和水果。

160号沉着平静的态度,让包括检察官在内的二十名左右的男人们脸上浮现出安心的神色。

接下来,死刑犯被允许吸最后一支烟。他一边吸烟,一边跟拘留所所长做最后的交谈。遗物转交给家属,遗书已经事先交给了负责看管他的看守,属于他的现金虽然不多,但都用于对被害人遗属的赔偿。他已经提出了把自己的遗体捐献给大学医院的申请,作为回报,他预先领到了5万日元现金。

四十分钟后,保安科科长说话了:"请准备向这个世界告别吧。"

160号一瞬间停止了动作,过了一会儿,才点头说道:"好的。"

与此同时,看管了他七年的看守忍不住哭了起来。

160号也悲伤地低下了头。终于,他面向教诲师说话了:"神父,请给我施忏悔与和解之圣礼。我犯罪了。"

神父点点头,走到跪在地上的死刑犯面前,背对着祭坛上的十字架,用严厉的口吻说道:"你忏悔一生的罪过吗?你忏悔做了违背全能的神的事吗?"

"我忏悔。"

"那么,我饶恕你的罪过。"

听到神的话,南乡觉得自己的头就像遭到了重击。160号犯的罪,神都赦免了,可是人类不赦免。

"以圣父、圣子、圣灵的名义,阿门。"

"阿门。"160号唱和着,在胸前画了一个十字,站了起来。

两名死刑执行官走过来，蒙住160号的头，把他反铐起来。

南乡和冈崎以及另外一名死刑执行官立刻走到佛堂墙壁另一侧，站在了执行按钮前面。在这里看不到绞刑架。只要保安科科长举起的右手一放下，三个执行官就同时按下按钮。

可以听到拉开伸缩式帘子的声音，通向绞刑架的门被拉开了。南乡注视着眼前的按钮，心想这是辞去这个工作的最后的机会了。如果在这里放弃必须执行的任务，至少可以不用亲手杀死160号了。

但是，老婆孩子怎么办？谁来养活他们？还有，难道就这样背叛忍受着极大的痛苦和他一起准备按按钮的另外两位年轻同事吗？

这时，保安科科长举起的手放下了，南乡条件反射似的按下了眼前的按钮。

但是，什么事情也没发生。

南乡抬起头来，没有听见踏板被抽掉的声音。保安科科长一脸茫然，他看看绞刑架那边，又看看南乡他们这边，在确认到底发生了什么异常情况。到底发生了什么事情呢？南乡慌忙环顾四周，很快就找到了原因，不禁战栗起来。

冈崎的手指在按下按钮之前停止了动作。

南乡按住自己那个按钮，小声叫道："冈崎！"

但是，这位年轻的看守脸色苍白，手指颤抖着，紧闭双眼，就像什么都没听见似的。

南乡意识到，要让冈崎按下按钮是不可能的事了。由于冈崎的踌躇，将暴露负责按下执行按钮的三个人当中，谁杀死了160号。

南乡向佛堂看去。保安科科长在向南乡右边的看守招手。如果执行按钮失灵，就得启用手动控制杆。如果手动控制杆也失灵，就得由一名执行官亲手绞死死刑犯。这是刑法的规定。刑法上清清楚楚地写着：绞首处以死刑。

被叫的看守慌慌张张地向绞刑架跑过去。但是南乡已经等不了了。再这样把脖子上套着绞绳的160号放在踏板上，继续忍受死亡的恐怖，哪怕延长一秒都太残忍了。南乡推开冈崎僵硬的手指，用自己的手按下了执行按钮。

沉重的冲击声。

此后南乡的耳朵再也听不到别的声音了。

我已经杀了两个人！

南乡能想到的，只有这一句话。

如果在刑场以外的地方杀两个人，自己肯定会被判处死刑的。

南乡用杀死160号死刑犯的行动换来的，是可以继续做这个工作以保住这个家庭，但是，从第二天起，他的家庭却开始一天天走向崩溃。

以《福冈拘留所执行死刑》为标题的报道刊登在了一份全国性报纸上。

南乡的妻子看到了这篇报道，好像也知道了丈夫为什么前一天夜里在外边喝了那么多酒以后才回家。虽然她没有直接问南乡，但态度开始发生微妙的变化。

开始南乡以为妻子是因为他执行了死刑而在心里埋怨他，但是随着时间的推移，他发现妻子的不满在别的地方。妻子生气，是因为丈夫没有跟她说实话。但是南乡认为，如果把实话告诉妻子，只能让她跟自己一起苦恼。

尽管南乡找到了妻子生气的原因，却没能跟她说实话。一是因为南乡隐瞒了七年前执行死刑的事实跟妻子结了婚，对此他一直感到内疚；二是因为每当回家时看到跑到他身边来的孩子，南乡都觉得自己死也说不出口。结果，刑场上的事他跟谁都没说过，一直严守保密规则。

孩子上了幼儿园以后，夫妇二人终于开始商量离婚的事了。商量的结果是，等孩子上了小学再重新考虑离婚的问题。可是，孩子上小学后，南乡又希望继续忍耐到孩子上中学。南乡想方设法避免离婚，因为他知道，被送进监狱的大多数罪犯，都是在不和睦的家庭环境中长大的。一想到二十年后如果自己的儿子惹上官司被审判，父母离婚这一因素可能会作为酌情减刑的理由之一，南乡就难过得无法忍受。把孩子的将来放在第一位来考虑，夫妻之间的关系已经不是真心相爱，而是来自意志力的团结了。

妻子为此付出了巨大的努力。由于南乡经常调动工作，她和孩子不得不跟着南乡在日本各地转来转去，不仅如此，她还被公务员宿舍的人际关系搞得筋疲力尽。但是，她在孩子面前从来没有表现出不高兴的样子。她在默默地维持着这个家庭。

到了2001年，孩子上了高中，南乡则被调到了松山监狱。以此为契机，夫妇开始分居，但对孩子只是说爸爸"单身赴任[1]"。

南乡想，三年后孩子高中毕业时，家庭也许就真的解体了。用杀死160号死刑犯的行动保住的家庭……

就在这时，他得到了一个意外的消息。

为了给一个死刑犯昭雪冤案，一位无名的律师正在寻找调查员。

南乡想，这正是自己愿意做的工作，他在冲动之下非常积极地与律师联系。见面时才发现，早在东京拘留所工作的时候，他就见过杉浦律师。

杉浦律师对管教官来应聘调查员感到吃惊，也很欢迎，因为南乡从事的职业的关系，他对包括请求重审在内的所有对死刑犯的处置方法都很精通。

---

1 指员工被派到外地工作，妻子和孩子并不同住，而是留在原来的城市继续生活。

南乡已经决定辞去管教官的工作，只要利用好退职金和这次昭雪冤案的报酬，不但足够送孩子上大学，还可以让南乡重振父亲传下来的家业，开一家糕点铺。到那时再把一切都告诉妻子，请求妻子继续跟他和孩子一起生活。

他要全身心地投入到这项艰难的工作中去，剩下的就是找一个搭档了。为了把死刑犯从绞刑架上拉下来，还需要找一个跟他一起去调查的搭档。

于是，他选中了在他的管教之下的二十七岁的囚犯三上纯一。

"我违反了管教官工作规程，"作为自己的长篇故事的结语，南乡说道，"我把一切都告诉你了。该说的和不该说的，都说出来了。不过，我觉得轻松一点了。"

这时已经是次日凌晨，新的一天开始了。大雨早已停了下来，从纱窗外吹进来凉爽的风。

纯一注视着面前这位四十七岁的管教官，注视着这个曾处死过两名罪犯、还在拼命维持已经破碎了的家庭的男人的脸。此刻，管教官脸上那亲切的笑容不见了，取而代之的是一副殉教者的严肃表情。纯一想，也许这才是南乡的真面目。

"南乡先生，"纯一虽然十分关心已经身心疲惫的南乡，还是问了一句，"现在您还赞成死刑制度吗？"

南乡看了纯一一眼："既不是赞成，也不是不赞成。"

"您的意思是？"

"啊，我不是在逃避你的问题。我心里真是这样想的。死刑制度什么的，有也好，没有也好，都一样。"

南乡的回答听起来好像是敷衍了事，纯一不由得追问道："您到底是什么意思啊？"

"喂喂！你可要注意哟。"南乡的脸上浮现出拉拢人似的笑容，"关于死刑制度是否应该存续的争论，很容易让人感情用事，恐怕这就是本能与理性的斗争吧。"

纯一认真地思考了一下这句话的含义之后，点了点头："对不起。"

"再说了，"南乡继续说道，"杀了人就会被判处死刑，连小学生都知道吧？"

"嗯。"

"重要的是，所犯罪行和对罪行的惩罚，已经众所周知了。但是那些被判处了死刑的家伙呢，他们明知道如果被逮住了就会被判死刑，还敢去犯罪。明白我的意思吗？也就是说，他们一旦杀了人，就等于把自己送上了绞刑台。被抓住以后才又哭又叫，已经晚了。"南乡气愤地说着，脸上的肌肉僵硬起来。他在竭力压制住心底的憎恨。"为什么那些浑蛋会没完没了地出现啊？如果没有那些家伙，即便有这制度那制度的也没关系，我就不用去执行死刑了。维持死刑制度的既不是国民也不是国家，而是杀人犯自己！"

"可是……"纯一刚一开口，又赶紧闭上了。他不由自主地想问南乡：那个160号的情况算是怎么回事？

"当然，现行的制度也存在问题。"南乡好像知道纯一想问什么似的，"误判的可能性、不妥当的判决、完全没有发挥作用的补救措施等，都是问题。特别是树原亮的情况，就是一个实际的例子。"

"关于树原亮，"纯一回到正题，问道，"南乡先生，如果凶手不是树原亮，我们找到了真正的凶手，他就得被判处死刑，这样好吗？"

南乡犹豫了一下之后，点了点头："除此之外，没有别的办法能救树原亮。如果我们放任不管，他被带到刑场，脖子被套上绞绳的时候，一定会大喊大叫'我没杀人！救救我'，他一定会拼命地求死刑执行官饶命的。"

说到这里，南乡突然不往下说了。他的双手停在了往死刑犯脖子上套绳套的动作上。

纯一从南乡的眼神中看到了他痛苦的过去。

"我想避免那样的情况发生。无论如何也要把树原亮从绞刑架上救下来。现在我想做的只有这件事。"

"明白了。我一定协助您。"纯一说道。

两个人的对话总算告一段落了。

南乡听了纯一这句话，微笑着点了点头："辛苦你了。"

从纱窗外吹进来的凉风解除了暑热，他们默默地享受着吹在身上的凉爽的夜风。

"真是不可思议，"在静谧的深夜，南乡轻声说道，"那两个人的名字，我怎么也想不起来了。我指的是470号和160号的名字。"说完又歪着头喃喃自语，"这是为什么呢？"

纯一想说，如果能想起名字来，恐怕更痛苦。但是，他没有把这句话说出来。

—2—

昨夜的暴雨好像是梅雨天结束的前奏，第二天早晨，房总半岛放晴了。

纯一和南乡沐浴着灿烂的阳光上了车。在胜浦市内，他们看到很多载着冲浪板的汽车和准备去海水浴场的游客。旅游旺季到了。

南乡他们穿过中凑郡，向东京方向驶去。为了给下一步工作方针的转变做准备，他们有一些工作必须在房总半岛以外的地方做，为此他们要分头行动几天。

"你要关心一下政治新闻，"手握方向盘的南乡对纯一说，"特别是内阁重组的动向。"

纯一对这个突然的话题不知所措："为什么？"

"因为执行死刑几乎都在国会闭幕期间。"

纯一再次问道："为什么？"

"因为如果在会议期间执行死刑，执政党会被在野党追问。最近通常国会[1]刚开完，马上就要进入危险时间段了。"

一向远离政治的纯一虽然没听懂，还是点了点头："那么，跟内阁重组有什么……"

"内阁一旦重组，就有可能换一个法务大臣。"

"法务大臣？就是签署执行死刑命令的人吗？"

"是的，法务大臣一般在退任前签署执行死刑命令。"

纯一第三次问道："为什么？"

"这就像治牙一样，不想治的时候，就尽量往后拖，拖到后来知道没法再拖了，就一口气全给治了。"

"法务大臣签署执行死刑命令，就是这个水平的工作啊？"

"是啊，"南乡笑了，"现在这个时候，可以说是驳回重审请求的时候，也可以说是政治情势变化的时候，总之对树原亮极为不利，我们尽量不要浪费时间。"

"我知道了。"

虽然车子驶入房总半岛内侧时有些堵车，但正午过后两人还是穿

---

[1] 日本的国会形态之一，每年固定召开，会期由1月左右开始到150天左右结束。

过东京湾进入了神奈川县北部。

纯一在南乡的哥哥家附近的武藏小杉站下车,然后换乘地铁直奔霞关。今天是他必须到监护观察所报到的日子。

从地铁站走上来,在连接皇宫外苑的马路上走了几分钟,就到了他的目的地——中央政府办公楼6号楼。就要进入大楼时,他突然发现这座大楼就是法务省大楼。

在这座大楼里的某个地方,正在进行有关树原亮死刑执行的审查。

他一边在心里祈祷着法务省的官员都是懒人,一边走进了大楼。

"最近生活还顺利吗?"监护观察官落合把魁梧的身体靠在椅背上问道。

"顺利。"纯一点头回答。他把每天的饮食状况、健康状况以及和南乡一起工作等情况一一作了汇报,并说自己生活得很充实。非常务实的监护观察官脸上浮现出满意的笑容。

坐在旁边的监护人久保老人眯缝起眼睛看着被晒黑了的纯一说:"你好像壮实多了。"

"没去玩女人吧?"落合问道。

"没干那个的时间。"

"那太好了。我们不担心你会吸毒,但是我们还是要提醒你,酒要少喝。"

"是。"

近况报告完以后,纯一对落合与久保老人说:"关于监护观察,我想问几个问题。"

"什么问题?"落合问道。

"监护观察官落合先生是政府官员,监护人久保老师是民间人士,对吧?"

"是啊。我们相互协助，帮助你们这些人回归社会。如果这件事只有官方来做，就无法贴近社会，所以我们非常需要民间的志愿者出力。"

纯一想起了在监狱接受的出狱教育的内容，他又问了一个自己还不太清楚的问题："监护人先生一分钱也不挣吗？"

"是啊，"久保老人答道，"不过，交通费是实报实销。"

"选择考察监护人的资格，是监护观察所负责吗？"

"不是的，"答话的是落合，"地域不同，选择考察的方法也多少有些不一样，不过一般都是由前任推荐，即找一个继任者把接力棒传下去。"

"那么，监护人老师负责监护的，都是一些什么样的人呢？"

"有品行不良的少年，也有从少年管教所出来的，还有像你这样的被称为3号观察对象的假释出狱者，对了，还有被判了刑缓期执行的人。总之，从小孩到大人，面很广。"落合回答完纯一的问题以后反问道，"你为什么要问这些？"

"现在我正在调查的一个事件，被害人就是监护人。"

"哦？"纯一的话题引起了落合和久保老人的兴趣。

纯一迅速在自己的头脑中整理了一下人物关系。被害人宇津木耕平退休前是当地一所中学的校长，退休后作为监护人负责监护有过不良行为和轻微犯罪历史的树原亮。两个人认识的经过很自然。

"监护人老师定期与被监护人见面吗？"纯一问道。

"是的，"久保老人说，"我一般是请被监护人到我家来，了解近况并问他有什么烦恼。"

这么说，树原亮去被害人的家也没有什么不自然。问题是那次他去宇津木耕平家的时候是否还有别人在那里。

"我还有个问题想问，不过不好说出口。"

"你是不是想问我们会不会招被监护人恨,对吧?"

"是的。"

"有一种情况会招被监护人恨。"

"什么情况?"

"取消假释。你出狱的时候,还有到这里来报到的时候,都跟你说过一些必须遵守的规定吧?"

"说过。"

"我们如果知道你违反了规定,就会取消你的假释。拿你的情况来说呢,还要被关进监狱,直到三个月后刑满释放才能出来,如果是被判了无期徒刑的囚犯在假释期间违反规定,就非常严重了。"

"被判了无期徒刑还能假释?"纯一感到意外。

"能啊。犯了比被判处死刑轻一点的罪,就会被判处无期徒刑。但是,日本的无期徒刑跟外国的终身刑不一样,不会一辈子都被关在监狱里。法律规定,被判处无期徒刑的囚犯,十年以后就可以成为假释审查的对象。不过嘛,实际上平均十八年,就可以回归社会了。"

"十八年?"纯一非常吃惊。差一点就会被判处死刑的重罪,这么快就能被假释吗?

"那么,如果被判处无期徒刑的囚犯取消了假释,会是怎样一种结果呢?"

"当然是被送回监狱。不过,以后什么时候能再放出来,就不好说了。因此,取消假释是一个非常严重的问题。"落合表情严肃起来,"假释被取消以后,自杀的人都有。"

"这是一个'活着,还是死去'的问题。"久保老人仍然面带微笑,"但是,无论会招致怎样的仇恨,我们也要把违反了规定的假释人员送回监狱。这是法律。"

被取消假释很可能是杀死监护人的动机。想到这里，纯一向前探了探身子："我正在调查的这个事件是宇津木耕平被杀害的事件。"

"果然如此！"落合说话了，"我对这个事件还有印象。就是发生在房总半岛外侧的那个抢劫杀人事件吧？"

"是的。宇津木先生当时是树原亮的监护人。对了，宇津木先生那里还有没有其他被监护观察的对象，您知道吗？其中有没有被判处无期徒刑被假释的？"

落合笑了："我就算是知道，也不能告诉你呀。保守秘密，是干我们这种工作的绝对条件。关于被监护观察的对象的任何信息，都是绝对不能向外人泄露的。"

"这么说，我们没有办法来这里调查？"

"没有。"落合非常干脆地答道，"我倒是很想为你提供帮助，只有在这件事情上，我什么都不能为你做。"

纯一在感到失望的同时，还在想找到真凶的办法。南乡先生是管教官，能不能走个后门什么的……

这时候，久保老人带着几分顾虑向落合请求道："这种时候也许我不该说话，不过，我还是想向三上提一个建议，不知是否妥当。"

"什么建议？"落合显得有些不安。

久保老人把脸转向纯一："那个事件，确实是发生在被害人家里吗？"

"确实是。"

"家里没发现什么东西吗？"

纯一不明白这句话是什么意思，困惑地看着久保老人的脸。

"被害人是一个监护人对吧？那么他应该有一本观察者记录，在观察者记录里，详细地记录着被监护人的情况。"

"观察者记录？"纯一重复着久保老人说的这个名词，心想：南乡潜入已经被废弃的宇津木耕平宅邸时,是否看到过所谓的观察者记录呢?得赶快找南乡确认一下。

这时落合用责备的口气叫道:"久保先生!"

"对不起。"老人始终面带微笑,"因为我很喜欢看推理小说。"

南乡在松山接到了纯一的电话。

南乡在川崎把借的那辆本田思域还给租车公司以后,坐飞机直奔松山。这次他要辞去管教官的工作,搬出公务员宿舍。他请的假快用完了,打算一次就把松山这边杂七杂八的事情处理好。

在三室一厅的公务员宿舍里,南乡暂时停下捆绑行李的手,拿起了手机。

"什么?观察者记录?你等一下,让我好好想想。"

南乡仔细回忆之后对纯一说:"没有,肯定没有。返还的证据我都看过,没有看到什么观察者记录。"

从电话那头传来纯一的声音,听上去很兴奋:"作为证据,是不是还被法院保管着?"

"那也不可能,在审判过程中没有使用的证据,都会还给被害人遗属。"

"那就奇怪了,不可能没有观察者记录吧?"

"难道是被凶手拿走了?"

"我认为是被凶手拿走了。为的是不暴露与被害人的关系。"

接下来纯一说出了自己的推理:真正的凶手可能是出入宇津木耕平宅邸的被判无期徒刑的假释犯。"您能想办法查一下被害人负责观察的人里边有没有这样的假释犯吗?"

"困难不小,不过我可以想想办法。"

挂断电话以后,南乡走进六叠大的房间里,开始整理自己的思绪。

他感觉纯一的推理是正确的。由于某种原因被取消假释的犯人，为了阻止假释被取消，有可能杀死监护人。如果凶手知道监护人那里有观察者记录，将其拿走也是有可能的。说不定观察者记录里写着取消假释的理由，拿走以后就可以掩盖犯罪动机。这也就解开了为什么凶手把存折和印鉴拿走，却没有取钱这个谜团。一切都是为了伪装，凶手犯罪的目的一开始就不是为了钱。

纯一也许发现了金矿——南乡想到这里，脸上露出了笑容。但是，他还有一个疑问，如果凶手的目的不是钱的话，难道说是临时想到把杀人的罪名加到树原亮头上的吗？那样的话为什么不把存折和印鉴留在摩托车事故现场呢？

现在还不能松劲，还不到发起针对性进攻的时候，掌握的线索太少了。

给南乡打完电话后，纯一直奔新桥。他去新桥是为了解开一个有关他个人的谜。纯一按照印在自己名片上的地址，找到了杉浦律师事务所。

正如纯一所想的那样，杉浦律师事务所在一个很旧的杂居大楼里。他乘着摇摇晃晃咔嗒咔嗒作响的电梯上了五楼，敲了敲一扇镶着磨砂玻璃的门。

"来了！"里边的杉浦律师答应了一声，随即拉开了门。他一看是纯一，感到非常意外。

"出什么事了？"

"我个人有点事想问问您。"

"什么事？"杉浦律师赶紧又加了一句，"啊，里边请。"一边说着，一边把纯一让进了事务所。虽然纯一是突然到访，杉浦律师也没有忘记在脸上挤出讨好的笑容。

事务所大约有十叠大小，在铺着瓷砖的地板上，摆放着桌子和书架。书架上有日本现行法规和最高法院判例集等法律方面的书籍。到底是律师事务所。

"南乡先生呢？"杉浦律师一边请纯一坐在旧沙发上，一边问道。

"回松山去了，过几天就回来。"

"啊，是吗？真要辞去公职？"

"是。"纯一想起管教官辞职的理由，紧闭着嘴巴不再说话。

"那么，你今天……"

纯一有些拘谨地说道："如果您觉得没有什么不方便的话，我想请您告诉我，南乡先生为什么选择我做他的搭档呢？"

杉浦律师有点为难地看了看纯一。

"他可以选择他的管教官同事，或者其他有正式工作的人……为什么选择了我这个有前科的人呢？我一直想不明白。"

"南乡先生不是我的委托人，我应该没有为他保守秘密的义务。"杉浦律师自言自语，像是在说给自己听。他抬起头来："好吧，我告诉你。南乡说了，这是他作为管教官的最后一项工作。"

"最后一项工作？"

"是的。南乡先生是支持报应刑主义的，但是他也没有抛弃教育刑主义的理想。他认为，犯了罪的人大部分都是可以改过自新的。南乡先生一直在这两种主义之间摇摆。"

杉浦律师的话让纯一感到有些意外。

"但是，监狱在怎样对待囚犯的问题上，跟南乡先生一样暧昧。监狱是惩罚犯罪者的地方呢，还是通过教育矫正犯罪者反社会人格的地方呢？实际上，现在的监狱里几乎没有人格教育，只知道用规则约束犯罪者，让他们劳动。结果呢，犯罪者出狱后再犯率高达48%，这是一个触目惊心的数字！这就等于说，从监狱里出来的人每两个就有一个因再次犯罪而被送回监狱。南乡先生就是在这样的环境下工作的,该有多烦恼啊!不知从什么时候起,他有了一个梦想,那就是用自己的手,用自己的想法改造罪犯,让罪犯新生。他要亲眼看到一个罪犯是如何真正脱胎换骨,重新做人的。"

这就是南乡先生作为管教官的最后一项工作啊!纯一不由得向前探着身子问道:"于是他就选中了我?"

"是的。你知道自己假释出狱的前后经过吗?"

"不知道。"纯一对自己的假释出狱早就感到有点不可思议。听说被判处两年有期徒刑的囚犯,在服刑期间只要受到一次处罚,就不可能假释出狱了。但是纯一跟一个合不来的管教官发生过争吵,还被关进了单人隔离牢房,结果还是跟模范囚犯一样,获得了假释的待遇,提前出狱了。

"你的假释出狱申请书是南乡先生帮你写的。"

"是吗?可是,他为什么要这样做?"

"其实,至于他为什么选中了你,我也不知道……不过,有一次我倒是听南乡先生半开玩笑地说过一句话。他说,三上这小伙子很像我南乡,人不错。"

"我像南乡?"不知为什么,纯一觉得这句话有点道理。

离开杉浦律师事务所,纯一坐电车去父亲的工厂。今天晚上他打算回大塚的家住一夜,回家之前,他想去"三上造型"看看。

纯一抓着电车上的吊环,脑子里想的是杉浦律师的话。南乡和自己的共同点,正是昨天晚上听南乡回忆过去的时候忽视了的地方。

南乡和纯一都曾在二十五岁时夺去过他人的生命。只不过南乡是执行死刑的执行官,纯一是伤害他人致死的罪犯。他们都曾一度求助于宗教的慰藉,但又都很快放弃了宗教。在监狱里纯一拒绝听宗教教海，作为首席管教官的南乡，肯定了解这件事情的经过。

纯一认为，在上述那种表面上的理由背后，南乡选择在很多方面都像他的纯一作为搭档，还有更深一层的动机。是不是南乡认为他自己也是罪人，把赎罪的希望寄托在纯一身上了呢？其实，作为一名管教官，为了履行职务对死刑犯执行死刑，即使他本人有罪恶感，也永远用不着赎罪。理由很简单，因为他不会因为对死刑犯执行了死刑就受到法律的制裁。因此他要用别的方法惩罚自己从而达到赎罪的目的，于是就选择了为别人做点什么的方法。

如果是这样的话，也就可以理解南乡把本可以一个人得到的高额报酬跟纯一平分的行为了。有前科的人回归社会的一个重要障碍就是经济上的困穷。所以，当委托人要求把纯一排除在这项工作之外的时候，南乡非常愤怒。纯一确信自己的推测绝不是穿凿附会。

南乡为纯一做的这一切，纯一发自内心地感激。但是，越是感激，纯一的心情就越沉重。

纯一并没有想过要悔过自新。

双亲被残忍杀害的宇津木启介夫妇溢于言表的憎恨之情，佐村光男拼命压抑着憎恨之情接待前来谢罪的纯一时那张苦涩的脸，这些人的痛苦纯一都亲眼所见了。他们的样子足以唤醒纯一悔罪的意识。他真心想对佐村光男说一声对不起。但是，一想起两年前的情形，他除了杀死佐村恭介，难道还有别的选择吗？作恶的不是自己，而是被害人。

电车接近了大冈山站，纯一犹豫着要不要在这里下车。如果在这里下车再换车的话，还有两站就到友里家附近的旗之台了。

自己对友里依然恋恋不舍——纯一意识到这一点的时候，打消了下车的念头。他心里明白，自己现在什么都做不到。为了向友里赎罪，能做的他都做了，现在能做的只有一件事，那就是远远离开她，在心里默默祈愿她平安无事地生活。

纯一在离"三上造型"最近的车站下了车。他走在街道工厂林立的街区一角，忽然觉得自己不想等南乡回来再开展工作了。他想尽快回房总半岛去。在那里可以忘掉一切烦恼，全身心地投入到拯救死刑犯生命的工作中。

走进父亲的工厂，纯一看到三上俊男正在专心致志地看造型设计图。

"噢，你来了。"父亲那张似乎写着运气不好的脸上浮现出笑容，"怎么样？律师事务所的工作怎么样？"

"还在做。"纯一也面带笑容地回答了父亲的问话。他知道父亲为他这份律师事务所的工作感到骄傲。上个月纯一拿到了100万日元的报酬，除去实际花费的10万，他已经把剩下的90万都给了家里。

"今晚在家住吗？"

"嗯。"

"那么跟我一起回大塚吧。"

纯一点点头说："回家之前，如果有我能干的活，交给我。"

"好啊。"俊男说着，环视了一下狭小的车间，又突然不好意思地看了儿子一眼。

纯一觉得父亲的样子很奇怪，但他马上就知道是为什么了。这个工厂里唯一的高端设备——激光造型系统不见了。

"看它也没有什么用，就把它卖了。"俊男像是在找借口似的解释道。

纯一愣愣地站在那里，心想：已经没有退路了。每个月给家里100万也不够了。如果死刑犯的冤案不能昭雪，拿不到成功的报酬，自己家在经济上就会破产。

南乡处理完松山的最后一些杂事，回到了川崎。这两天他非常忙。他把公务员宿舍里的家具送到了分居的妻子家中。今天早上起床以后，他参加了作为管教官的最后一次早点名。

虽然这是最后一次穿警服了，但是南乡没有一点留恋，反而觉得神清气爽。同事们高兴地为他送行。南乡接过曾经是他的部下的女管教官献上的一束鲜花之后，发表了简短的告别辞，为自己二十八年的管教官生活打上了终止符。等着他马上就要做的工作，是全力以赴为树原亮的冤案昭雪。

南乡来到哥哥家，放下行李就直奔东京都的官厅街。他的目的地是大报社的新闻记事检索室。这是他早就预定要做的事。他要通过阅读当时的新闻记事，确认一下杀害宇津木夫妇的凶手有没有可能是流窜作案。

因为南乡已经通过电话预约好了，所以直接进入了一个摆放着电脑的小房间。一位女职员将使用电脑的方法教给南乡，南乡就开始检索了。

他把检索期间限定为宇津木夫妇被杀前后的十年间，他输入"抢劫杀人""斧头""砍刀"等关键词，又输入"千叶""埼玉""东京""神奈川"四个地名，就开始等待电脑的回答。几秒钟以后，多得数不清的相关新闻记事便出现在电脑屏幕上。

南乡一边感叹这个世界变得太方便了，一边筛选检索出来的新闻记事，随后追加了"搜索""凶器""发现"等关键词。也就是说，十年间在千叶县周边发生的抢劫杀人案中以斧头、砍刀等为凶器，并被警察搜查到的，他都要查看。

电脑屏幕上显示这方面的新闻记事有十二条，不过实际发生的事件只有两个。记事虽然很多，但都是连续报道同一事件。除了发生在中凑郡的事件，还有一个。

在《埼玉县一主妇被杀》的标题下，详细报道了发生在埼玉县的一起抢劫杀人事件。事件发生在宇津木耕平夫妇被杀害两个月之前。

深夜，凶手闯入远离村落的民宅，用斧头砍死了主妇，抢走了金银首饰。后来，警察在离案发现场二百米远的山中，发现了凶手作案时使用的凶器。

可以说，作案手段跟杀害宇津木耕平夫妇的作案手段是一致的。得到这些信息以后，南乡心情激动。在侦破宇津木耕平夫妇被害的案子时，警察那样彻底地搜山寻找凶器，正是因为有这个前例。

在报道中，南乡看到这样一段文字："埼玉县警方考虑到该事件与发生在福岛、茨城两县的事件类似，将该事件认定为全国性大案要案第31号事件。"看到这段文字以后，南乡赶紧返回检索画面。原来在福岛和茨城也发生过类似事件！南乡迅速输入关键词，将发生在福岛县和茨城县的事件新闻记事检索了出来。在埼玉县的事件发生前两个月和前四个月，就发生过同样的事件。同样的凶器，被害人都是一个人，凶手使用的小手斧也都是在现场附近的田地里或杂树林中挖出来的。

可以肯定，这一系列事件的凶手是同一个人。这个凶手从福岛到茨城，从茨城到埼玉，从埼玉到房总半岛，一边南下一边犯罪。如果没有在中凑郡宇津木耕平夫妇被害现场附近发现树原亮这个重要的犯罪嫌疑人，这个事件也会被并入"第31号事件"。

如果能抓住这一系列事件的真正凶手——南乡想到这里，立刻输入"全国性大案要案第31号事件"这个关键词进行检索，结果出现了"凶手已被逮捕"的新闻记事。

罪犯已被逮捕了。南乡吃了一惊，盯住了记事中凶手的照片。照片给南乡的第一印象是，凶手肯定是一个经常去跑马场赌博的人。这个中年男人颧骨突出，面部就像凹凸不平的岩石。文字说明写的是"犯罪嫌疑人小原"几个字。

南乡把视线移到了记事上。

埼玉事件发生半年以后，警察在静冈市内当场抓住了一个非法侵入他人住宅的男人。被侵入了住宅的主人在深夜听到可疑的动静以后报了警。

被抓起来的那个男人叫小原岁三，四十六岁，没有固定住所，没有职业。因为小原身上带着一把小手斧，警察认为他与"第31号事件"有关，经严加审讯，终于招供了。

南乡仔细查阅了这个姓小原的男人从被捕到起诉的报道。这个抢劫杀人犯供认发生在福岛、茨城、埼玉的三个事件都是他作的案。至于中凑郡宇津木耕平夫妇被害事件是否也是他作的案，也许是因为树原亮已经被逮捕，静冈县的警察没有深究。

南乡焦躁起来，但还是输入了"小原岁三"这个关键词，确认了一下审判过程。小原是在被逮捕四年后，在一审判决中被判处死刑的。三年后的1998年的二审判决，驳回了小原的上诉。

糟糕！南乡赶紧打开了下一条报道。如果这个小原岁三已经被处决了的话，那么这个也许在中凑郡杀害了宇津木耕平夫妇的真凶，就永远从这个世界上消失了。南乡把剩下的所有的报道都看了一遍，有关小原的最后一条消息是"上诉被驳回三日后，小原被告向最高法院提出上诉"的简短记事，此后就再也没有关于小原的报道了。

这就是说，最高法院还没有驳回小原岁三的上诉。他还不是已经确定要执行死刑的罪犯。走后门想想办法，应该有可能跟他见上一面。

南乡松了口气，随后嘲讽地笑了一下。跟小原同一年被逮捕的树原亮已经在等待执行死刑了，小原却还没确定要执行死刑。这是日本的审判制度存在的问题。在同样犯了应该被判处死刑的重罪的情况下，即便是多杀了一个人，审判的时间都要延长。也就是说，杀的人越多，杀人凶手活的时间越长。

尽管如此，南乡还是认为一天也不能耽误了。小原是三年前向最高法院提出上诉的，现在随时都有被驳回的可能。一旦确定了要执行死刑，除了直系亲属和律师，谁也不能再跟小原会面，必须尽快行动。

南乡起身离开电脑，叫来刚才教他检索方法的女职员，询问打印的方法，他要把相关报道打印出来。在等待打印的时候，他突然想搞一个恶作剧，就打开了另一台电脑。

南乡点击检索画面上的"地方版"，再点击"千叶县"，然后查看首次报道中凑郡宇津木耕平夫妇被害事件那天报纸上刊登的本地新闻记事。

他看到了一条《从东京离家出走的一对高中生情侣被警方辅导》的简短记事，不由得笑了。纯朴的少年三上纯一和他的女友都上报纸了，这天应该是一个值得纪念的日子。但是在这篇简短的记事里，还有一些南乡不知道的情况。

"29日晚上10点左右，在中凑郡矶边町，两个从东京离家出走的高中生被警方辅导。少年A（十八岁）左臂负伤，在少女B（十七岁）的陪同下去矶边町的一家诊所包扎伤口。诊疗的医生认为是刀伤，就给派出所打电话报警，警察对少年少女进行了辅导。少年A和少女B的父母在此之前都已报警，请求警方协助寻人。"

左臂负伤？刀伤？本地新闻记事里没有更多的细节。

南乡盯着这条短短的新闻记事，脑子里非常混乱。他好像觉得他心中那个纯朴少年的形象需要修正。看了新闻记事，南乡脑海中浮现出一个野蛮的十八岁少年的形象。恐怕纯一跟当地品行不良的少年打架来着，就像八年后杀死佐村恭介那样。

纯一那好像为什么事想不开时的表情浮现在南乡眼前。容易冲动、性格暴戾的人，大多数都难以悔过自新。虽然本人也能意识到自己容易冲动，但是由于控制不住内心的攻击性冲动，也就丧失了悔过自新的决心。

南乡也注意到纯一有时表现出对悔过自新缺乏信心。盯着那条简短的记事，南乡在想：也许让纯一回归社会要比想象的难得多。

- 3 -

两天没有见过的纯一无精打采地钻进了车里。

南乡把车从武藏小杉车站前的租车公司里开出来以后问道："你怎么了？"

"家里情况很不好。"

"很不好？"

"这个工作如果不顺利，拿不到成功的报酬的话，我们家就完了。"纯一把家里的经济状况向南乡做了一番说明。

听了纯一的话，南乡也有点担心："对佐村先生的伤害赔偿，不能请他们等一段时间吗？"

"双方签了和解契约，赔偿时间要想滞后，就得上法院。"

南乡点了点头。既然签了和解契约，就得履行和约的条款。如果上法院，肯定是败诉。万一法院判一个强制执行，三上家就连立锥之地都没有了。南乡更深刻地体会到，阻挡有前科的人悔过自新重返社会的障碍有多厚。

"我以前听人说过这样的话……"满脸忧愁的纯一改变了话题，"如果杀了人没有悔改之意的话，就只有被判处死刑，是真的吗？"

十字路口亮起了红灯，南乡一脚踩住了刹车，车子停下来以后，南乡转过脸去看了看坐在副驾驶座上的纯一。以前他没有注意到纯一左臂上的伤痕，现在看到了。纯一左臂内侧有一道至少缝了五针的伤痕，应该就是被辅导之前受的伤。

"你是说你自己吗？"南乡直截了当地问道。

"那倒不……"纯一含糊其词地答道。

"不要太责备自己了。"南乡认为现在到了关键时刻，"你离刑满释放还有一个半月吧？你应该好好想想了。尽管家里经济上有困难，但还没有到一点办法都没有的地步嘛。"

"您说得对……"纯一无力地点点头，好像突然想起什么似的，"对了，南乡先生！"

"什么事？"

"我早就想对您说，谢谢您！谢谢您让我来参加这项工作。"

"不用谢。"南乡不由得笑了。看来在副驾驶座上坐着的还是自己心目中那个纯朴的青年，他全身都感到轻松了。

"只要这项工作进行得顺利，就能让我爸爸妈妈过上轻松的日子。我们还有希望吧？"

"当然有希望了，大有希望！实际上我这里已经有收获了。"南乡看见绿灯亮了，立刻松开刹车继续前进。他把在报社的新闻检索室检索到的"第31号事件"告诉了纯一，"被告人小原岁三还被关押在东京拘留所里，最近也许能跟他见一面。"

南乡已经跟当管教官时的部下冈崎说过想见小原的事了。

"关于这个第31号事件，"纯一分析道，"如果杀害宇津木夫妇的凶手是流窜作案惯犯的话，不就跟找不到观察者记录相矛盾了吗？"

"我也这样认为，确实是这么回事。凶手确实有可能是被宇津木先生监护的对象，不过，我们也不能排除小原是凶手的可能性。凡事不要先入为主，要耐心地去发现各种线索。"

"对！我听您的！"纯一点头表示赞同南乡的话。现在的纯一总算有了一点精神。

"对了,昨天晚上我让你给树原亮的情状证人打电话,结果怎么样?"

"都联系上了。"纯一说着从后座把背包拿过来,从里面掏出一个记事本。南乡让纯一做的是:列出公开审判树原亮时出庭作证的情状证人名单,然后跟那些情状证人取得联系。那些情状证人在树原亮被逮捕之前跟他关系很近。南乡和纯一打算验证第三种可能性,即树原亮是被真正的凶手有意陷害的。

"情状证人只有两个。"纯一从诉讼记录中找到了这两个人的姓名和电话号码,"这两个人都住在中凑郡,一个是树原亮的雇主,一个是树原亮的同事。"

"约好跟他们见面了吗?"

"约好了。"

中凑郡首屈一指的观光住宿设施阳光饭店,是一家拥有大型洗浴中心和结婚宴会厅的十层楼大饭店。乳白色外墙的大饭店单独耸立在海边,给人的印象是:这个大饭店是支撑当地观光产业的主要设施。南乡驾车驶入停车场,大半车位都停着车,意味着现在已经进入了旅游观光的旺季。

南乡和纯一下车以后,忍着闷热走向阳光饭店正门,进入饭店大厅。

他们向前台的服务员说明来意之后不久,大堂经理就从里面出来了。大堂经理把南乡和纯一带到三楼,沿着铺满地毯的走廊走到尽头,敲了敲最里面那个房间的门。

"董事长,有客人。"

大堂经理的话音刚落,房门就从里面打开了。出现在南乡和纯一面前的,就是树原亮的情状证人之一,阳光饭店的董事长。

"我姓安藤。"

董事长把南乡和纯一让进办公室，递给他们每人一张印着"安藤纪夫"的名片，头衔是"阳光股份有限公司董事长"。安藤虽然已经五十多岁了，但身上的肌肉还是紧绷绷的，看上去很强壮。西服便装的袖口露出被晒得黑黑的健壮的手腕，给人的感觉是一个爱好运动的人。脸上开朗的笑容与他的地位似乎并不相符，看来这个人不喜欢装腔作势。

对安藤颇有好感的南乡把自己和纯一介绍了一下，并拿出自己的名片递了过去，而纯一只是礼貌性地打了个招呼就不再说话了，因为他与律师事务所已经没有雇佣关系。董事长看着纯一，脸上露出惊讶的表情，不过很快又变成了笑脸，然后请二人在沙发上落座。

"你们找我，"等女服务生模样的年轻姑娘送来三杯冰咖啡离开以后，安藤问道，"电话里说是为树原亮的事，对吧？"

"是的。虽然只有一点点可能性，但我们还是认为有可能是冤案。"

"是吗？"安藤显出吃惊的样子，但是脸上依然挂着微笑。

"在进入正题之前，我想先问您一个问题，您了解现场附近的地理情况吗？"南乡问道。

"有一定程度的了解。宇津木先生和我关系很好，我去过他家好几次。"

"他家附近有没有带台阶的建筑物？"南乡扼要地将他们重视台阶的理由和白白搜索了一场的情况讲了一遍。

安藤歪着头认真地想了一阵才说："没印象。"

"这个问题就说到这里吧。"南乡把话题拉回到最初的目的上来，"审判树原亮的时候，安藤先生作为辩护方的情状证人出过庭，对吧？"

"对。说实话,当时我真的不知道怎么办才好。"安藤脸上浮现出为难的表情,"左也不是右也不是。"

"此话怎讲?"

"被害人和加害人跟我关系都很亲近。如果我偏袒一方,另一方的利益就要受到损害。"

"可是安藤先生还是为树原亮出庭了。"

"是啊。"安藤不好意思地笑了。

南乡有了一种终于找到了同伴的安心感。他要通过安藤之口确认一下在诉讼记录中看到的事实。

"安藤先生原来就跟宇津木耕平关系很好吗?"

"是的。宇津木先生在我们这个地方是首屈一指的有学识的人,我事业上的事和其他方面的事都跟他商量。"

"与树原亮相识也是宇津木先生介绍的吗?"

"对。你们应该知道,宇津木先生是监护人,他为犯过盗窃罪的树原亮找工作,找到我这里,问我能不能给他安排一下。"

"您对树原亮的印象怎么样?"

"说实话,我感觉他这个人性格很内向。"安藤仰起头来,好像在回忆以前的事情,"但是考虑到他的成长经历,也是理所当然的。"

南乡想起了诉讼记录中记载的树原亮的成长经历:"安藤先生雇用树原亮,就是因为同情他吗?"

"是的。我的子公司中有一家出租录像带的店铺,我安排他去那里当了店员。"安藤说着向前探了探身子,"本来只是让他试试,没想到他非常卖力,干得非常出色。"

"哦?"

"什么深夜打折服务啦,四处发广告啦……总之他想出了各种各样的好主意，营业额确实也上去了。"

这些话引起了南乡对改造盗窃犯的兴趣。"他为什么这么努力呢？"

"我认为是宇津木先生的人格魅力。树原亮很敬慕他的监护人，所以很努力地工作。"安藤说到这里，表情变得阴郁了，"在事件发生之前，我是这么认为的。"

"根据当时的情形来看，树原亮杀害监护人这样的事，根本无法想象，是吗？"

"完全无法想象。直到现在我都觉得不可思议。"

"树原亮都有一些什么样的朋友呢？在他的朋友里边，会不会有一个在抢劫杀人以后，又把罪名嫁祸在树原亮头上的？"

"我想不出有这样的人。"安藤想了一会儿又说，"他开始工作后，朋友好像不多。"

"也就是说，与他来往的人很少？"

"是的。既没有恨他的人，也没有跟他关系很好的人。"

南乡点点头，又开始探寻其他方面的可能性："宇津木先生让您帮别人找过工作吗？"

"您这话是什么意思？"

"也就是说，除了树原亮以外，宇津木先生还有没有其他的监护对象？"

安藤自言自语似的小声说道："有一个。"

"还有一个？"

"也许还有一个。因为我听宇津木先生说过，照顾两个人，太费心劳神了。"

"照顾两个人，就意味着他那里有两个监护对象？"

"大概是这个意思。"

坐在旁边的纯一看了南乡一眼。安藤的话可以看作监护对象犯罪说的旁证。

"他没说过那个人是谁吗？"

"没有。监护人有为监护对象保守秘密的义务。那个人与树原亮的情况不同，宇津木先生没跟我谈过帮他找工作的事，所以我不知道。"

安藤说着瞥了一眼桌子上的座钟。南乡察觉出安藤可能还有别的应酬，就决定结束这次谈话："好吧，我提最后一个问题。宇津木先生有没有被什么人记恨过？当然也包括把好心当作歹意之类的怨恨。"

"据我所知是没有的。"一直皱着眉头的安藤突然笑了，"听说他跟儿媳妇的关系不好，最多也就是这种程度吧。"

"儿媳妇就是宇津木芳枝吗？"

"是的。常见的婆媳关系问题而已。"也许这位大饭店的董事长害怕南乡他们嘲笑他像个女人似的嚼舌头吧，赶紧打住，"哪个家庭都有。"

走出董事长办公室，南乡和纯一整理着刚才跟安藤谈话的要点，向一楼走去。

监护对象犯罪的可能性增大了，纯一很兴奋："宇津木还监护着另一个有前科的人，能把那个人调查出来吗？"

"我回松山的时候试着查了一下，没查到。首先是矫正管区不同，而且已经过去了十年，只知道监护人的名字，很难查出他监护的对象是谁。"但是南乡心里也明白，查出宇津木先生的另一个监护对象是当务之急，于是他对纯一说，"从现在开始咱们分头行动吧。你去见另一个情状证人，我去查宇津木先生监护过的另一个有前科的监护对象。"

165

"您打算怎么查？"

"虽然明明知道不会有结果，但我还是打算先去中森检察官那里打听一下。"

纯一点点头。

"对了，纯一，你对安藤最后提到的婆媳关系问题怎么看？"

"怎么看？"纯一反问道。从表情上可以看出，纯一根本不重视这个问题。南乡心想，这个问题问一个还没结婚的年轻人，问也是白问，也就没再往下问。

南乡把纯一留在烈日下的停车场，一个人开着车走了。他沿着国道南下，开到房总半岛的南端之后顺时针转弯，直奔馆山市。南乡手握方向盘，一边开车一边想：为了给树原亮的冤案昭雪，得跑多少路啊。

中森工作的千叶县地方检察院馆山分院和千叶县地方法院馆山分院在一幢大楼里。南乡把车停在这座森严的建筑物前的停车场里，忽然觉得就这样直接去见检察官不太好。他抬起手腕看了看手表，时间刚过12点，就从钱包里取出中森的名片，抱着淡淡的希望，掏出手机拨了中森的电话号码。

通完电话，中森很快就出来了。检察官的脸上并没有疑惑的表情，说午休时间可以出来跟南乡谈谈，并约定了半个小时后见面的地点。

见面地点是一家西式咖啡馆，离中森工作的地方不远，开车五分钟就到。

南乡坐在门口附近的一个位子上，正要喝今天的第二杯冰咖啡的时候，手机响了。最初他还以为是中森，听到的却是杉浦律师的声音。

"出大麻烦了。"杉浦律师的声音就像要哭出来似的，"不知怎么搞的，委托人起疑心了。"

"委托人？他怀疑什么？"

"他说三上还在和南乡先生一起调查。"

南乡皱起眉头:"他是怎么知道的?他看到过我们在一起吗?"

"这我就不知道了。"

南乡突然猜到委托人是谁了,他不动声色地问道:"委托人是本地人吗?"

"关于委托人的信息,我什么也不能对您说。"

"他刚才给你打电话了?"

"是的。"

南乡想问"他叫什么名字",但话到嘴边没说出来。他知道,无论问什么,杉浦律师都不会回答。于是他换了个方式问道:"这个委托人是一个很为树原亮着想的人吗?"

"那当然。"

"他还有出高额报酬的财力?"

"是的。"

"委托人怀疑三上还跟我在一起,杉浦老师您是怎么回答的呢?"

"装不知道呗。"杉浦律师厚着脸皮说,"可是,我们能一直隐瞒下去吗?"

"如果调查工作进展顺利的话,委托人就不会有意见了吧。"南乡不高兴地说,"不过,这件事请你不要对三上说。拜托了。"

"好吧。"杉浦律师叹了口气,挂断了电话。

"让您久等了。"

突然有人打招呼,南乡吃了一惊,抬起头一看,是身穿西装的青年检察官中森。

"对不起,我没注意到您来了。"南乡慌忙站了起来。

中森笑着说:"哪里哪里,我正犹豫什么时候跟您打招呼呢。"中森检察官脱掉上衣,坐在了南乡对面。

"午休时间把您叫出来，真对不起。"

"没关系的。"

南乡看着检察官脸上的笑容，放心多了。从检察官的笑容里，可以看出他会协助南乡他们调查的。

二人点了午餐，闲聊几句之后就进入了正题。

"被害人宇津木先生负责的监护对象？"中森检察官听了南乡的话，注视着半空，好像在努力回忆当时的情况。

"搜查阶段警方没有注意这个问题吗？"

"至少没有将这样的人划入犯罪嫌疑人范围，因为树原亮几乎是被当场抓获的。"中森虽然是这样回答的，但好像还在继续努力回忆，"啊，我想起来了，除了树原亮以外，应该还有一个。"

"还有一个？"南乡不由得向前探了探身子。看来安藤董事长的话是对的。

"可是，即便能在资料库里查出来，我也不能告诉你。"

"为什么？"

"这属于有前科者的个人隐私。你是管教官，应该知道相关法律规定吧？"

南乡无奈地笑了笑："是啊。"

中森检察官也报以微笑之后，突然严肃起来："你把目光放在监护对象身上，是不是因为你认为那个抢劫杀人事件是被人伪装成树原亮作案？"

"是的。"

"犯罪动机是因为有可能被取消假释？"

南乡不禁为检察官反应如此之快而咋舌："是的。"

中森微微点头，陷入了沉思。

南乡想，如果中森也能参与调查就好了。他一边这样想着，一边把话题转移到第二种可能性上："对了,您知道第31号事件吗?"

中森没想到南乡会突然提到这个问题,看了南乡一眼以后才说:"知道。"

"当年您是不是调查过宇津木夫妇被杀害的事件与第31号事件的关系?"

"您看问题真尖锐。我当然调查过这两个事件之间的关系。但是只调查了很短一段时间,即从事件发生到在医院里被抢救的树原亮身上搜出被害人的钱包之后的这段时间。"

"那以后呢?"

"那以后正好相反,树原亮被怀疑上了,怀疑他是第31号事件的凶手。不过,在福岛和茨城的抢劫杀人案发生的时候,树原亮有不在场证明。"

"四个月后,第31号事件的凶手就被逮捕了。"

"凶手叫小原岁三吧?"

"对。你们有没有调查过小原的不在场证明?我指的是发生在中凑郡的宇津木夫妇被害事件。"

"没有。"

对于南乡他们来说,小原岁三还是值得怀疑的。

后来南乡和中森的谈话离开了正题,一边吃饭一边闲聊起来。

南乡对检察官说,自己已经辞掉了管教官的工作。中森严肃地问道:"就是为了树原亮这个案子的调查工作吗?"

"可以说是吧。"

这时,检察官第一次警觉地观察了一下周围的情况,然后压低声音问道:"说实话,南乡先生,您真认为树原亮是被冤枉的吗?"

南乡考虑到自己如果说实话,检察官将承受巨大的精神压力,所以犹豫一下,但最后还是说道:"我认为是的。"

"也就是说，您认为死刑是误判。"

南乡点点头，然后看着眼前这位小自己十岁的检察官的眼睛说道："现在还来得及，只要树原亮还活着。"

中森陷入了沉默。南乡不知道他的沉默意味着什么。但有一点可以肯定，中森现在非常苦恼，因为他也有参与执行死刑的同事们感到的那种连带意识。

一直到吃完午饭，检察官都没有再提过树原亮事件。当南乡手拿账单站起身来要去付账的时候，中森坚决主张各付各的，不让南乡请客。这是在检察官身上经常能见到的洁身自好的清高。为了防止被人误解为渎职，他们言行非常谨慎。

他的这种正义感，要是用到树原亮事件上就好了——南乡心里这样想着，付了自己一个人的饭钱。

在阳光饭店与南乡分开后，纯一在烈日下步行了大约十分钟，到了矶边町。

第二个证人姓凑，这是一个很少见的姓。凑先生是树原亮出事前在录像带出租店工作时的同事。

树原亮工作过的"阳光录像带出租店"位于矶边町最繁华的大街的中部。门口贴着好莱坞大片的广告，烘托出华丽的气氛。纯一穿过自动门走进开着冷气的店内，收银台后面一位看上去像打工学生的女孩立刻笑着喊道："欢迎光临！"

"请问，凑先生在吗？"纯一擦着汗问道。

女孩点点头，叫了声"店长"。

店里一位正蹲在地上摆放录像带的男人回过头来。

"您就是凑大介先生吗？"

纯一走近时，凑大介站起身说道："我就是凑大介，您是？"

"我是昨晚给您打电话的三上。"

"啊,律师事务所的律师啊?"

"啊,只不过是在事务所里帮忙。"纯一为了避免被人指责为诈称身份,谨慎地答道,"我是为树原亮的事来的。"

"哦?为树原的事?"黑框眼镜后面,凑大介的眼睛瞪得圆圆的。

怎么一提树原亮就如此震惊呢——纯一感到有些惊讶,就客气地说:"在工作时间打扰您,实在对不起,要不我回头再来吧。"

"不用,如果只需十分钟的话,没问题。还不到中午,没客人。"

纯一表示感谢之后,开始提问。此刻纯一有一种自己成了刑警或侦探的奇妙感觉。别太兴奋了——纯一在心里这样告诫着自己,问道:"凑先生,您是在这个店里认识树原亮的吗?"

"是的。不过当时这家店还在别的地方。"

"别的地方?"

"对,在靠近海岸的地方。后来这个店越做越大,就搬到这里来了。"

纯一想起了安藤董事长的话,就问:"听说树原亮工作很卖力?"

"是的。他到处散发广告,主动延长营业时间,干劲十足。"

"刚才安藤先生也这么说。"

"安藤先生?"

"阳光饭店的董事长啊。"

"哦?"凑大介甚至可以说是惊愕的表情里,分明流露出对树原亮的佩服之情。对于阳光集团旗下一个录像带出租店的店长来说,安藤董事长简直就是站在云彩上面的人物。

"听安藤董事长说,树原亮几乎没有朋友。"

"是啊,跟他关系融洽的人,恐怕只有我一个。我跟那小子还算谈得来。我们经常在一起谈论喜欢的电视节目和歌曲等……"说到这里，凑大介脸上浮现出困惑的表情，"不过，没想到他会干那种事，我的心情很复杂。"

也许由于树原亮被逮捕，凑大介感到两人之间的友情变得令人痛苦了吧。纯一突然想到了自己的朋友，自从他被捕以后，一个都没见过，他们一定都在回避现在的纯一。

"在凑先生看来，树原亮是个什么样的人？"

"至少看不出他是干那种事的人。不过，他被抓起来以后我才知道，他来我们店里工作以前就有过偷盗行为。"

"嗯。"

"真是人不可貌相啊。"

"假定，我是说假定，"纯一说完这句话，紧接着提到了冤案的可能性，"你认为有没有可能是真正的凶手行凶后把罪名推到了树原亮身上？"

"这……这……"凑大介惊得目瞪口呆，连话都说不出来了。

纯一刚才就注意到了，这位录像带出租店的店长对所有的事情都习惯于表现出过分夸张的反应。

"在您的印象中，有没有跟树原亮关系不好的人，或者……"

"请等一下。"凑大介伸出右手，制止纯一继续说下去，然后使劲地挠着后脑勺说道，"对了，我想起来了。树原曾经跟我说过一件很奇怪的事。"

"奇怪的事？"

"当时，有一个大叔隔三岔五地到我们店里来。"

"大叔？"

"一个中年男人，一个专门借黄色录像带的客人。有一天，树原亮对我说，你要警惕那个大叔。"

"要警惕？"

"树原亮说,那个大叔以前杀过人。"

"什么?"纯一情不自禁地叫出声来,"具体是怎么回事?"

"我也不清楚。问树原亮,他也没跟我详细说。"

"那个大叔是个什么样的人?"

"四十岁左右,像个工厂里的工人。"

"知道他叫什么名字吗?"

"不知道。"

"最近这个客人不来了吗?"

"最近没见过。我也忘了他是从什么时候开始不来了。"凑大介歪着头想了一会儿,结果什么也没想起来。

纯一与从馆山市回到中凑郡的南乡在咖啡馆里会合了。纯一把在录像带出租店打听到的事情告诉了南乡。

南乡思考了一阵说道:"难道说那个大叔在当时是一个监护对象?树原为什么能断定他以前杀过人呢?"

"应该是犯过罪的人遇到了犯过罪的人。"纯一蛮有自信地说。因为他刚出狱的时候,就在监护观察所里见到了许多有前科的人。纯一又说:"一定是树原亮和这个大叔在监护人家里见过面,所以树原知道这个人有前科。"

"有道理。"南乡说完,正要决定按照纯一的思路进一步确认,又忽然说道,"等一下,树原亮是因为偷盗被抓起来的,我们可不可以认为他们在看守所或拘留所里见过面?"

"我认为不会。杀人犯应该进监狱,树原亮虽然被判了刑,但缓期执行,他们不可能在看守所或拘留所见过面。"

南乡觉得纯一的话有道理,点了点头:"不过,杀人犯也不可能到录像带出租店去借黄色录像带呀。"

"我来整理一下吧。因偷盗被判刑但缓期执行的树原亮定期出入监护人宇津木老师家。同时还有一个人，一个被假释的杀人犯也去他的监护人宇津木老师家。一个偶然的机会，他们认识了。"说到这里，纯一又遗憾地说，"可惜我们不知道那个大叔是谁。"

"不，你等一下，我想起来一件事。"南乡扬起细细的眉毛，脸上露出会心的微笑，"我们回到以前的推理思路上来看看吧。监护观察对象杀了监护人，他的动机是什么？"

"假释有可能被取消。"

"如果只是一个被判处有期徒刑的假释犯，作案动机太牵强了。"

"那当然。所以，应该是一个被判处了无期徒刑的假释杀人犯。"

"如果是这样的话，宇津木耕平被杀害以后，这个大叔应该继续接受监护观察。"

纯一恍然大悟，抬起头来说道："也就是说，现在他得到新的监护人家里去。"

"是的。现在的问题是时间。在这十年里，他是否已经被免除了徒刑。如果被免除了徒刑，也就用不着接受监护观察了。"

"南乡先生怎么看？"

经验丰富的管教官回答说："我认为他还在继续接受监护观察。"

"如果是那样的话，"纯一向前探了探身子，"只要我们知道了谁是监护人，然后埋伏在监护人家附近，不就能找到那个大叔了吗？"

南乡点点头："好，现在去图书馆，那里有本地监护人协会的出版物。"

"是不是要调查现在的监护人？"

"对！"

两人就像是商量好了似的，同时举起杯子，用吸管一口气喝完杯中的冰咖啡，然后站起身来。这时，南乡的手机响了。

"喂，"南乡把手机贴在耳朵上，表情紧张起来，"明天吗？不，没问题，我11点以前到就可以是吧？明白了，谢谢你！"

南乡挂断电话，对纯一说："另一条线也有动静了。"

"另一条线？"

"东京拘留所的同事来电话说，可以和第31号事件的罪犯见面了。"

《死刑执行命令书》就等最后两个人签字批准了。经过刑事局、矫正局、保护局各三名干部检查过的《死刑执行议案书》转回刑事局以后，改名为《死刑执行命令书》，由局长亲自送到了法务大臣事务局。

位居法务官僚最高层的事务次官盯着放在办公桌上的《死刑执行命令书》看了很久。事务局的秘书科科长和事务局局长批准后，就只剩下事务次官审查盖章了。只要他盖了章，这份《死刑执行命令书》就会被送到法务大臣办公室去。在法务大臣办公室，由第13个批准者，也就是最后一个批准者——法务大臣作出最后的判断。

事务次官已经看了一遍命令书。粗读一遍的结果，没有发现问题。他拿起办公桌上的官印，蘸上朱红的印泥，在命令书上盖了章。

接下来的问题是什么时候把这份命令书送到法务大臣办公室去。

事务次官直接服务于法务大臣。现在这个法务大臣，是沾了无法改变的国政弊端，即执政党派阀排队上岗的人事制度的光，坐到法务大臣这把交椅上的。对于整个法务行政，他既没有知识也没有见识。而且让事务次官头疼的是，这个体格粗壮的法务大臣，实际上是个胆小怕事的人。

只要一涉及死刑这个话题，法务大臣就会大喊大叫起来，就像一

175

个生了病需要打针的孩子一样不情愿。这反映出他是一个极其幼稚的人，但是谁也不敢笑。事务次官现在害怕的是，法务大臣拒绝在《死刑执行命令书》上签字，又一次在法务行政史上留下污点。

在历届法务大臣中，有过以自己的宗教信仰为挡箭牌拒绝签署死刑执行命令的大臣，也有几位大臣甚至连理由都不说，就是不在命令书上签字。他们的行为受到反对死刑制度的人士欢迎，但这是明显的失职行为。签署《死刑执行命令书》是法律规定的法务大臣的职责，如果放弃自己的职责，一开始就应该拒绝就任法务大臣。无视法律，自己不喜欢的事就不做，只是占据着权力的位置，对此法务省的职员们都非常不满。

怎么说服法务大臣这个傻瓜呢？事务次官为此十分烦恼。在职务上他属于法务省的高级官员，但实际排名才是第五位。他是检察厅的检察官出身，所以还有检察总长和东京最高检察院检察长等四个实力派人物骑在他头上。如果他不能说服法务大臣签署命令书，还不知道会有什么灾难降临呢。

事务次官想，最后一张牌恐怕就是迫在眉睫的内阁改组了。退任之际签署命令书已经形成了惯例，届时树原亮这个死刑犯的第四次重审请求应该也已经被驳回了。

根据事务次官的预测，距内阁人事变动也就还有两周。应该利用这个机会得到大臣的私下承诺。如果大臣不愿意的话，就在他退任的那天不容分说地把《死刑执行命令书》放在他的面前，逼着他签字。到时候和刑事局局长一起去，大臣就不能不签了吧。

事务次官依旧满脸不高兴地把《死刑执行命令书》放进了抽屉里。他有一种自己在闹剧中饰演配角的感觉。本来是要夺走一个人的性命的决定，但由于一个愚蠢政治家的加入，堕落成了一幕廉价的闹剧。这种人居然能被选民选上，选民的水平太低了！事务次官不由得把愤怒指向了日本国民。

再忍耐一段时间吧。如果内阁人事改组换掉了现在这个法务大臣，他就会把签好字的命令书留在办公桌上，走出大臣办公室。那样的话，事务次官这个让人忧郁的工作也就宣告完成了。

事务次官突然瞥了一眼放着《死刑执行命令书》的抽屉，突然意识到此刻只有自己知道树原亮这个人的寿命还有多长。

自己简直就是死神。

事务次官虽然非常不愉快，但一想到这就是他的工作，也就不再自寻烦恼。

还有三个星期树原亮就要上绞刑架了。

这已经是谁也阻止不了的事了。

第五章
证据

-1-

虽然知道已经没有多少时间了,纯一也只能坐在海边的水泥防波堤上,任凭海风吹拂。现在的他无事可做。

根据前天的调查,宇津木耕平被杀害以后,中凑郡就再没有人担任监护人了,因为在本地找不到继任人。在监护人制度的历史上,一直处于监护人不够的状态。为了救急,中凑郡的监护对象就由附近胜浦市的监护人负责监护。

宇津木耕平的继任人是一位叫小林澄江的七十岁的老妇人。她的住所紧靠胜浦渔港,就在现在纯一坐着的防波堤前的小河对面。

纯一喝了一口塑料瓶里的水,继续等待"大叔"的出现。

负责监护"大叔"的监护人变动,对于纯一来说是个好消息。因为这符合"大叔"不再来中凑郡录像带出租店的说法。接替宇津木耕平的小林澄江的家,应该离"大叔"这个监护对象的家比较近,所以监护人协会才安排住在胜浦市的小林澄江当"大叔"的监护人。

只要被怀疑为"大叔"的人在这里露面,纯一就用前一天刚买的数码相机把他照下来，然后让录像带出租店的店长确认。今天是监视行动第一天。

天气很热，纯一擦了一把汗，一边重新涂抹防晒霜，一边抬头看了看渔业协会外墙上的挂钟。已经11点了。

快到南乡在东京拘留所与第31号事件的罪犯见面的时间了。

这时，南乡已经坐在东京拘留所的会面等候室里了。他坐在最后一排长椅上，混在等待会面的犯罪者家属中，等着广播叫自己的申请号码。

"你办理一个普通的申请会面的手续吧。"前一天晚上冈崎在电话里对南乡说，"你最好说自己是律师事务所的人，然后以律师事务所的名义填写申请表，接下来的事交给我来办。"

等候室里大约有十名希望跟罪犯见面的家属。南乡的前面是一个抱着婴儿的女人，南乡心想，罪犯大概是那个婴儿的父亲吧。想到这里，南乡的心情沉重起来。

"45号，请进会面室！"

听到广播声，女人抱着孩子站起来向会面室走去。南乡把视线转向小卖部，心想应该给小原岁三买点什么，但转念又想，那也得看小原岁三提供的信息有没有价值。如果能得到重要线索，就买一些点心什么的送给他。

终于叫到南乡手上拿着的号码了。南乡走进会面室前面的安检处，接受了所带物品的检查和简单的身体检查。带来的包要存放在寄存物品的柜子里，没有什么问题。但是对于那种敷衍了事的身体检查，南乡作为一个老管教官真想说：检查仔细点嘛。

进入会面室，一条笔直狭窄的走廊右侧有几个门。南乡走进了从里往外数第四个房间。在这个六叠大小的房间正中，一大块有机玻璃板将房间隔成两半。

他面前有三张并排摆放的椅子,他刚坐在中间那一把上,有机玻璃板那边的房门就开了。一位身穿警服的管教官和一个身穿运动衫的中年男人走了进来。

南乡紧盯着第31号事件的罪犯小原岁三。小原那剪得很短的头发中夹杂着白发,脸部就像一块凹凸不平的岩石,跟十年前报纸上的照片相比没有什么变化。这个男人为了满足自己对金钱的欲望夺去了三个人的性命,跟南乡当管教官时接触过的许多杀人犯一样,属于最常见的类型。

小原岁三蜷曲着身子,翻着白眼看了南乡一眼,然后坐在了有机玻璃板里边面对南乡的位置上。

坐在一旁桌子边监督会面的管教官摘下警帽,跟南乡打招呼说:"您就是从松山来的南乡先生吧?"

"是的。"

管教官点点头,再也没说什么。看样子冈崎把一切都安排好了。南乡感到很满意,把脸转向小原。

"初次见面,"南乡说,"我是杉浦律师事务所的南乡。"

"你是律师?"小原问,他的声音很粗,粗得出人意料。

"我没有律师资格,我只是在那里帮忙。"

"你打算怎么帮助我?"看来小原认为这是理所当然的。恐怕从一审被判处死刑以后,就有不少人向他伸出过援助之手吧,什么对罪犯也要讲人权啦,限制野蛮的刑罚死刑啦。

"首先我想确认一个事实。"南乡一边这样对小原说,一边观察监督会面的管教官的举动。那位管教官虽然手握着笔坐在桌前,但他的手并没有动。南乡放心了,继续说道:"小原先生被起诉,是因为发生在福岛、茨城、埼玉的三个事件吧。"

"不，还有一件。"

南乡不由得抬起头来。

"还有在静冈非法闯入他人住所未遂事件。"

"哦，是吗？"南乡有点失望地点了点头，"对了，小原先生去过千叶县吗？"

"千叶县？"小原仰起了脸。

"是的，千叶县南部，房总半岛外侧。"

"你为什么问这个问题？"小原的脸上浮现出警惕的表情。不知道仅仅是觉得这个问题很奇怪，还是企图隐瞒的过去被触动了。

南乡决定先扫清外围："随便问问。那么我们先从你被起诉的事实谈起吧。在这三个事件中你都使用了小手斧？"

"是的。"

"为什么使用小手斧？"

"普通的斧子体积大，太显眼，所以用体积小的小手斧。"

"事后你为什么都埋在了现场附近？"

"只不过是一种迷信。"

"迷信？"

"说老实话，关于第一个事件，我已经记不清了。当时我处于一种迷迷糊糊的状态，抢了钱跑出来之后，才发现自己手上拿着带血的凶器。心想这样可不行。于是我从那人家里拿了一把铁锹，把凶器埋在了附近。"

"这就是你第一次犯罪的情况？"

"是的。我曾在相当长的一段时间内胆战心惊，但是一直没有被逮捕的迹象，于是我就放心了，第二次和第三次作案就采取了同样的方法。"

"使用同一种凶器，用同样的方法埋起来？"

"对，第二次和第三次，用这种方法都很顺利。"小原的脸上浮现出得意的笑容。南乡的直觉是：这小子毫无悔改之心！不过想想也是，如果小原是个杀了人会后悔的人，就不会去杀第二个、第三个人了。

"在千叶县发生了同样的事件，"南乡压抑着对面前这个男人的憎恨，步步紧逼，"发生在千叶县的事件可以推定凶手也使用了小手斧，也埋在了作案现场附近。"

小原脸上的笑容消失了，看着南乡不再说话。

"我想确认的就是这个事实。小原先生没去过千叶县吗？"

"请等一下，那个事件的犯人不是已经被抓起来了吗？"

南乡认为小原中了圈套："你是怎么知道的？"

小原马上回答道："从报纸上看来的。"

也许这是小原早就准备好的说辞——想到这里，南乡追问道："十年前的事，而且又是别人干的事，你怎么记得这么清楚？"

"这个嘛——"小原的眼珠滴溜滴溜地转了起来，大概在找合适的理由，"那段时间，我每天看报。"

"是想知道警方搜查进展的情况吗？"

"对呀。没想到竟出现了模仿我的作案手段作案的家伙，我感到非常吃惊。"

"模仿你的作案手段？"南乡不禁盯住了小原的脸，他无法判断小原表情的真伪。他发现自己是想把所有的罪行都加到面前这个男人身上，于是提醒自己尽量保持冷静。某人模仿小原的作案手段作案，这种可能性也是不可忽视的。当时的报纸连续数日详细报道了"第31号事件"。

"那不是我干的。是树原那个年轻人模仿我干的。"

"你连名字都记得这么清楚？"

"啊，树原要是能把我犯的罪都顶过去就好了。"

"直到现在你还这么想吗？"

"怎么了？难道这不是人之常情吗？"

南乡的脸上浮现出一丝冷笑，那是发自心底的冷笑。

"请您相信我，我从来没去过千叶。"小原哀求着。当然，这是绝对打动不了南乡的。

这个男人正在判决死刑的问题上向最高法院抗争。如果再增加罪状，无疑是自杀行为。因此，即使他在中凑郡杀了人，也是绝对不会主动坦白的。

南乡为了突破这层障碍，决定采取直捅对方心窝的战术："小原！你的死刑判决是绝对不可能更改的。"

眼前这个杀过三个人的凶手被吓了一跳，直愣愣地看着南乡。

"你没有任何希望了。三件抢劫杀人案，百分之百是死刑。"南乡向前探着身子，一字一字地说道，"在执行死刑之前，你为什么不把所有的罪都赎了呢？把所犯罪行完全坦白出来，干干净净地转世托生吧！"

"不是我干的！"小原叫了起来。

"撒谎！"

"我没撒谎！"

"你难道不觉得对不起被你杀害的那五个被害人吗？"

"我只杀了三个。"小原不再中圈套了，"你说我百分之百是死刑？这么说有什么根据？"

"过去的判例都是这样的。"

"你胡说！"从小原的口中喷出的唾沫粘在了有机玻璃上，"根据我的情况，是可以酌情减刑的！我把糊纸袋挣的钱全部给了被害人的家人！我的成长经历很不幸！"

"这些话从你自己嘴里说出来管用吗？"

"我不自己说，有人会替我说的！我从小没有母亲，父亲从早到晚就知道喝酒、赌博！从小到大，他每天都打我！"

"不许耍赖！"南乡大喝一声。按照行刑管理条例，这是可以震慑犯罪者使之发抖的管教官的声音。"跟你同样境遇，老老实实做人的成千上万，你的行为是在给他们脸上抹黑！"

"你放屁！"小原从椅子上站了起来。

这时监督会面的管教官大声斥责道："小原！老实点！坐下！"

小原虽然重新坐在了椅子上，但是他那犹如烈火般燃烧的视线射向南乡，信口开河地大喊大叫："我是不会被判死刑的！我会活下去的！不管是重审还是恩赦，我都要试试！有罪的不是我，是这个欺负弱者的社会！"

"所以你就可以随随便便地夺去别人的生命是吗？"南乡压抑着对小原的憎恨，尽量不将愤怒写在脸上。正因为有这种浑蛋，才不能取消死刑！才会让处死这种人类渣滓的管教官一辈子背负着难以愈合的深重的精神创伤！

"好好考虑一下你死的时候的事情吧。"南乡用失去了抑扬顿挫的语气继续说道，"你的脖子上早晚要被套上绞索，你早晚要站在绞刑架上！是上天堂还是下地狱，取决于你现在的态度！如果你在丝毫没有悔改之意的情况下被处死，只有下地狱一条路！"

"你他妈的浑蛋！"小原再次从椅子上站起来，冲着南乡拼命捶打有机玻璃板。

监督会面的管教官马上把小原的双手拧到背后，把他从玻璃板前拖走。

小原一边拼命挣脱，一边继续怒吼："放开我！放开我！"

"南乡先生……南乡先生！"南乡似乎听到远处有人在呼唤自己。过了一会儿，当叫声终于清晰地进入他的耳朵里，他才回过神来。在透明玻璃板的另一边，监督会面的管教官正一边控制着挣扎的小原，一边用困惑的眼光看着他呢。

"啊，失礼了。"南乡慌忙说道。除此之外他也想不起应该再说些什么，只是抱歉地点了点头。

这成了会面结束的信号。

监督会面的管教官也向南乡点了点头，然后把已经被判处了死刑的刑事被告人押出了会面室。

走出会面室，南乡来到了拘留所附近的大街上。大街两旁都是为了方便罪犯家属给被拘留的罪犯买食物或日用品的商店。南乡找到一家卖香烟的商店，买了一盒烟和一盒火柴。虽然他已经戒烟很久了，但是今天怎么也忍不住，当场开封点燃一支，大量的尼古丁一下子充满了肺部。

自己对小原的憎恨是从哪里来的呢？

南乡一边痛苦地回忆着会面时的情况，一边寻找答案。

是因为他感觉到小原不是中凑郡事件的凶手了吗？还是因为树原亮在冤罪的情况下被处死的可能性增大了？抑或是由于更单纯的原因：遇到了没有丝毫悔过之心的凶恶罪犯？

他一边想一边走，不知不觉来到一条美食街，不由得停下了脚步。二十二年前处死470号那天夜里，南乡趴在柏油路上呕吐的正是这条美食街。

自己的愤怒恐怕不是义愤，也有私愤。

想到这里他全身冒汗，加快脚步离开这个地方，向停车场走去。钻进车里之后，他摇下窗子，打开空调，驱散车里的热气，然后掏出手机给在拘留所上班的冈崎打电话。

"啊，是南乡先生啊！"已经升任为首席管教官的后辈很快就接了南乡打过来的直拨电话。

南乡向他安排这次会面表示感谢,冈崎笑着说:"小原这家伙很疯狂吧?"

"啊。"

"我会让他受到惩罚的!"

南乡犹豫了一下,但最终还是没有为小原求情,而是换了个话题:"对了,昨天晚上我拜托你查他的血型,你查了吗?"

"查了。小原岁三的血型是A型。"

"是吗。"这样的结果南乡早有预感。自己砸向小原的那些话,也许有些过分了。

这时,电话那头冈崎压低声音说道:"树原亮还没有执行的动向。"

"给你添了很多麻烦,真对不起。"南乡说完突然感到一阵不安,"你什么时候休假?"

"您指的是暑期休假吗?"

"对。如果8月执行死刑的话,你能知道吗?"

"噢,您是这个意思啊。"冈崎停顿了一下又说,"不要紧的,如果执行死刑,我肯定会被召回,中止休假。"

"那太好了。"南乡说完点了点头。

挂断电话以后,南乡开着车向胜浦驶去。单独行动的纯一还在烈日下等着"大叔"出现在新的监护人家附近呢。

在长途驾驶的过程中,南乡打算分析一下跟小原会面时得到的线索——某人模仿了"第31号事件"作案手段的可能性问题,但是他的大脑转不起来。由于在拘留所没能抑制住自己的愤怒,直到现在他还没平静下来。

南乡驾车进入房总半岛时,他正开动脑筋分析杀人犯的犯罪心理。虽说罪犯的杀人动机是各种各样的，但有很多都是由于某种原因恶从心头起。血冲上头、失去控制而杀人的例子是很常见的。现在的南乡，就像熟悉自己手上的纹路一样了解产生杀人冲动的心理机制。在每一个人的内心深处，都有一个本人意识不到的攻击型冲动的开关，这个开关会由于受到某种刺激被打开，结果血冲上头，失去控制犯下杀人罪。这是一种不仅被害人难以预测，就是加害者本人也不能预测的突发性行动。

南乡一想到自己的身体里也存在成为杀人犯的因子，就想起了他的搭档纯一。恐怕纯一也是因为打开了那个攻击型冲动的开关才杀死了佐村恭介的。南乡还想到一个问题：纯一和女朋友一起离家出走那次，手臂负伤的原因是什么呢？

南乡开着车直奔目的地胜浦市。在快要通过中凑郡的时候，他离开国道驶入了矶边町。为了应对观光季节人口增加的状况，矶边町增设了一些临时派出所。南乡查看了几个派出所之后，向海边的一个派出所驶去。

设在一幢独门独户的小楼前面的派出所里，有一位穿警服的警官。那位警官数日前在胜浦市警察署的停车场里跟坐在车里等南乡的纯一说过话。

南乡下车以后，轻轻地敲了敲派出所门上的玻璃，向警官打招呼说："您好！我姓南乡。那天失礼了，对不起。"

"南乡？"警官愣了一下，忽然想起来了，"噢，在胜浦市警察署停车场，我们见过面。"

"对，我就相当于三上纯一的父亲。"

警官脸上浮现出友好的笑容，向南乡鞠了个躬。

"我有点事想问问您，您还记得十年前三上被警察辅导时的情况吗？"

"啊，记得很清楚。"

"当时他好像负伤了，是不是跟别人打架了？"

警官的脸色阴沉下来："如果只是打架斗殴，我们也不会那么重视。"

南乡吃了一惊：难道还发生了比这更恶劣的事情吗？

"三上还干了什么坏事？"

"当时，三上身上带着10万日元现金。"

"10万日元？"

"对。当时我只是觉得一个高中生怎么会有那么多钱，也没多想。但是，三上回东京后，我接到了他父母打来的电话表示感谢，我问他们给了三上多少钱，他们说因为三上跟家里说的是四天三夜的旅行，所以只给了他5万日元。这件事我一直觉得有点奇怪。"

南乡皱起眉头："三上来到胜浦以后，在接受警察辅导之前，已经住了十天以上了吧？"

"对。5万日元恐怕都不够用，怎么会翻倍增加呢？"

"您怎么看？"

警官继续说道："有没有可能是采取恐吓手段抢来的？"

南乡在心里马上否定了警官的看法。需要外科医生治疗刀伤的人是纯一，这说明：如果他采取恐吓手段抢钱，被害人是有反击能力的。如果纯一不把对方杀死，是抢不来钱的。

"请等一下，当时他的女朋友也一起被警察辅导了吧？"

"是的。我还记得她的名字叫木下友里。"

"也许是她带了很多钱呢？"

"你的意思是说，她把钱放在了三上那里？"

"是的。"

"这点我倒是没想过。"警官转动着眼珠，"那个女孩看上去好像连话都听不懂。"

"这话是什么意思？"

"我觉得她好像心不在焉，回答我们问题的一直是三上，木下友里小姐一直处于精神恍惚的状态。"

"是不是发生了什么事？"

"也许是因为被警察辅导受到了比较大的刺激吧。"警官的表情略微缓和了一些，"她看上去是个很有教养的女孩。"

南乡突然感到一种奇怪的躁动。这种内心的躁动与潜藏在内心深处的攻击型冲动一样，虽然使人感到茫然不安，却搞不清具体是什么。

纯一十年前在中凑郡到底发生了什么事情呢？就算直接问纯一，恐怕什么也问不出来。南乡以前曾经问过他，可他以记不清为理由搪塞过去了。

纯一这小子在刻意隐瞒着什么吗？

南乡拼命想打消对纯一的怀疑，他不想认为自己选择纯一做搭档是个错误。

— 2 —

因为南乡回来了，监视行动的劳苦顿时减去了一半。纯一和南乡坐在停在胜浦渔港防波堤旁边的汽车里，一连几天都在盯着小河对面的监护人小林澄江的家。

知道了"第31号事件"的凶手血型是A型以后，纯一的精神头更足了。否定了小原岁三是杀害宇津木夫妇的真凶，为纯一提出的监护对象犯罪说增加了可信性。纯一现在担心的是坐在驾驶座上的南乡。

南乡话说得少了，曾经戒掉的烟，不但又抽上了，而且比以前抽得更多了。

"南乡先生，"监视行动开始以后第五天，纯一试探着问道，"您最近身体不舒服吗？"

"没有，没有不舒服啊。"南乡脸上露出了一点笑容，但是不像以前那样让人觉得可爱了，"我有点担心。"

"担心什么？"

"如果树原亮事件跟'第31号事件'无关的话，就只剩下监护对象犯罪的可能性了。如果再不顺利，那咱们就什么线索都没有了。"

"的确如此。"纯一点了点头，然后问道，"上次提到的纤维，肯定是真正的凶手留下的吗？也就是说，可以断定真正的凶手的血型是B型吗？"

"只能这样认为。"南乡不愿意多想了，"除此之外，再也没有任何可以认定真正的凶手的材料了。"

"是啊。"

"而且树原亮被执行死刑，已经进入倒计时了。"

时间越来越紧迫，纯一非常焦急。在过去的五天里，出入监护人小林澄江家的，只有她的家人。每天的监视行动以扑空而告终的时候，都会让他们产生这样的疑问：这样监视下去有意义吗？

南乡点燃一支烟，问道："如果真正的凶手是模仿'第31号事件'的作案手段杀害了宇津木夫妇，你会怎么看？"

"我认为被害人一定认识凶手。凶手为了隐瞒自己与被害人的关系，所以模仿了流窜抢劫犯的作案手段。"

"那样的话，第三种可能性就不存在了。"

"您指的是凶手从一开始就计划好了把罪名安在树原亮身上的可能性吗？"

"是的。如果凶手从一开始就打算那样做，就不用去特意模仿'第31号事件'的作案手段了。"

纯一点头表示赞同："树原亮应该是偶然在犯罪现场碰到凶手之后被卷进去的。"

接下来，纯一开始在心里分析如果树原亮是偶然在犯罪现场碰到了凶手，将是怎样一种情况。只要问一下录像带出租店的店长，也许就能搞清楚案发当天树原亮的行踪。

"喂！"南乡突然叫道。

纯一回过神来，透过汽车的前风挡玻璃，看见一个头发染成黄色的高中生模样的人走进了监护人小林澄江的家。

"品行不良的少年登场了。"南乡笑了，"今天也许是监护对象来向监护人汇报的日子。"

纯一慌忙拿起放在汽车仪表盘上面的数码相机，打开电源，调整着镜头焦距说道："说不定今天能一锤定音。"

"但愿如此。"

此后，二人继续在开着车窗的车里等待。头发染成黄色的高中生出来以后，大约过了两个小时，又有一位年轻女性进了监护人的家。过了三十分钟，这位女性也离开了监护人的家。看来也是一个监护对象。

下午2点多，纯一和南乡开始商量怎么去买午饭的时候，一个四十多岁的男人从小巷里走了出来。

"就是他！"纯一不由自主地说出了口，并把数码相机的镜头对准了那个男人。

"是吗？"南乡盯着那个头发梳得一丝不苟、穿戴整洁的男人说，"不像是工厂里的工人，跟录像带出租店长描绘的那个人不一样嘛。"

纯一把他认为是"大叔"的男人拍照下来之后，对南乡说道：

191

"那家伙肯定蹲过监狱，而且蹲了很长时间监狱。"

"你怎么知道？"

"您看他的左手腕。"

"左手腕？"南乡盯住了男人的左手腕。

"他没戴手表吧？而且被太阳晒得黑黑的。"

"那就能证明他蹲了很长时间监狱吗？"

纯一让南乡看了看自己没有戴手表的手腕，上面有几道被手铐擦伤过的痕迹："只要进过一次监狱，就永远不会戴手表了，因为手表会让人联想到手铐。"

这时，这个男人就像为了证明纯一的判断似的，进了监护人的家。

南乡吃惊地看着纯一笑了："我当了那么长时间的管教官，我都不知道！"

"没有亲身体验的人是不会理解的。"纯一在心里回忆着被铐上皮革手铐关进单人牢房以后度过的那噩梦般的一个星期。

在此后的二十分钟时间里，纯一和南乡商定了如何跟踪这个男人的计划。先由纯一在距离男人二十米左右的后方跟着，南乡则跟在纯一后面。如果纯一被发现了，就马上离开，由南乡继续跟踪。

商定以后，南乡发动汽车，开到监护人家前面的马路上。南乡把车停在了跟那个男人出现的小巷相反的方向，停在这里就不用担心引起那个男人的注意了。

又过了十五分钟，那个男人终于从监护人家里出来了。

看到男人没朝这边看，纯一悄悄地从汽车上下来，他犹豫着是不是应该关上车门，车上的南乡冲他挥挥手，示意他赶紧走。

纯一点点头，开始跟踪那个男人。

过了一会儿，纯一才听到身后传来汽车关门的声音。南乡也从车上下来了。但是走在前方二十米处的男人一点没有注意到身后有动静。

纯一跟在男人身后，穿过早市大街，向胜浦车站走去。道路两侧的商店一家挨着一家。男人走到一家小书店前面停下了脚步，不过他只是看了一眼摆在店门口的杂志，就又开始继续往前走了。

跟踪到这里，纯一开始感到有一丝不安。如果这个男人乘上电车或公共汽车等交通工具，该如何应对呢？纯一回头看了一眼离他还有一段距离的南乡，南乡皱着眉向他摇头，意思是眼睛不要离开那个男人。

纯一点头表示明白，转身继续往前走。就在这时，那个男人停下脚步，回头向这边张望了一下。纯一慌忙将视线移到别处，不知道男人发现被人跟踪没有。糟糕的是，由于男人停下了脚步，纯一离他越来越近了。

如果那男人还不往前走，纯一就只能超越他，把以后跟踪的任务交给南乡了。纯一慌慌张张地环视了一下四周，很快就要从视界一隅的男人身边走过去了。

但与此同时，男人开始往前走了。纯一更慌了，这叫什么跟踪啊，几乎陷入并肩行走的窘境了！纯一假装漫不经心地从男人身边离开，走到右边一个店铺前边站下，紧盯着映在商店橱窗玻璃上的男人的背影。

那个男人似乎没有注意到纯一。纯一放心了，站在那里等待南乡过来。

快步走过来的南乡在超越纯一时小声问道："同性恋吗？"

"啊？"纯一吃了一惊，他拼命地思考着这个词的意思。他推测南乡的意思是指他们跟踪的这个男人是个同性恋者。但是在那个身穿白色半袖运动衫和灰裤子的男人身上，一点也看不出同性恋的倾向。

过了一会儿纯一才注意到，自己站在了女性内衣店前面。

纯一的脸变得通红，赶紧离开橱窗中展示的穿着华丽女式睡裙的人体模型，跟南乡拉开大约二十米的距离继续往前走。

又走了十分钟左右，这场跟踪剧终于结束了。幸运的是这个男人既没有坐电车也没有坐公共汽车，而且也没发现有人跟踪他，径直走进了一幢公寓楼。

南乡在写着"大渔庄公寓"的旧牌子前边等着纯一。这幢木造的二层公寓好像是为跟渔业有关系的人们建造的。

"他进了二楼最里面的一个房间。"南乡小声对纯一说道，一副忍俊不禁的样子。

纯一拼命装出严肃的面孔，去看公寓外挂楼梯下面的邮箱。那个男人进入的201号房间的邮箱上写着"室户"两个字，说明那个男人姓"室户"。

南乡又把标在电线杆上的地址记下来，看着纯一的脸微笑。纯一知道南乡想说什么，在心里祈祷南乡不要说出来，但南乡还是说道："你是同性恋吗？"

然后二人尽量压低脚步声，全速跑到离"大渔庄公寓"一百多米的地方才停下来，一起捧腹大笑。

正如纯一所预想的那样，录像带出租店的店长一看到数码相机液晶屏幕上"大叔"的照片，就发出了夸张的惊呼声。

"没错！就是这个人！"

"这个人就是你说过的那个大叔吗？"

"对！树原亮说他杀过人！"

听到店长的声音，正在店内打算借录像带的一对年轻人回过头来，一个劲儿地看他。凑大介狠狠地看了那两个顾客一眼，然后把纯一带到店后面去了。

"根据我那么几句话，就把他找到了？你是怎么找到他的？"在黑框眼镜后边，是一双由于吃惊瞪得圆圆的眼睛。

"有各种各样的办法。"纯一带着几分得意说道。找到了"大叔"并知道了他的住所，是一个让他非常开心的结果。

"对了，我还有一个问题想问问您。"

"什么问题？"

"您还记得事件当天的事吗？"

"当然记得。警察问过我好多遍。"

"那天树原亮也来店里上班了吗？"

"来啦。他每天都是上午10点来到店里，一直工作到晚上10点。"

纯一非常吃惊："一天工作十二个小时吗？"

"对。那时候，无论是我还是树原亮，都在为了让这个店更快地发展拼命工作。"

"您不觉得很奇怪吗？那个事件发生在晚上7点到8点半之间啊。"

"可是，"凑大介好像要讲出什么重大秘密似的压低声音说道，"那天晚上6点左右，树原亮突然说想起来一件急事，说是早就跟人家约好了，工作太忙给忘了。还说8点以前肯定回来，就从店里出去了。"

店长的话证实了纯一的推测。他对凑大介说，树原亮一定是忘记了那天是向监护人汇报的日子，过了约定时间才急忙去监护人宇津木耕平的宅邸。在那里，他看到了有人模仿"第31号事件"的作案手段杀害了宇津木夫妇。

"谢谢您对我们的帮助。"纯一向凑大介表示感谢。

"哪里，哪里。"凑大介回答说。此时他已收起了脸上的笑容，一副寂寞的样子。

纯一发现了凑大介表情的变化,问道:"你怎么了?"

"树原亮这小子,去监护人家的事竟然对我也保密。我是他最好的朋友,也是他唯一的朋友,可是,他有前科的事,连我都不告诉。"

纯一突然不说话了,默默地低下了头。这样的事情在自己今后的人生道路上也会发生。万一发生了这种情况,对于纯一来说,最重要的问题就是下面这个问题了。想到这里他问凑大介:"如果证明了树原亮是被冤枉的——"

凑大介抬起头来。

"我的意思是说,如果他再回到这里来的话——"

"我还要和他一起拼命工作。"死刑犯树原亮唯一的朋友凑大介非常平静地笑着答道,"就像以前那样。"

"谢谢您!"这是纯一发自内心的感谢。

第二天早上,纯一和南乡直奔大渔庄公寓。现在他们一点也不怀疑,住在这个公寓里的那个男人,在宇津木夫妇被杀害那天,出入过犯罪现场。接下来的任务就是找出证据来,证明那个男人为了阻止取消假释而杀死了监护人这一事实。

因为电话号码簿上有以"室户"的名义登记的电话用户地址,南乡他们知道了201号房间的主人的全名是"室户英彦"。

二人登上锈迹斑斑的铁制楼梯,向走廊的最里面走去。从门里边传出来正在刷洗碗筷的声音。

纯一从裤子口袋里掏出手表看了看,现在的时间是8点整。在室户上班之前堵住他的作战方案取得了成功。

南乡敲了敲门。厨房的流水声停止了,里边的人问道:"谁呀?"

南乡在门外反问道:"是室户先生吗?"

"是的。您是——"

"我们是从东京来的,我姓南乡,还有一个姓三上。"

"二位是从东京来的?"伴随着室户说话的声音,门被拉开了。

室户英彦跟昨天一样,头发整齐地梳向脑后,身上穿的衬衣和西裤浆洗熨烫得非常平整,给人的感觉就像是被一个饮食店雇用的店长。年龄也许已经超过五十岁了,但看上去要比实际年龄年轻十岁。

"一大清早打扰您了,对不起。快到上班时间了,可以耽误您一会儿吗?"

室户觉得可疑,反问道:"你们有什么事吗?"

南乡掏出名片递给他:"想请您从拥护人权的观点参加一个活动。"

"律师事务所?"

"我们想听听您的意见。"

"哪方面的?"

"室户先生以前的经历,有没有给您现在的生活带来什么不便?"

室户吃了一惊,看着南乡没说话。

南乡立刻把纯一用上了:"其实呢,我们事务所现在雇用的这个年轻人也正在努力回归社会,争取重新做人。可是,社会的冷眼,使他的新生陷入了一种恶性循环。"

室户点头表示赞同。大概是因为解除了警戒心吧,他转向纯一,表情温和地问道:"你犯了什么案?"

"伤害致死。"纯一回答,"被判了两年有期徒刑。"

"才两年啊?"室户的脸上浮现出羡慕的笑容。

南乡试探着问道:"室户先生是无期徒刑吗?"

"对。"室户说完,迅速地瞥了一眼旁边的房间,"请进来吧。"

纯一和南乡一起走进201室。这套房子有一个三叠大小的厨房和一个六叠大小的卧室兼起居室，还有浴室和卫生间。

南乡和纯一走进那个六叠大小的卧室兼起居室。里面有一张矮桌和一个小书架，还有叠得整整齐齐的被褥。看着这个收拾得非常整齐的房间，纯一可以知道室户服刑时间很长。在监狱里，被允许带进牢房的个人物品称为"奖品"，如果不整理好这些个人物品，就会受到惩罚。看来室户在监狱里长期生活养成的习惯已经渗入骨髓了。

南乡和纯一刚在榻榻米上坐下来，室户就端来了两杯速溶咖啡。纯一表示了感谢，心里却感到不安，心想：也许室户真的已经悔过自新。

"咱们接着刚才的话题往下说，"南乡对也在榻榻米上坐下来的室户说，"室户先生犯的是杀人罪吧？"

"实在不好意思说，"这位正在受到监护观察的曾经的无期徒刑囚犯低下了头，"我那时候年轻幼稚，容不得我的女人背叛我。"

"被害人是女的？"

"不，我杀的是个男的，但是，女的精神上受到伤害，非常痛苦，所以伤害罪也成立。"

"什么时候的事？"

"二十五年前。"

"监护观察还没解除吗？"

"没有。被害人的父母不同意。"说完室户又像说给自己听似的小声说道，"不过，这也是理所当然的事。"

"过去的都过去了，看来你也好好悔过自新了。"跟纯一的表情一样，南乡的脸上也浮现出困惑的表情。看不出室户是那种用斧头杀死一对老夫妇的人。

"请问，室户先生的血型是什么型的？"纯一突然问了这样一个问题，他打算采取突然袭击的战术。

"血型？"室户惊讶地望着纯一。

"您是A型吧？人们都说，A型血的人责任感强。"

室户笑了："第一次有人说我是A型，别人都说我是B型。"

"实际上您是？"纯一焦急地问道。

"我也不知道，长这么大没得过重病。"

南乡笑出声来，纯一也笑了，就连不明就里的室户也跟着他们笑了。

"那么，我还想问问您有关监护观察的情况。"南乡把话题拉回来，"您回归社会顺利吗？有没有过差点被取消假释之类的事情发生？"

室户脸上的笑容消失了："十年前有过一次。"

纯一努力控制住自己，不让自己的表情发生任何变化，等着室户往下说。

"监护人老师说我违反了必须遵守的规定。"

南乡扬起眉毛："哦？"

"当时我在一家酒吧里工作，监护人说，这怎么能算是从事正当职业呢？"

"后来怎么样了？"

"不了了之了。"

"监护人收回了他的意见？"

"不，"室户停顿了一会儿才吞吞吐吐地说道，"监护人被杀害了。"

"哦，"南乡装作刚想起什么似的说道，"是宇津木耕平夫妇被害事件吧？"

"是的。后来我的监护人换了，我就搬到了胜浦市这边。以后就再也没有发生过问题。"

"关于宇津木夫妇被害事件,警察是怎么调查的?"

"您的意思是?"

"室户先生有前科,没有对您进行不必要的严格调查吗?"

"这已经是惯例了。"室户脸上浮现出苦涩的笑容,"我的住处附近如果有人不在家被盗了,首先被怀疑的就是我。"

"宇津木夫妇被杀害以后呢?"

"案发第二天我就被叫到局子里去了。但是,我有不在场证明。"

"不在场证明?"

"是的。我工作的酒吧的妈妈桑可以为我作证。"

"是这样啊。"南乡不再说话了,大概在考虑下一步应该做什么。过了一会儿南乡才说:"那个案子,可能是个冤案。"

"冤案?"室户抬起了头。

"这可是秘密,被逮捕并且判处了死刑的那个叫树原亮的死刑犯也许被冤枉了。"

室户惊得目瞪口呆,看着南乡的脸说道:"其实我见过树原亮,在监护人宇津木老师的家里,偶然碰过面。"

"是吗?如果真正的凶手不主动站出来承认自己杀害了宇津木夫妇,树原亮就会被送上绞刑架绞死。"

听到这句话,室户的脸色一下子变得苍白。

南乡立刻问道:"您怎么了?"

"没什么。我想起了二十五年前自己被逮捕以后的事。"室户用没戴手表的左手腕擦了擦汗,"当时我一想到可能要被判死刑就睡不着觉。"

"树原亮现在就处于那样一种状态中。"

"他的心情我能理解。我直到现在都不能系领带。"

"不能系领带?"

"那个绕在脖子上的东西让我感到恐怖，不敢系。"

南乡点点头，视线从室户的脖子移到他的左手腕："说回树原亮这个案件。隐藏在某个地方的真正的凶手将造成第三个牺牲者。那个真正的凶手他把自己犯下的罪行让树原亮顶替，要夺走树原亮的生命。"

"有可能找到真正的凶手吗？"

"只要真正的凶手不自首，就没有办法了。"

"自首……"室户的表情变得阴沉起来。

"对于真正的凶手来说，这是他赎罪的唯一的机会。"

室户点头表示赞同。犹豫了一阵以后才说："关于这个案子，我倒是有一个线索。"

"什么线索？"

"警察调查过宇津木老师的遗产吗？"

"遗产？"由于南乡和纯一从来没想过这个问题，都不由自主地向前探着身子，"怎么回事？难道说，遗产继承人是真正的凶手？"

室户慌忙摇头，看来他后悔自己说走了嘴，赶紧说："不，不可能是遗产继承人。"

"那是怎么回事？"

"再说下去，就有点……不能没有根据地中伤……"

"您的意思是中伤宇津木先生吗？"

"是的。"

"您指的是哪一位宇津木先生呢？是监护人宇津木耕平先生呢，还是遗产继承人宇津木启介先生？"

"不行，我只能说到这里了。"室户闭上嘴巴，再也不说话了。

离开大渔庄公寓201室，纯一和南乡迅速钻进了车里。对室户的突然袭击获得了意想不到的收获。尽管这个被判过无期徒刑的男人还在嫌疑范围内,但是被害人的遗产问题,确实是他们调查的盲点。不管这个问题跟弄清事件真相有没有关系,哪怕是个完全错误的估计,也有必要尽快找到答案。

南乡驾车离开胜浦市,向位于中凑郡海边的被害人的儿子宇津木启介家驶去。海风吹拂下的那座新盖的豪宅,与一位高中老师的身份确实有点不相符。

"我们应该怎么办?"

坐在副驾驶座上的纯一看到那所豪宅问道:"再搞一次突然袭击吗?"

"不,如果是关于遗产的问题,从中森先生那里也许能了解到具体情况。"南乡改变了主意,开着车驶向馆山市,"现在我们要做的,还是要清除外围障碍。"

在前往千叶县地方检察院馆山分院的路上,纯一在心里不停地推演着被害人的儿子为了得到遗产杀死父母的情节。好像有可能,又觉得没有可能。但是,特意模仿"第31号事件"作案手段的凶手,肯定是要掩藏一眼就能被看穿的通常的犯罪动机。纯一心中的疑问还有两个:一个是为什么监护观察记录从犯罪现场消失了,还有一个是被害人的儿子和儿媳对凶手表现出强烈的复仇情绪,谁也不会相信他们那极端愤怒的样子是在演戏。

进入馆山市区以后,南乡把车子开进一个快餐店的停车场。时间还不到10点,纯一和南乡心中都很焦急。他们每人喝了一杯咖啡,稍微休息了一会儿之后,就给中森检察官打了一个电话。

答应见面的中森检察官给了一个让他们感到意外的回答。中森检察官说,今天下午他有事要去中凑郡,如果没有什么不方便的话,打算搭他们的车。纯一和南乡对此当然不会有任何异议。

距跟中森检察官见面的时间大约还有两个小时，纯一和南乡要做的事情就是消磨时间。他们在开着冷气的快餐店里慢慢喝着咖啡。也许是因为二人心里想的都是宇津木夫妇被害事件吧，说话都很少。

12点15分，二人上了车。12点半，他们在约好的远离地方检察院的商店街接到了中森检察官。

"能坐车去，太方便了。"中森像以前一样露出快活的笑脸，坐在了汽车后座上。

"车费很贵哟，"南乡一边开动车子一边开玩笑说，"您得允许我们问各种各样的问题。"

"我有沉默权吗？"中森也开玩笑说，"在接受你们严厉的追问之前，我先坦白一件事，出入宇津木耕平宅邸的监护观察对象的名单我已经查到了。"

"哦？"南乡通过后视镜看了中森一眼。看来这位检察官在主动配合他们工作。

"除了树原亮以外，还有一个监护观察对象，那个人因杀人罪和伤害罪被判过无期徒刑。可是他不但有不在场证明，而且他的血型是A型。"

"A型？"纯一不由得回头看着中森问道，"是室户英彦吗？"

检察官的脸上浮现出惊讶的表情："你们怎么会知道他的名字？"

"我们这位也相当优秀呢。"南乡笑着回答完中森的问话，又看了看身旁的纯一，"你小子血型这一卦算得还挺准的。"

"这没有什么值得高兴的。"

"你小子责任感很强，也是A型吧？"南乡问道。

"不，我是B型。"纯一很不情愿地说，"跟凶手一样。"

"你们在说什么呀？"中森听不懂他们的话。

203

"没什么，"南乡通过后视镜看了中森一眼，"感谢您给我们带来了重要情报。还有一个问题，我们想问问被害人夫妇遗产的情况。"

"遗产？"中森陷入了沉默，眼睛看着半空，很长时间没说话。大概他是在想怎么回答才好吧。

"他的儿子宇津木启介继承的遗产，数额相当大吗？"南乡追问道。

"总额将近一个亿。"

"一个亿？"南乡惊叫了一声，"是生命保险还是别的什么？"

"不，保险金的数额倒没有那么大，也就1000万。而且受益人是同时被杀害的夫人。"

"保险金呢？到哪里去了？"纯一问。

"儿子和儿媳那里嘛。"

"受益人不是夫人吗？"

中森发现纯一有疑问，就做了进一步的说明："是这样的。宇津木夫妇虽然是同时被杀害的，但在加入生命保险的时候，是按照丈夫先去世的情况加入的。如果确实是丈夫先去世的，保险金受益人的权利当然是夫人的。但是夫人同时被杀害了，应该由夫人领取的保险金就作为遗产由儿子继承。"

"原来如此。"

南乡又问："那其他9000万遗产的来源呢？"

"都是被害人的存款。"

纯一心想：这个事件果然是巨额财产引起的。可是，为了1亿日元，宇津木启介难道会杀死自己的亲生父母吗？

南乡却问了一个跟纯一的想法完全不同的问题："宇津木耕平是从中学校长的岗位上退下来以后才当的监护人吗？"

"是的，收入应该只有退休金。"从中森的声音里可以听出他也感到可疑。

"这么说，他是个地主？"

"不是。"

"那么，那么多钱是从哪里来的？"

检察官哼了一声："事件发生后，树原亮很快就被抓起来了……至于那么大一笔钱是怎么来的，就没有调查。遗产问题马上就属于税务署的管辖范围了。"

"税务署没调查收入来源吗？"

"至于调查没调查，是不是有问题，我没有接到过报告。这种事情嘛，不同的情况有不同的处理方法。也许因为他是当地的名人，就没有深究吧。"

"那么，中森先生，"南乡用求他帮忙的口气说道，"您不打算调查一下这件事吗？"

"调查收入来源的事我可帮不上忙。我只有今天能帮你们一下。"

"今天，现在吗？"

"是啊，"中森带着几分淘气的表情说道，"这段时间我给各种各样的人打了很多电话，终于发现了重要的证人。现在我就是要去见那位重要的证人，我想请你们两个陪我一起去。您看怎么样？"

"无论去哪里我们都甘愿奉陪。"南乡高兴地说道。

中森检察官指路，来到了离中凑郡很远的一所平房前面。这所平房位于中凑郡与安房郡的交界处，南边就是安房郡。就像是为了给国道让地方似的，房子建在了山脚下很小的一块平地上。

南乡把车停在通向那所平房的一条只有五米长的私有道路上，三人下了车。显得很旧的木门上挂着一个牌子，牌子上写着"榎本"两个字，说明房子的主人姓榎本。三人穿过杂草丛生的庭院，站在了推拉门前面。

"家里有人吗？我是千叶县地方检察院的。"

检察官的话音刚落，从磨砂玻璃里边就走过来一位身穿棉布衬衫的老人。老人拉开门问道："你就是中森先生吧？"

"是的。昨天打电话打搅您了。"中森说着递给老人一盒点心，然后把南乡和纯一介绍给他，"这两位是跟我一起搞调查的。"

"是吗？都进来吧！"

三人被让进门厅旁边一个八叠大小的房间。破破烂烂的榻榻米上摆着几个破破烂烂的坐垫。纯一坐在矮桌前，环视着房间四周落满了灰尘的堆积如山的书籍。与其说是书籍，倒不如说是古代文献。

中森向纯一和南乡介绍说："榎本先生是搞乡土史研究的。"

"乡土史？"纯一还不理解检察官带他们到这里来的目的，歪着头直纳闷。大概是这位乡土史研究专家能提供什么证词吧？纯一偷偷看了南乡一眼，这位退职管教官正把视线投向房间一角，那里摆着一套叠得整整齐齐的旧军装。

榎本老人用托盘端着三杯茶过来，把茶杯放在每个人面前。大概他注意到南乡的视线了，就说："年轻的时候，我被卷入过战争。"

南乡什么也没说，只是微微点了点头。

老人坐下以后，面向中森问道："你说你们要搞调查，调查什么呀？"

中森意识到老人耳背，就大声说道："我们想调查的是宇津木耕平宅邸附近那座山，昨天您在电话里跟我说过的话，再跟他们两位说一遍行吗？"

"噢，那座山啊。"

"对，昨天您在电话里对我说，那座山里有台阶，对吧？"

纯一吃了一惊，突然明白中森为什么带他们到这里来了，不由得看了中森一眼。南乡也由于听到了这个叫他意外的话题吃了一惊，并迅速地把视线移到老人脸上。

"对呀！"老人点点头，"有没有台阶，去看看不就知道了吗？"

"他们找了好几天都没找到。"检察官很有耐心地把南乡和纯一在那一带搜索的情况讲给老人听。

"噢，是吗？"榎本老人好像很能理解，"找不到也不奇怪。因为增愿寺已经没了。"

"增愿寺？"南乡问道，"是个寺庙吗？"

"是啊。那个寺庙里保存着一尊非常漂亮的不动明王，可是不知道为什么，竟然没有列入重点文物保护单位。的确，从外表上看，增愿寺说不上是一座金碧辉煌的古刹，只不过是一个破庙，但是……"老人把南乡等三人挨个看了一遍，"不动明王，你们知道吗？十三佛之一的不动明王！"

"知道。"南乡点点头，迫不及待地问道，"您说增愿寺已经没了，这是怎么回事？"

"许多年前刮台风下大雨，造成山体滑坡，被埋起来了。"

"被埋起来了？"南乡说完，和纯一对视了一下，"也就是说，已经被埋在地底下了？"

"对。不过，在山体滑坡之前增愿寺就已经是一片废墟了。"

中森从裤子口袋里掏出一张折叠起来的地形图，打开以后在矮桌上铺平，然后向榎本老人请教："增愿寺在哪一带？"

榎本老人戴上老花镜仔细看了半天，指着距离宇津木耕平宅邸有五百米左右的山坡上的森林说："就在这一带。"

纯一和南乡都盯着地图看起来。这一带肯定在两个月前搜索的范围内。

"是不是那个陡坡?"南乡回忆着说道。

"对。"纯一点点头。他记得那个陡坡就像那座山被削去了一块,形成一个光秃秃的陡坡。看上去什么都没有,就没有仔细查看。

南乡问榎本老人:"那个增愿寺里也有台阶,是吗?"

"有啊。石头台阶连着大雄宝殿,大雄宝殿里也有台阶。"

"山体滑坡是什么时候的事?"

"已经有二十年了吧?"

"二十年?"纯一对南乡说,"事件发生的时候,已经被埋在地底下了。"

"不不不,"榎本老人插嘴说,"并不是一次就把整个增愿寺埋在地底下的。后来每刮一次台风,就被埋起来一部分,最近几年才看不到它了。"

"那么,十年前它是什么样子呢?"南乡问道。

"至少还能看到一部分石头台阶和大雄宝殿的屋顶什么的。"

"老人的话值得我们好好研究。"南乡对纯一说,"即便那时候增愿寺已经全部被埋起来了,凶手为了掩埋证据也会把地面挖开。"

"树原亮也许就在那时踏上了被埋入地下的石阶。"纯一接着说道。

"对!"

三人从榎本老人家里出来以后,南乡驾车送中森回馆山市。检察官下车后对南乡和纯一说:"我能帮你们做的就只有这些了。"说完转身走进了千叶县地方检察院馆山分院大楼。

纯一和南乡则直奔东京。他们要去弄一台金属探测仪来。

增愿寺的台阶被埋在地下。

消失的证据一定被埋在那里。

- 3 -

第二天早上太阳刚刚升起,南乡和纯一就开始行动了。他们从已经被废弃了的宇津木耕平宅邸前驶过,在树林间的土路上又向前开了五百米左右停了下来。

下车后向山上看,可以看到在大山一侧的树木之间,有一块没长树木的很陡的陡坡。宽度大约有三十米,高度大约有五十米,就像是一堵巨大的土墙。那一定是山体滑坡吞没增愿寺以后留下的痕迹。

那个陡坡虽然说不上是悬崖,但他们认为从下往上爬也是爬不上去的。于是,纯一和南乡背上装着登山装备和金属探测仪器的背囊进入森林,迂回到那个陡坡上方去了。

正在从东方升起的朝阳让他们感到心旷神怡。看了一会儿初升的太阳,南乡才说:"开始行动吧!"

接下来二人的行动显得有些笨手笨脚。他们不时地翻阅着特意带来的一本《登山技术入门》。要想到陡坡上去,必须学会"绳索垂降"技术。

纯一先在陡坡上方选择了一棵结实的大树,然后把登山绳绑在树上,再把登山绳穿过一个开闭形金属环,把金属环与固定在身体上的坐式安全吊带连接起来。下降的时候,人的前胸朝着山体,后背朝着山谷,利用金属环与登山绳之间的摩擦力,倒退着缓慢下降。

"好了,我要下去了。"一切都准备好以后,纯一对南乡说。

"你可要活着回来哟。"南乡又像平时那样开起了玩笑。

纯一的两手一前一后，一上一下，抓住登山绳，将支点放在腰部，背向山谷开始慢慢往后退着下降。

突然，脚下的泥土崩塌了。看来陡坡上的土壤非常松软。纯一趴在陡坡上，出溜出溜地向下滑了两米多才停下来。

"南乡先生，"纯一甩掉脸上的泥土，"其实用不着什么'绳索垂降'技术，土是湿的，只要抓着登山绳就能下来。"

"哦？是吗？"南乡喜悦之情溢于言表，"我也觉得抓着登山绳就能下去。"

"您能把金属探测仪拿下来吗？"

"好！你等着。"

南乡把用绳子绑好准备放下去的探测仪拿了起来。金属臂的前端安装着一台圆形的金属探测仪，重量为两公斤左右，价值20万日元，是最新型号的金属探测仪。一旦探知土里有金属，警报器就会鸣叫，在警报器鸣叫的同时，手中的小型显示器就会显示出金属大约被埋在多深的地方。

"看来我也能下去。"南乡就像忍者背着刀似的背上金属探测仪，用戴着皮革手套的手抓住登山绳，然后像纯一那样趴在陡坡上滑下来。

"动作好看不好看没关系，"南乡用自嘲的口吻说道，"只要能发现证据就行。"

二人开始用金属探测仪探查整个陡坡。他们一边在陡坡上来回走，一边观察金属探测仪的反应。慢慢地他们习惯了在陡坡上行走，横穿陡坡也不感到困难了。他们行进的速度很慢，每走一步都要深深地踩进泥土中，以保持身体的平衡。

经过两个小时的探查，金属探测仪的报警器终于鸣叫起来。这时他们已经下降了十五米左右，正好位于陡坡中央部位。显示器上显示的深度是一米。

没想到埋得这么浅。纯一心情很激动，期待地看着南乡的脸。

"开挖吧！"南乡说道。

"我去拿铁锹来。"

纯一抓着登山绳爬到陡坡的上方，拿了两把铁锹回到南乡的身旁。二人非常小心地保持着身体的平衡，用力地挖起来。

泥土很松软，挖掘进度很快。他们大汗淋漓地挖了十分钟左右，纯一的铁锹碰到了土中的硬物，随着沉闷的金属声，铁锹被弹了回来。

"南乡先生！"纯一叫起来。他扔掉铁锹，开始小心地用手扒拉土。南乡也在一侧帮忙，终于刨出来一个像风铃一样的金属制品。

"这是什么呀？"纯一问道。

"好像是寺庙屋檐前端的装饰物。"

纯一也意识到那东西是屋檐前端的装饰物了，看了看脚下又问："那么，这里呢？"

"应该是增愿寺的屋顶。"

纯一试着用铁锹挖开周围的土，结果露出了好几层排列在一起的房瓦。

"没错。这里是屋脊，我们站在增愿寺的屋顶上了。"南乡非常兴奋。

"接下来怎么办？"

"十年前这里是什么样子呢？"南乡就像是透过泥土看到了地下的佛殿，"如果大雄宝殿还有一部分露在外面，凶手就有可能进去过。"

南乡拿起铁锹，在他认为是大殿侧面的地方挖起来。纯一也和他一起挖。终于看到了已经开始腐朽的木板墙壁和塞满了泥土的窗框。

南乡一边用铁锹用力捅窗框，一边把土挖出来。突然一下子捅

211

空，眼前出现了一个黑乎乎的大洞。

"可以钻进庙里去。"南乡肯定地说。

纯一想象着地下的大雄宝殿已经变成了什么样子。寺庙侧面的墙壁没有倾斜，说明山体滑坡并没有撼动寺庙的地基，寺庙没倒。从上面雪崩似的落下来的泥土把寺庙围了起来，寺庙周围的泥土越来越高，到最后把屋顶也埋起来了。但是，寺庙在泥土下面一定还保持着原来的形状。如果寺庙被压塌了，山体陡坡上应该有凹进去的部分。

"我认为我们不会被活埋在里面。"纯一说，"进去看看吧！"

三十分钟后，他们从汽车里拿来了手电筒，从陡坡上挖开的洞口走进黑暗中。里面完全就是一个洞窟。灌进来的泥土形成很陡的斜坡，他们按照下山要领，弯着腰一步一步慢慢走进了大殿。

纯一确认上方没有任何遮挡物以后，才站直了身子。大殿里一片漆黑，充满了刺鼻的霉味和泥土的气味。地板比想象的要坚实得多，纯一放心了，开始观察前方。

借助手电筒的光亮，可以看到铺着木地板的地面和墙壁。走在后面的南乡为了确认这个大殿有多大，用手电筒照来照去。突然，他啊地叫了一声。只见在五米开外的地方，有一段向上延伸的台阶。

"台阶！"纯一不由得叫出了声。这个增愿寺的结构跟他们想象的完全不一样。寺庙有两层，二层是阁楼，面积比一层小得多。纯一和南乡最初发现的是一层的厢房，所以他们进的是大殿的一层。

"别急！"南乡制止了就要向楼梯走过去的纯一，"当心脚底下。"

纯一点点头，和南乡一起一步一停地慢慢向台阶靠近。每往前走一步，腐蚀严重的地板都会发出嘎吱嘎吱的叫声，就像鬼神们在那里怪叫。手电筒光束照射下的带扶手的木制台阶，在黑暗中静静地等待着就要登上去的纯一和南乡。

纯一终于来到台阶下面，他停下脚步，抬头向上面看去。一级一级的台阶向上延伸，渐渐融入上方的黑暗中。

"树原亮看到过的台阶就是这个吗？"

"也许是这里的台阶，也许是大殿外面的石头台阶。"南乡依然非常冷静。

二人开始小心翼翼地顺着台阶一级一级往上走。木制台阶虽然有所腐蚀，但还没到一脚踩下去就是一个窟窿的地步。他们登上最后一级台阶时，看到大殿二层中央供奉着一座佛像。那是一座比纯一还要高大得多的不动明王的雕像。在手电筒光束的照射下，不动明王目光炯炯。那背负猛火、现愤怒相的样子，简直就是一位活着的神仙，对纯一和南乡怒目而视。

纯一心想，这位不动尊菩萨，在向谁发火呢？被埋在地下二十年，在没有人参拜的黑暗中，一直对什么事情怒火中烧呢？

站在纯一身旁的南乡把手电筒夹在腋下，面向不动明王双手合十。纯一多少感到有点意外，但他马上模仿南乡，也双手合十祈祷起来。二人低头参拜了一会儿才抬起头来。

"我刚才在祈祷能够发现证据。"南乡开玩笑似的说道。

不过纯一觉得南乡心里一定是在祈祷别的事情。

随后他们又花了很长时间详细查看了增愿寺大殿的情况。看样子大殿在增愿寺被埋入土中之前整理过，佛堂里只有空木箱和木鱼等简单的佛具。

南乡和纯一考虑到作案凶器等证据可能被埋起来了，于是用金属探测仪把一层的地板下面和堆满了泥土的侧面墙壁的窗户等处都用金属探测仪探测了一遍，但是什么反应也没有。

"难道不在这里吗？"疲惫不堪的南乡一屁股坐在了地上。

大概是因为吸进了大量的霉菌吧，两个人都开始流鼻涕。

213

纯一掩饰不住沮丧的心情，问道："树原亮指的是不是外面的石头台阶啊？"

"不管怎么说，先出去吧！"

他们两人爬出增愿寺来到外面山上的陡坡，背靠在陡坡上休息。因为从一大早就开始干，现在刚中午12点。

南乡说："休息一会儿，吃午饭吧！"

纯一点点头，呆呆地眺望着远处隐约可见的中凑郡街道和宽广的太平洋海面。

这时南乡的手机响了。南乡从扔在陡坡上的背包里拿出手机，看了看手机屏幕，对纯一说了声"是杉浦律师打来的"才接电话。

"什么？增愿寺？委托人？不，我们已经在增愿寺了。"

听了南乡这几句话，纯一意识到一定发生什么事了。

与杉浦律师通完话，南乡说道："委托人好像告诉杉浦律师我们在这里了。"

纯一吃了一惊："这里？委托人知道我们在增愿寺了吗？"

"是的。"

"这么说，委托人也在亲自调查？"

"执行死刑的日子临近了，委托人大概着急了吧。"南乡笑了。

纯一对南乡这种满不在乎的态度感到不可思议："南乡先生，您知道委托人是谁吗？"

"据我估计是本地人，是一个惦记着树原亮的事，又出得起高额报酬的有钱人。"

纯一立刻就想到了作为树原亮的情状证人之一的阳光饭店董事长："我也见过他吗？"

"见过。"

纯一很担心，因为这个委托人曾经提出把他排除在调查工作之外。

"我们还在一起调查,是不是不太好?"

"不用介意,只要工作顺利就好。"

纯一点点头,然后又和南乡一起分析起树原亮事件来:"南乡先生,您是怎么看遗产问题的?宇津木启介会为了钱杀死自己的亲生父母吗?"

"我认为不会。分析一下我们已经掌握的线索,只有一条合乎情理。"

"哪条线索?"

"宇津木耕平的监护对象室户英彦说过的。"

纯一眼前浮现出那个被判处了无期徒刑的假释犯的脸:"不正是他提出了遗产问题吗?"

"对。可以看出,室户英彦对他以前的监护人宇津木耕平的收入来源持怀疑态度。"

"也就是说,他把遗产问题提出来,并不是怀疑继承人有什么问题,而是怀疑巨额遗产的来源?"

"是的。室户英彦还谈到了他自己假释差点被取消的问题。室户英彦确实在努力悔过自新,你应该也感觉到了吧?"

"感觉到了。"

"但是,监护人宇津木耕平说室户英彦没有从事正当职业,要把他送回监狱。恐怕那时候室户英彦就知道宇津木耕平的收入来源有问题了。"

"您这话是什么意思?"

"敲诈。"

纯一大吃一惊:"敲诈?"

"这是我能想到的唯一合乎情理的线索。室户英彦很可能被宇津木耕平以取消假释相要挟敲诈过。"

215

"可是，能被选为监护人的人会干这种事吗？"纯一的监护人久保老人总是和蔼可亲地关怀纯一，对此纯一很难相信。

"我理解你感到吃惊的心情。很少有监护人干这种不道德的事。但正因为如此，事件的真相才成了盲点。"

"也就是说，这个事件的真相是有前科的人被监护人敲诈，反过来杀死了监护人？"

"是的，"南乡的表情变得阴郁起来，"如果是这样的话就太可怕了。被怀疑的对象会有很多。宇津木耕平做了将近十年的监护人，在担任监护人期间，他负责的监护对象应该有很多，这些有前科的人可能有不少都被他敲诈过。"

纯一通过参加这次调查工作，得知监护观察所保守秘密是非常彻底的。特别是在日本，有前科的人一旦被周围的人知道了，带来的不利影响是无法衡量的。这对于要真心悔过自新的人来说，伤害是致命的。

"如果宇津木耕平确实那样做了的话，"南乡继续说道，"敲诈的对象可能就不仅仅限于被监护对象，也包括那些已被解除了监护观察的有前科的人。这些人老老实实，认真地生活，作为社会一员的地位也在提高。他们的地位越坚实，宇津木耕平敲诈的破坏力就越大，积怨也就越深。"

纯一不由得想到了自己，浑身战栗起来。如果自己杀死佐村恭介的事被邻居知道了，会是怎样的结果呢？恐怕父母在现在那个家里也住不下去了，三上家只好再搬一次家。离开位于大塚的那个简陋的家，陷入更悲惨的境地。

"也许罪犯是我们还没有想到过的人，也就是宇津木耕平在当监护人期间负责监护的人。"南乡说到这里，看着纯一问道，"对于我这个推理，你怎么看？"

"我认为是正确的。观察记录从犯罪现场不翼而飞就是一个有力的佐证,存折消失的理由也就能解释通了。"

"存折?"南乡叫了起来。

"对。存折里应该有汇款人的名字。"

"对呀!"南乡说着站了起来,"被敲诈者的名字在存折上应该有记录!"

"是的,凶手的名字就在存折上,所以他把存折拿走了。"

"能不能到银行去查一下?"

"我们恐怕办不到吧?"

"中森先生应该能……"南乡说到这里停住了,紧接着又否定了自己的想法,"判决确定以后的事件,谁也不会帮我们查的。"

纯一忽然意识到事情不好办了:"如果不能去银行查,要想通过这条线索找到真正的凶手就是不可能的。而且存折也用不着特意埋起来,烧掉就可以了。"

南乡沉思了一会儿:"把存折保存起来的可能性也不是没有。如果我是罪犯,我就把存折保存起来,万一我被抓住呢。"

"此话怎讲?"

"宇津木夫妇被害事件,从法律上讲是很微妙的,可以判死刑,也可以判无期。从凶手的角度来看呢,他是由于被敲诈才动了杀人的念头。把存折作为被敲诈的证据,说不定法官会酌情轻判。"

纯一点头表示同意南乡的分析:"咱们继续挖吧!作为凶器的斧头,还有作为证据的存折、印鉴,应该就埋在这下面的某个地方。"

"好!"南乡疲惫的身体就像被抽了一鞭子,腾的一下站了起来。

他们爬回陡坡上方,一边吃盒饭一边推测石头台阶的位置。现在已经知道大殿在哪里了,那么通向大殿的石头台阶就应该在陡坡右边。

他们在埋着增愿寺的泥土上标出了石头台阶所在的大致范围,插上作为标志的树枝,然后拿着金属探测仪,用整整一个下午的时间重点探查。从陡坡的右边走到左边,再从左边走到右边。一米一米地向下方移动,这是一项非常需要耐心的工作。

太阳消失在大山后面,周围开始被黑暗笼罩,他们丝毫没有懈怠,继续仔细探查。90%的陡坡已经探查完了,但他们根本没想过就这样无功而返。

就在纯一觉得如果继续探查需要灯光,想从背包里把手电筒拿出来的时候,金属探测仪的警报响了。纯一立刻凑到手持探测仪的南乡身旁一看,显示器上显示的深度是一点五米。这个位置距离下面可以行驶汽车的盘山路只有五米。

"我觉得这次一定错不了。"夜色朦胧中的南乡说道,"如果是这个位置呢,凶手也能从下面爬上来。"

纯一把两支手电筒都打开,放在地面上。在手电筒光的照射下挥动铁锹猛挖。

南乡挖了一阵以后说道:"咱们先挖四周吧,碰坏了证据可就糟了。"

纯一点头表示同意,马上向下移动了几步,然后继续猛挖。

这里比陡坡中部的泥土坚硬得多,经过三十分钟左右的苦战,终于挖出一个跟一个人的身体大小差不多的洞穴。

"南乡先生!"纯一感觉到铁锹碰到了坚硬的东西,不禁兴奋地叫了起来,"南乡先生!石头台阶!"

"好!再接再厉!"南乡也兴奋地叫道。

二人用手扒拉开泥土,露出宽约五十厘米的石头台阶。

纯一抑制不住激动的心情:"十年前,凶手一定是把证据埋在了这里。"

"对!恐怕是凶手逼着树原亮埋的。凶手用斧头逼着树原亮挖洞,树原亮在挖洞时看到了这个台阶。"

紧接着,纯一在洞穴一侧发现了一个黑色的塑料袋。

"南乡先生!找到了!"

"你戴手套了吗?"

"戴着呢!"

南乡清理掉塑料袋周围的泥土,小心翼翼地把它拿了出来。那个塑料袋被卷成细长的形状,长约五十厘米,拿在手上沉甸甸的。

"打开看看!"南乡说着,解开在袋口缠了好几道的塑料绳,打开了那个黑色塑料袋。纯一赶紧用手电筒往塑料袋里照。

里面是一把小手斧。

"我们胜利了!"纯一大喜过望,欢呼起来。

"这次我们真的可以三呼万岁了!"南乡也欢呼了一声,然后仔细看了看黑色塑料袋里边的东西,"喂,纯一!还有印鉴呢!"

"存折呢?记录着凶手名字的存折呢?"

南乡把袋子放在地面上,再次仔细查看:"没有存折,只有小手斧和印鉴。"

纯一感到有些不安。凶手并没有像南乡想象的那样把存折保存起来。莫非埋在了别的地方?想到这里,纯一问道:"还继续挖吗?"

"不挖了,金属探测仪对存折不会有反应的。"南乡说着又看了看塑料袋里边的东西,"印鉴上刻着'宇津木'三个字,肯定是十年前那个事件的证据。"

"接下来我们应该做什么?"

"最后的希望就是指纹了。小手斧和印鉴上如果有指纹的话……"南乡从背包里拿出手机,"这些证据足以促使中森检察官行动起来了。"

一个小时以后,中森乘坐公用车来到了现场。他还带来了一位男

219

士，是一位检察事务官。大概是为了保证回收证据工作的客观性吧。

"你们立了大功啊！"中森看着浑身是泥的纯一和南乡高兴地说道。

"多亏了您提供的增愿寺的信息。"南乡也很高兴。

中森戴上白色的棉织手套，翻开那个黑色塑料袋，确认了一下里面的证据："你们没有直接用手摸吧？"

"当然没有。"

中森迅速向部下发出指示。那个检察事务官把装着小手斧和印鉴的黑色塑料袋装进一个特大的专门用来装证据的透明塑料袋里，然后拿出带闪光灯的照相机，把现场及附近全都拍照下来。

检察事务官的工作完成以后，中森对那个事务官说："辛苦你一趟，立刻把证据送到千叶县警察署去。"

"明白了。"检察事务官答应了一声，将证据放进了公用车里。

"证据上有没有指纹什么时候才能知道？"纯一问道。

"今天夜里。"

南乡问道："如果证据上有指纹，什么时候能得出结论？"

"最迟明天晚上就能得出结论。"

纯一和南乡这才松了口气，一屁股坐在了地上。也许是一种能做的都做了，并且取得了成果的充实感带来的吧，积攒了一整天的疲劳一下子释放了出来。

"如果能证明树原亮是被冤枉的，"中森为了不让身后的部下听见，压低声音说道，"我们好好喝一顿，我请客。"

"那我可要喝个够！"南乡开心地笑了。

检察事务官亲自把南乡他们挖出来的证据送到了千叶县警察署科学搜查研究所。

指纹检测员立刻就把黑色塑料袋、小手斧和印鉴顺次放在了指纹检测设备上。抹上特殊染料，用氩激光一照，就会浮现出肉眼看不见的黄色的潜在指纹。检测结果，在黑色塑料袋的袋口部和印鉴上发现了几处成年人的指纹。

指纹检测员把这些指纹变换成数字数据输入计算机，再从指纹模样中抽出画像处理后的特征，最后输入被称为AFIS的自动指纹识别系统，大型计算机就开始以每秒识别770个指纹的惊人速度与警方保管的庞大指纹数据库进行对照识别。

与此同时，对小手斧和印鉴也做了其他方面的检测。

检测结果只确认了小手斧刃部有缺口，很有可能是作案工具，但是，不要说指纹，就连血液反应都没有。大概是凶手在行凶后非常仔细地洗净了凶器。

不过，印鉴是强有力的犯罪证据。"宇津木"三个字与十年前在银行拷贝的印鉴副本完全一致，就连肉眼根本分辨不出的边沿的细微凹凸都一致。科学搜查研究所负责鉴定的警察断定，这枚印鉴肯定是从犯罪现场拿出来的。

十四个小时以后，AFIS自动指纹识别系统终于成功地识别了指纹。这个指纹与警方的指纹数据库中保存的一个人的指纹完全吻合。

计算机筛出的十年前杀害宇津木夫妇的真正的凶手，是两年前因伤害致死罪被逮捕的那个叫三上纯一的青年。

第六章
处以被告人死刑

— 1 —

千叶县警察署的紧急通知通过内部互联网送达千叶县地方检察院馆山分院时，中森检察官正在审讯室里做一个盗窃犯的检方当面笔录。

"中森先生！"来叫他的检察事务官一脸困惑，"十万火急！请来一下。"

中森把审讯工作交代给部下，走到检察事务官的办公桌前面。

"这是指纹检测的结果。"事务官说完，让中森检察官看电脑屏幕上显示的一个有前科的人的数据。

"啊？"

在看到电脑屏幕上的照片的一瞬间，中森检察官大惊失色，叫出声来。

"这个三上纯一，是不是昨晚在现场的那个年轻人？"

"是他！"中森一边说一边想：这到底意味着什么呢？

合理的答案只有一个，那就是在挖掘的过程中，纯一的手摸到了证据。但是，中森当场确认过纯一是戴了手套的，而且跟纯一在一起的南乡也绝不会让他的搭档犯这种低级错误。

难道十年前杀害宇津木夫妇的真凶是三上纯一？

想到这里，中森突然抬起头来。现在不是考虑纯一的事情的时候。只要指纹检测出来了，就必须采取紧急对策。

中森的脑海里浮现出打开了重审之门的划时代判决"白鸟决定[1]"。"存在疑点时其利益归被告人"这一铁则，也适用于再审制度。

中森立刻拿起了办公桌上的电话。

千叶县地方检察院馆山分院给东京高等检察院打了一个电话。这个暗示死刑犯树原亮一案是冤案的报告立刻被送到了检察长那里，这位法务行政上的二号人物接到报告以后，用紧急电话的形式通知了法务省的事务次官。

"死刑犯树原亮的死刑立即停止执行。"

接到通知的事务次官惊愕万分。他看准内阁重组的时机，已经把《死刑执行命令书》送到了法务大臣的办公桌上。

事务次官一边快步向法务大臣办公室走去，一边在想也许能够避免最糟糕的事态发生。呈上命令书的时间是大前天，也是树原亮的第四次重审请求被完全驳回的那一天。法务大臣一般不到人事变动之前的最后一刻是不会签署命令的，因此可以说还有几天的缓冲时间。

法务大臣办公室的门上挂着一个"不在"的牌子。事务次官走进大

---

[1] 1952年在日本北海道发生了警官白鸟一雄被枪杀的事件，史称"白鸟事件"。尽管被认定为凶手的再审请求于1975年最终被驳回，但日本最高法院在决定中做出了如下表述：即使在再审制度中，也适用"存在疑点时其利益归被告人"的刑事诉讼基本原则（通称"白鸟决定"）。这一决定为此后许多冤假错案的再审创造了可能性。

臣秘书办公室，打算向秘书科科长询问一下情况。就在那时，他看见秘书科科长的办公桌上放着树原亮的《死刑执行命令书》，不禁愕然。

在"关于对死刑犯树原亮执行死刑一事，请按照法官的宣判执行"这一行文字的后面，法务大臣按照惯例用红铅笔签了字。

"大臣终于签字了。"秘书科科长说。

事务次官呆呆地在那里站了很久，终于问道："这份命令书有人看到过吗？"

"什么？"

"有多少人看到过这份命令书？"

"多少人？"秘书科科长听了事务次官的话感到困惑，"相关人员都看到了，而且已经通知东京拘留所了。"

事务次官呆在原地，再也说不出话来。

只要遵守法律，对树原亮执行死刑，就是谁也制止不了的了。

南乡在胜浦市的公寓里一觉醒来，已经快中午了。昨天晚上他和纯一回到公寓里，向杉浦律师做了汇报，然后喝酒喝到黎明。

从被窝里爬出来，南乡立刻就感到全身肌肉疼痛，但这种疼痛是跟完成了一项工作之后的那种充实感融合在一起的，是一种让人感到心情愉快的疼痛。他去厨房洗脸时看到了纯一留下的字条。

"我有点事出去一下。如果指纹检测有了结果，请给我打电话。"

南乡的脸上浮现出会心的微笑。他决定今天休息一整天。在将近三个月的时间里，他们俩没有休息过一天，一直在不停地工作。对纯一来说，这还是他出狱后第一个休息日。

洗完脸，南乡正打算到外面去吃饭，手机响了。他看了一眼手机屏幕，知道是中森检察官打来的，心想可能是指纹检测结果出来了，便马上接了电话。

"喂，我是南乡。"

"我是中森。"

"指纹检测结果出来了吗？"

"出来……不，还没……先不说这个……"不知为什么检察官今天说话很不利索，"三上在你那儿吗？"

"三上出去了。"

"什么时候回来？"

"恐怕会很晚，"南乡笑了笑，突然严肃起来，"怎么了？"

"你能不能告诉我你的住址？"

"住址？您指的是我现在住的这个公寓吗？"南乡皱着眉头问，"出什么事了吗？"

"现在，胜浦市警察署的人正在找你们。"

"刑警找我们？"

"是的，"中森稍微停顿了一下又说，"指纹检测的结果出来了。从印鉴和塑料袋上检测到三上纯一的指纹。"

南乡一时没能理解检察官这话的意思。正在他发呆之时，从手机里又传来了中森的声音。

"如果你愿意告诉我你现在的住址，请给我打电话。还有，遇到胜浦市警察署的搜查员，请服从他们的指令。"

说完这些，中森挂断了电话。

三上纯一的指纹？

南乡陷入了沉思。他在拼命回忆昨天的事。在陡坡上探测时，纯一始终戴着手套；在挖出那个装着证据的黑色塑料袋时，南乡曾亲自嘱咐他千万不要直接用手碰。南乡的眼睛一刻都没有离开过证据。

南乡自然也想到了发生在十年前的事件。宇津木夫妇被杀害的那天夜里，当时还是一个高中生的纯一和他的女朋友就在中凑郡。

纯一的左臂负了伤，并且身上还有来历不明的钱。另外，和他一起被警察辅导的女朋友似乎受到了巨大的精神打击，陷于茫然自失的状态……

想到这里，南乡不由得战栗起来。

应该登上13级台阶的不是树原亮，而是三上纯一！

当提出要找出这个事件的真正的凶手的时候，纯一曾表现出很强的抵触情绪，说什么不愿意把另一个人送上绞刑架。因为他清楚自己就是真正的凶手吗？

但是，南乡反过来又一想，如果纯一是真正的凶手，为什么还要积极地挖出证明自己是罪犯的证据呢？

南乡想给纯一打电话，但马上打消了这个念头。南乡需要时间，需要沉静下来慢慢思考的时间。

南乡又忽然想起了中森检察官的话，一种无法忍受的焦躁感袭上心头。就在此刻，胜浦市警察署的刑警们正在到处搜捕他们。

南乡一边迅速地换衣服一边考虑什么地方最安全。他知道刑警们找到这个公寓只是时间问题。现在是旅游旺季，到处都是观光客的大街上，也许是最安全的地方。

南乡拿起记事本和手机跑出了公寓。

走在一条狭窄的街道上，南乡已经满身大汗了。这时他看到一家咖啡馆，心想，先进去凉快一下再说。他点了一杯冷饮，一摸口袋，幸运的是还有半包烟。他一边吸烟一边思考接下来应该怎么办，终于想出了一个办法。

南乡掏出手机，给查号台打了个电话："请查一下位于东京旗之台附近的里里杂货店的电话号码。"

把杂货店的电话号码记在记事本上以后，南乡开始使劲回忆十年前纯一离家出走事件唯一的证人的名字。

木下友里！没错，派出所的警察确实叫她"木下友里小姐"。

这时，南乡看到咖啡店窗外开过去一辆警车。警灯亮着，但没鸣警笛。这是搜捕嫌疑犯时的通常做法。

南乡慌忙拨通了杂货店的号码。

接通音响了四下以后，杂货店那边一位中年女性接了电话。

"这里是里里杂货店。"

"是木下友里的家吗？"

"是的。"

"我姓南乡，请问木下友里在家吗？"

"不在。"简短的回答里似乎潜藏着戒心。

"您是友里的母亲吗？"

"不，我是暂时在店里帮忙的亲戚。"

"友里小姐带没带手机？"

对方好像生气了："喂，你是哪里的南乡？"

"我是在杉浦律师事务所工作的南乡。"

中年女性改变了口气："律师事务所？"

"是的，我现在正在调查一个非常重要的事件，亟须与友里小姐取得联系。"

对方沉默了一会儿，回答说："友里现在在医院里。"

"医院？她病了？"

"不是病了。"

南乡皱起眉头："出事故了？"

"这个嘛……"友里的亲戚沉默了很长时间才说，"我不知道我们这边发生的事情跟您调查的事件有没有关系……友里她自杀未遂……"

"什么？"南乡慌忙环顾了一下四周，然后压低声音问道，"自

227

杀未遂？"

"以前也发生过几次这样的事，但是周围的人都不知道为什么。"

"她现在怎么样了？"

"听说好些了。"

"是吗？"南乡低下头，小声说道，"在您百忙之中打扰您，很对不起。以后再联系您。"

"好的，请多关照。"不明就里的中年女性困惑不解地说道。

挂断电话以后，南乡的脑子混乱到了极点。友里自杀未遂是不是跟十年前的事件有关？她和纯一被警察辅导的那天，在中凑郡到底发生了什么事？

事已至此，只能先找纯一。南乡下决心给纯一打电话，刚拿起手机，手机就响了。看到手机屏幕上显示的名字，南乡惊得呆住了。电话是东京拘留所的冈崎打来的。

"喂，我是南乡。"

电话一接通，南乡就听到了分明是用手捂住话筒发出的沉闷的声音。

"我是冈崎，今天早上法务省送来了所长亲启的公文，是执行死刑的通知。"

"谁要被执行死刑？"

"树原亮。"

南乡一听到这个名字，大脑里的血液好像一下子全流光了，他感到头晕目眩。发现新证据，晚了也就是几个小时。

"今天傍晚《死刑执行命令书》就能送到。执行定在四天以后。"

"我知道了，谢谢。"

冈崎又说了句"已经无法停止执行了"，就挂断了电话。

预料中最坏的情况终于发生了。南乡决定先不给纯一打电话，他要做最后一搏。如果进行得顺利，将成为阻止树原亮被执行死刑的最后一个办法。

他给杉浦律师事务所打电话，告诉杉浦律师树原亮四天后将被执行死刑。杉浦律师狼狈地大叫起来："完了完了！事情到了这一步，树原亮没救了！"

"别慌！"南乡拼命地让自己的情绪稳定下来，"还有办法。"

"你说还有什么办法？"

"刑事诉讼法的第502条。"

"什么？"手机里传来的杉浦律师的话音刚落，紧接着就是慌乱地查阅六法全书的声音。

"异议申诉。"南乡背诵了条文的一部分，"当被告方认为检察官的处分意见不恰当的时候，可以向宣判该处分的法院提出异议申诉。"

律师反问道："这一条啊？"

"您听我说，执行死刑就是检察官的处分意见，我们就对此提出异议。"

杉浦律师沉默了。大概他的大脑也在飞快地运转吧。

南乡继续说道："通常执行死刑，都是当天下达命令当天立即执行，死刑犯没有提出异议的时间。但是这次不同，据我所知，是四天后执行。"

"可是，"律师支支吾吾地问道，"提出异议的主要内容和理由是什么呢？"

"违反法律。按照法律规定，自死刑判决确定之日起，法务大臣必须在六个月内签署执行的命令。树原亮已经超过了这一期限。现在才执行死刑是违法行为！"

"可是对这条法律可以解释为带有训示的意思。"

"如此明确的法律还要什么狗屁解释！"

"不，我觉得还是不成。如果您说的这个理由能通过的话，那么以前执行的死刑就几乎都是违法行为了。"

"我们就是要抓住这一点嘛！"南乡对杉浦律师不能领会自己的意思很着急，"如果允许超过了六个月的期限还可以执行死刑的话，那么在法务大臣签署命令五日内执行的做法也不能成立！"

"当局会不会那样想，我们可不知道。"

"我们不管他怎么想，我们这样做的目的是为了赢得时间！我没有说提出异议就可以免除树原亮的死刑，在提出异议到被驳回之间的时间里，可以提出第五次重审请求。"

"明白了，我试试看吧。"杉浦律师恭恭敬敬地服从了南乡的命令，好像他已经闹不清谁是雇主谁是雇员了。

南乡挂断电话，想继续拨打纯一的手机号码，可是已经没有时间了。

"您就是南乡先生吧？"

南乡抬头一看，只见两个身穿短袖T恤衫的男人站在了他的面前。两个人的耳朵里都插着无线电通信耳机。

"是的。"南乡装出一副平静的样子，身体一动没动，只是用手指关掉了手机的电源。

"我们是胜浦市警察署的。您要是能跟我们走一趟，我们将非常感谢。"

五个大男人把胜浦市警察署刑事科的审讯室挤得满满的。

南乡的对面是刑事科科长船越，他亲自审问。船越身边还有另外两名刑警，中森检察官坐在门口的钢管椅子上。

船越科长只想知道一点，就是三上纯一现在躲到哪里去了。在被追问的过程中，南乡发现警方对他很不友好。南乡他们发现了有关宇津木夫妇被害事件的新证据，抢了警察的先，这就足以让他们感到不快了。

"三上纯一在哪里？"船越执拗地继续追问，"你知情不报！"

"不是的，我真的不知道。"南乡很想看看中森是什么表情，可是因为中森坐在南乡的身后，想看也看不到。

"那么，你为什么不告诉我们你的住址呢？"

"这是我的个人隐私，我想保护我的个人隐私。"

船越用鼻子哼了一声又问："三上有手机吗？"

"我不知道。"

"那么，请南乡先生把手机交给我们。"船越演戏似的把手伸到南乡面前。

南乡生气地说："我不愿意！"

"你说什么？"

"你们把我带到警察署里来，是为了让我协助你们调查对吧？你们没有权力强行检查我的东西。"

"为了你自己，你最好老实一点！"

"这句话正是我要对你说的。我是受律师事务所的委托展开工作的，你要是还有什么话，咱们到法庭上接着说！"

船越极不愉快，视线转向南乡身后的中森，看样子是希望检察官协助他。

南乡倒是很想听听中森要说什么，但还是紧接着说道："我要离开这里。这是我自己的意愿，如果你们认为可以阻止我的话，就请试试看！"

说完南乡马上站了起来。就在这时，中森终于说话了。

"请等一下，"检察官走到南乡的身边，对船越他们说，"我想和南乡先生单独谈谈，你们先出去吧。"

警官们的脸上露骨地表现出不快，但是他们不得不服从检察官的命令。船越科长和另外两名刑警悻悻地走出了审讯室。

中森坐到南乡的面前，把还是一张白纸的审讯记录挪到一边。"从现在开始的对话，是两个朋友之间的对话，可以吗？"

"我也想把你当作朋友聊聊天。"南乡笑了笑说道。但是，在相信中森这句话之前，他还是要试探一下这位检察官。只见他拿出手机，打开电源，拨了纯一的手机号码，但等来的是"您拨打的电话已关机，请稍候再拨"的语音。

纯一这小子跑到哪里去了？南乡一边觉得奇怪，一边给纯一留下一段留言：

"三上吗？我是南乡。这边发生了非常奇怪的事。在我们挖出来的新证据上，检出了你的指纹。听好了，绝对不要回公寓，要找一个没有人注意你的地方消磨时间。明白了吧？"

中森始终没有要制止南乡的意思。南乡放心了，挂断电话，把手机装进口袋里。

"到底是怎么回事？"检察官问道，"不管怎么想都觉得不合乎逻辑。三上那么拼命地工作，就是为了把自己有罪的证据挖出来吗？"

"我也想不明白。"

"但是，既然从证据中检出了他的指纹，说明他一定碰过。十年前，是三上杀死了宇津木夫妇吗？"

中森好像并不知道纯一离家出走去过中凑郡的事。而且纯一本人也曾含糊其词地说记不清当时的事了。南乡犹豫了一下，最后还是没有把这些事告诉中森。

"中森先生，您是怎么想的？"

检察官双臂抱在胸前思考了一会儿,终于问道:"你们这次调查树原亮冤案的工作,约好成功后的报酬了吗?"

南乡点点头。在他的内心深处虽然点亮了一个危险的信号,但还是想先听听中森的看法,就回答说:"如果能证明树原亮是无罪的,就可以得到一大笔钱。"

"那么,我的下一个问题是,三上是不是因为两年前的伤害致死事件,家里的经济状况陷入了困境。"

南乡猛地抬起了头。他想起纯一非常担心家里的经济状况,并为此闷闷不乐的样子:"您的意思是说,三上为了获得成功的报酬,故意给自己加上一个杀人的罪名?"

"是的。"

南乡拼命地在自己的记忆里搜索着最近经历过的事情。在过去的三个月的时间里,纯一单独行动过几天。难道说这几天里他在某个地方发现了证据,然后故意在证据上留下自己的指纹,埋在了增愿寺的废墟里了吗?"可是,他这样干,是会被判处死刑的。"

"正因为如此,他才要亲自发现证据。可以说是一种变相自首。"

南乡吃惊地看着检察官的脸。

中森继续说道:"因为是十年前发生的事件,不一定被判处死刑。如果本人直接向警方自首,就可以免于死刑。三上也许想到了这一点,于是他要用自己的生命赌一把。"

"为了把父母从经济困境中解救出来?"

"对。从现在的状况来看,只能这样认为。如果他本人到警察那里去自首的话,就不能亲自证明树原亮事件是冤案,就得不到巨额报酬。所以他无论如何都要亲手把证据挖出来。"

南乡嘟囔了一句"真没想到",但除此之外也找不到别的答案了。既然证据上有纯一的指纹,只能说明纯一主动触摸了证据。

"还有一个严重的问题。"中森的脸阴沉沉的,"这是内部秘密,树原亮的死刑执行命令已经下达了。"

"这个我知道,"南乡实话实说,"是从在东京拘留所工作的老部下那里听说的。"

"这样的话,四天后树原亮就要被执行死刑了。但是三上的指纹问题也已经报告给当局了。在这种情况下,你认为会发生什么样的事情呢?"

"不知道。"

"处死树原亮以后,当局即便知道了树原亮事件是冤案,也绝对不会承认弄错了,否则就会变成动摇死刑制度的大问题。但是,当局也不能无视三上的指纹问题,能够想到的办法只有一个,为了取得刑罚的均衡,会把三上作为共犯,日后再处决。"

南乡听到这里,大脑里的血又流光了。他已经数不清今天有过几次大脑失血了:"这种事真的会发生吗?"

中森点点头说:"法律这个东西,常常有被权力一方恣意滥用的危险。如果只考虑证据,法院只能认为他是共犯,也只能宣判处以被告人死刑。"

"我想救三上,"南乡什么也没想,话就从嘴里跑了出来,"那孩子是个好人。以前他确实杀过人,但是他认真地悔过自新了,是个很优秀的年轻人。"

"我知道的,知道。"中森说话的语气中饱含着同情。

"他的脖子上将被套上绞索,他就要被放在绞刑架下面的踏板上了!"南乡情绪激动,处死470号和160号的感觉又在他的双手上复苏了,全身大汗淋漓。南乡想起了以前纯一问过他一个问题:

如果杀了人没有悔改之意的话,就只有被判处死刑吗?

"把三上救出来的可能性也不是没有。"中森说,"实际上,在死刑执行命令下达的同时又发现了新证据，是前所未闻的。现在法务省可能也在想尽办法考虑对策。"

南乡焦虑地问道："然后呢？"

"只要树原亮没有被执行死刑，就没有必要考虑刑罚的均衡了，三上也许就可以避免被处以死刑了。"

南乡在一瞬间觉得好像有了希望，但马上意识到结局还是一个悲剧："就算是这样，三上也得被判无期徒刑？"

"这样的判决大概是最妥当的了。"

"不行！绝对不行！"南乡不禁大叫起来。现在，已经不存在纯一是杀害宇津木夫妇的凶手的可能性了。纯一是为了得到成功的报酬自愿替树原亮顶罪的。"再也没有别的办法能救三上了吗？"

"可是……"

中森刚要说话，南乡突然伸手制止了他。南乡压低声音对检察官说："如果杀死宇津木夫妇的不是纯一也不是树原亮的话，一定还有一个真正的凶手。"

中森愣住了，一动不动地注视着南乡。

"只要把那个真正的凶手找出来，他们两个人就都能得救了。"

"可是，您有把握吗？"

南乡陷入了沉思。他在心里整理着自己这一方目前的状况。

现在，拜托杉浦律师提出的异议申请已经成为唯一的保险绳了。如果能顺利地把异议申请递上去，就能赢得第五次重审请求的时间，再利用这段时间找到目前还未发现的存折，找到真正的凶手的话……

"不管有没有把握都得干下去。我别无选择！"南乡坚定地说。

中森建议道："在去找真正的凶手之前，一定要首先把三上保护起来。这是最优先的事项。一旦三上被捕，做了假口供，一切都完了。"

南乡点点头，问了一下眼下的对策："我走出这个审讯室以后，应该怎么办？"

"恐怕刑警们会跟踪您，您要想办法甩开他们，然后跟三上会合，藏起来。"

"明白了。"

"请您注意干线道路和火车站。刑警们在这些地方埋伏的可能性比较大。"

"我这个手机呢？"南乡掏出手机问道。在第一次去胜浦市警察署时，他把印着这个手机号码的名片给了船越科长。"有被追踪的危险吗？"

"有。即便您不通话，只要开着电源，就有被定位的危险。"

"我要是用这个手机打电话，会被监听吗？"

"应该不会，这又不是有组织的犯罪。"

南乡站起身来，在走出审讯室之前回头问道："中森先生，您为什么要把我当作自己人？"

中森坚定地说："因为我想看到正义被伸张。仅此而已。"

南乡走出胜浦市警察署以后，直奔渔港，在没有遮挡物的防波堤上散步。他装作看一个钓鱼人的鱼笼的样子扭头看了一眼，身后果然有一个一眼看上去就知道是刑警的男人。

南乡看破了船越科长的作战方法。公开跟踪，切断南乡与纯一的联系，然后在整个胜浦市布下天罗地网，捕捉失去了援军的纯一。

怎么办好呢？南乡冥思苦想。就算能甩掉跟踪自己的刑警，如果不使用手机和交通工具，要想跟纯一联系也是不可能的。

-2-

　　纯一在图书馆里，一直关着手机。

　　早上9点多，纯一被热醒了。他走出公寓吃完早饭，坐上电车直奔中凑郡。他想看看十年前离家出走时去过的那个地方，想重新反省一下自己犯的罪。

　　但是，到了中凑郡站刚一下车，一股恶心想吐的感觉就涌了上来，于是他放弃了反省自己的计划，向着偶然在车站前的周边地图上看到的图书馆走去。他打算看看佛教美术方面的书，因为在增愿寺大殿里看到的不动明王像给他留下了非常深刻的印象。

　　一到图书馆，他就从书架上拿下来好几本有关佛像的图书，然后混在那些准备考试的学生中间，伏在桌子上看了起来。

　　书中介绍了各种各样的佛像。什么大日如来啦，弥勒菩萨啦，阿修罗啦，但是其中只有不动明王像让他觉得十分特别。不知为什么，纯一总觉得这个不动明王最吸引他，连他自己都感到不可思议。

　　不一会儿他就浏览了好几本书，其中一本《制造佛像的技术》引起了他的关注。工业造型技术是纯一的专业，所以他对古代的造型技术也很感兴趣。

　　木雕、蜡型、雕塑，制造佛像的方法多种多样，其中有一种方法叫作"脱活干漆"。先利用被称为塑土的灰泥在木制基座上制成内胎，然后利用麻布的张力和漆的可塑性，将麻布和漆交互重叠，缠在内胎上……纯一的眼睛盯在了书上记载的"脱活干漆"技法的最后一道工序上。待表面的漆干燥之后，整好佛像的仪容，再将内胎除去。

　　书上说："利用脱活干漆的方法制作的佛像，内部是空洞乃其特征之一。"

内部是空洞！

纯一将这一段记述看了好几遍才慢慢把书合上。他和南乡没有搜索佛像内部的空洞，尚未发现的存折会不会被藏在佛像内部的空洞里呢？

纯一急忙把书放回书架，走出图书馆给南乡打电话，但是南乡的手机关机。他给南乡留了一条"我发现新线索了"的语音信息，然后给杉浦律师打电话汇报，但杉浦律师也不在。

纯一心想：是不是有什么新动向了？一边这样想着，一边给杉浦律师的录音电话留言："增愿寺里也许还有证据。"

纯一先后给南乡和杉浦律师留言之后，才发现自己的手机里有一条语音信息。一看是南乡留的，就按下了播放键。

"三上吗？我是南乡。这边发生了非常奇怪的事。在我们挖出来的新证据上，检出了你的指纹。"

检出了我的指纹？

纯一皱起了眉头。一定是什么地方搞错了。无论怎么想，自己的指纹都不会留在证据上。

"听好了，绝对不要回公寓，要找一个没有人注意你的地方消磨时间……"

警察在追捕自己——纯一想到这里，脑海里突然出现了两年前双手被戴上手铐的那一幕，同时有一股冷气掠过他的脊背。

十年前中凑郡的宇津木夫妇被杀害的那天晚上，自己和友里正好就在中凑郡。现在，从案发现场附近挖出的证据上，检出了自己的指纹……

纯一的不安变成了恐惧。他知道，现在，他和树原亮所处的位置发生了变化，被冤枉处死的将是自己。

但是，为什么证据上会检出自己的指纹呢？纯一完全搞不明白。他呆立在图书馆的门前，用胆怯的目光环视四周，没有发现警察的身影。

纯一低着头走上了通向海水浴场的道路。尽管他尽量放慢脚步行走，心脏还是在以就要爆裂的势头剧烈地跳动。他走进一家土特产品商店，买了一顶帽子和一副墨镜，把脸遮住。

他再次走到街上，一边在心里祈祷着，一边给南乡打电话。但是对方的手机一直处于关机状态。

对重要证人的跟踪，变成了在烈日下比赛耐力的运动。在最初的三十分钟里，南乡在胜浦市区到处闲逛。后来他又突然跑了起来，在狭窄的街道上忽左忽右地跑，摆脱了两名跟踪的刑警。

但是，在跟踪第一线的总指挥船越科长的指挥之下，跟踪工作进行得非常顺利。他在狭窄的市区布置了很多刑警四处拦截。这些刑警通过无线通信设备随时取得联系，总是可以捕捉到南乡的身影。

拦截战术非常成功。几个刑警看到南乡认为已经甩掉了尾巴一副放心的样子，不再回头张望，走进了车站前面的一家意大利餐馆。

五名便衣刑警立刻盯住了这家餐馆所有的出入口。一名便衣女刑警进入店内观察，用手机报告说里面没有三上纯一，但是南乡正在店里打电话。刑警们认为南乡马上就会跟三上纯一见面。

时间一分一秒地过去了。三个小时以后，太阳西斜，南乡总算站起身来，结账以后走出餐馆，登上了胜浦站进站口的台阶。

刑警们以为南乡要去坐电车，南乡却进了公共厕所。紧跟过来的刑警正好跟从厕所里出来的南乡打了个照面，这个刑警为了不引起南乡的注意，直接进了检票口。南乡再次走在站前大街上，第二组和第三组刑警迅速跟了上去。

南乡终于离开繁华的大街，走进了安静的住宅区。刑警们认为，期待的时刻来到了。因为他们认为南乡正在向他与三上纯一合租的公寓走去。刑警们的推测太准了。十分钟后，南乡进入了一座挂着"胜浦别墅"的牌子的二层公寓。

终于侦查到他们潜伏的地方了！一名刑警立刻向指挥部请示。在胜浦市警察署坐镇指挥的船越科长的答复是："闯进去！"

四名刑警留在外面，堵住犯罪嫌疑人逃走的路线，两名刑警冲上公寓的楼梯，敲了敲南乡进去的那个房间的门。

"谁呀？"从房间里传出来南乡的声音。

"我们是胜浦市警察署的，开门！"

刑警的话音刚落，门就开了。南乡探出头来，一脸惊愕："警察先生？"

在审讯室里，一个刑警问道："刚才我们已经见过面了吧？"但他马上就觉得不对劲，南乡的表情跟刚才完全不一样了。

刑警的大脑中立刻亮起了危险的红灯。他感到出大问题了，但还是问道："你是谁？"

对方回答说："我是南乡正二的双胞胎哥哥，南乡正一。"

"你来这里干什么？"

"只让我一个人上了大学，"南乡正一微笑着说道，"我要把欠我弟弟的还给他。"

南乡在胜浦车站的公共厕所里等了五分钟才到外面来。为了等着哥哥从川崎赶过来，他等了三个小时。在厕所里换上了哥哥那身被汗水打湿的衣服，他感觉很不舒服。不过，现在不是讲究舒服不舒服的时候。

南乡在站前转盘附近找到哥哥停在那里的汽车，用哥哥交给他的钥匙打开车门，钻进车里，发动车子一踩油门，飞快地向中凑郡驶去。

南乡已经听到了纯一留给他的录音电话，但是"发现新线索了"，到底是什么意思呢？如果纯一还在继续搜寻真正的凶手，就与指纹检测结果相矛盾了。他想直接问纯一本人，但是考虑到这样做有被警察定位的危险性，就没有使用手机。他想看到公用电话时停车，但很快就打消了这个念头，现在最重要的是先从胜浦市逃脱。

南乡沿着国道南下时，看到从对面开过来的一辆车连续闪了几下前照灯，大概是通知他前方有警察在抓超速车。他赶紧踩了一脚刹车，突然想起了中森检察官要他避开干线道路的警告，心想前方一定有刑警在盘查。

南乡的脑海里浮现出以前看过的中凑郡地图。宇津木耕平宅邸前面的山道是在山中迂回着通向胜浦市的，有一个并入国道的会合点。于是他掉头，上了山道。

现在，南乡打算向中凑郡里唯一的自己人求援。那个人就是付出高额报酬、要为树原亮昭雪冤案的委托人——阳光饭店的董事长安藤纪夫。如果跟安藤把情况说清楚，那么大的饭店藏起南乡和纯一这两个人来，应该没有问题。

周围已经暗下来了。在房总半岛内陆穿行的山道上，警察没有设置检查站。

南乡心想：再过一会儿就到了，只要进了阳光饭店，就可以使用那里的电话跟纯一取得联系，不必担心用手机被警察定位了。

警察一定抓不住我！我一定能到达阳光饭店！南乡在心里拼命祈祷着。

用帽子和太阳镜遮住脸部的纯一整个下午都在海滨度过。三百米长的海岸线，到处都是身穿泳衣的年轻人。在人流中，他几次给南乡打电话，但南乡始终没有开机。

太阳快落山了，纯一着急起来。熙熙攘攘的海滨游客越来越少，继续留在这里反而会引人注目。

纯一站起身来，在太阳镜的掩护下一边四处观察，一边慢慢往前走。周围没有看上去像刑警的人。

也许在中凑郡是安全的。但是刚这样一想，突然又感到了另外一种完全不同的不安感的压迫：南乡也许在胜浦市被警察抓起来了。

纯一走出海滨浴场，向商店街走去。他决定采取行动，那就是尽快返回增愿寺，在不动明王的肚子里进行搜索。如果能在那里找到与真正的凶手有直接关系的证据，不仅树原亮的冤罪可以昭雪，也可以洗清自己。要想帮助包括南乡在内的所有的人，必须把十年前的抢劫杀人案弄个水落石出。

纯一找到一个家庭用品杂货店，走进去买了手套、绳子和手电筒，把它们装进随身携带的背包里，然后向车站走去。他在一个挂着"出租自行车"招牌的土特产商店里借了一辆自行车。他认为到什么都没有的深山里去，坐出租车会引起别人的怀疑。

纯一跨上自行车，直奔通向宇津木耕平宅邸的山道。在穿过国道的时候，差点撞上了一辆疾驰而来的轿车。他看见驾驶座上的人是南乡，但扭头再看那辆车，发现不是他们一直使用的那辆本田思域。

纯一摘下帽子和太阳镜装进背包，然后调整好姿势，重新跨上自行车，朝着被山体滑坡掩埋了的增愿寺急驰而去。

南乡进入阳光饭店的停车场以后才安下心来，长长地吐了一口气。他终于安全地逃出胜浦市，到达了中凑郡。但是绝不能大意，应该考虑到旅馆饭店等住宿设施都在警察的掌握之中，随时都有被检查的危险。

南乡先从外面观察了一下阳光饭店的大厅。令人高兴的是，里面只有一群大学生，没有设伏的刑警。

坐在服务台里边的是以前见过的那位大堂经理。南乡提出要面见董事长以后，对方马上为他联系，不到一分钟就得到了见面的许可。

南乡来到三楼，沿着走廊走到最里边的房间门前敲了敲门，安藤董事长马上笑脸相迎。还是那个不炫耀自己的地位、待人宽厚的安藤，跟上次见面相比没有任何变化。

"调查有进展吗？"安藤示意南乡在沙发上坐下，和和气气地问道。

南乡感觉自己处于很尴尬的位置，不知道说什么才好。委托人曾要求杉浦律师严格保守秘密，绝不能说出委托人的姓名。可是他直接来拜访委托人，还想请委托人帮忙，太不合适了。杉浦律师甚至会被怀疑违反了保守秘密的义务。

"只差一步了。"南乡敷衍道，"非常对不起，在向您详细说明之前，我想借用一下您的电话。"

"请。"安藤满面笑容，用手指了指烟灰缸旁边的电话。

南乡拿起电话，按了纯一的手机号码，马上就听到了接通音。南乡在心里祈祷着：纯一，拜托了，快接电话！

南乡终于听到了纯一的声音。

"喂！是南乡先生吗？"

"三上。"南乡不由得大叫起来，就像好几十年没见面了。

"南乡先生，您没事吧？"

那兴奋的声音让南乡感到无比高兴："不必担心我，比起我来更重要的是你。你听说指纹的事了吧？"

"听说了，这到底是怎么回事？"

"到底是怎么回事？我还想问你呢？"

纯一好像生气了："怎么会有我的指纹？"

南乡一时哑然无语，愣了一下才问道："别急，你老实告诉我，你真的不知道证据上为什么会有你的指纹吗？"

"不知道，"纯一斩钉截铁地答道，"我既没有碰过小手斧也没有碰过印鉴。"

"十年前呢？我记得你说过，十年前的事你记不太清了。"

"不，"纯一略微迟疑了一下才说，"杀害宇津木夫妇的人绝对不是我！不是！"

"好，我相信你。"南乡认为追究这些问题应该是以后的事，就换了话题，"你知道你现在的处境吗？"

"知道，"纯一的声音变得僵硬起来，"跟树原亮一样。"

"是的。"南乡察觉出纯一现在的心情非常慌乱，很想发脾气：你小子为什么现在还一个人单独行动啊？想到这里南乡问道："现在你在哪里？"

"去增愿寺的路上。"

"什么？"

纯一听出南乡感到吃惊，就把自己在图书馆的新发现告诉了南乡，然后说道："我们和警察都没有检查佛像肚子里是否藏着什么东西。"

"好！我明白了！"南乡说完瞥了一眼安藤。安藤董事长正坐在办公桌前看他的日程安排，好像根本没注意听南乡打私人电话。南乡说道："现在我在阳光饭店。"

"啊！是吗？"纯一高兴起来，"他是委托人，应该会帮助我们。"

"是啊。"南乡笑了，同时想到目前增愿寺是纯一最佳的藏身之处，就嘱咐道，"如果发现了证据，不要离开那里，我去接你。"

"明白了！"

"另外，我的手机不能用了，联系不上我也不要担心。"

"好的。"纯一在挂断电话之前又问了一句,"南乡先生,您真的没事吗?"

"真的没事,一切都会非常顺利的。"

"那好,回头见。"

南乡打完电话对安藤说:"刚才失礼了。现在我可以告诉您,树原亮事件肯定是个冤案,现在终于可以昭雪了。"

安藤瞪大了眼睛:"真的吗?"

"是的,"南乡不知道杉浦律师到底透露了多少情况给委托人,就含糊其词地说道,"但是,在最后的阶段出了点麻烦事,无论如何也得请安藤先生帮个忙。"

"不管什么忙我都愿意帮!需要我做什么您就直说吧!"

"如果您方便的话,请安藤先生派车把我送到现场附近的山里去。"

"那里有证据?"

"是的。"

"可以啊!"安藤说完,拿起办公桌上的电话,命令司机把他的车开到饭店正门来,然后对南乡说道,"咱们这就走吧!"

走出董事长办公室,南乡和安藤一起往饭店一层走。南乡拜托安藤安排拿到证据以后的事情。安藤很痛快地答应把纯一和南乡藏在自己的阳光饭店里。

南乡总算安下心来。

走到正门外边,南乡被安藤安排在奔驰车的副驾驶座上。南乡受到贵宾一般的待遇,开心地笑了。现在已经到了最后关头,只要能从增愿寺佛像的肚子里把证据找出来,一切都会发生逆转。

安藤从部下手中接过钥匙,坐在了驾驶座上,他要亲自开车送南乡进山。只见安藤一只手把空调开到最大,另一只手把领带摘了下来。

南乡吃了一惊，不由得看了看安藤的手。董事长系的领带不是那种绕在脖子上需要两只手才能打好的领带，而是那种领带结后面有一个夹子，夹在领口即可的那种。

安藤大概是注意到了南乡的视线，笑着解释道："绕在脖子上的那种领带勒着脖子不舒服，而且太热。"

南乡点头表示同意，然后微笑着看了看安藤露在短袖衫外面的两只手腕。这位阳光饭店的董事长，哪个手腕上都没有戴手表。

纯一站在了埋着增愿寺的山体陡坡上方，他在担心带来的登山装备不够。

天已经黑了，眼下陡坡已经被黑暗吞没。只有一个手电筒不管怎么说都让人觉得心里没底。这时，一阵风掠过脸颊，纯一感到空气中湿气很重，看样子要下雨。纯一后悔没有带铁锹来，如果下起雨来，增愿寺的入口就有被泥土埋起来的危险。

但是，眼下已经刻不容缓了。纯一横下一条心，将手电筒向下插在皮带上，抓住顺着陡坡垂下去的绳子，慢慢向增愿寺入口滑下去。

在家庭用品杂货店买的手套和绳子都很滑。纯一小心翼翼地往下降，几分钟以后顺利地到达了增愿寺入口。

纯一把手电筒拿在手里，钻进了漆黑一团的洞穴里。也许是因为昨天挖开之后通了风，发霉的味道没有昨天那么严重了。

纯一用手电筒照着脚下，在嘎吱嘎吱的木地板上一步一步地前进，每走一步都要稳一下身子。他慢慢向大殿深处走去。

台阶正在前面等他。他小心翼翼地来到台阶前面，用手电筒向上面照过去，光束立刻消失在上方的黑暗之中。他把光束从最上边那一级台阶慢慢移下来，同时默默地数了数，正好是13级台阶。

13级台阶！

纯一不由得闭上了眼睛。13级台阶！这是毁灭的预兆吗？

但是，如果他不登上眼前的13级台阶，就无法挽救树原亮和自己的性命。

纯一抬起头，毅然踏上台阶，一级一级地向上走去。

安藤驾驶的奔驰车打着远光灯，进入了盘山道。

离增愿寺大概不到十五分钟车程了。

坐在副驾驶座上的南乡在思考自己什么地方有判断错误。跟安藤第一次见面的那天，杉浦律师就打来电话，说委托人不希望三上纯一参加调查。由于这个巧合，南乡断定刚刚见过纯一的安藤就是委托人。

"咱们去哪里？"手握方向盘的安藤问道。

"快到了。请从宇津木耕平家前面开过去。"

南乡这样回答的同时，大脑在飞快地转动。真正的凶手应该是一个过去犯过重罪的人物，也应该是一个受到监护人宇津木耕平敲诈后损失巨大的人物，同时还应该是一个有财力在宇津木耕平被杀害前把9000万现金打到宇津木耕平的存折上的人物。

南乡向安藤那没戴手表的手腕瞥了一眼，说道："安藤先生真是一个有责任感的人。"

"是吗？"

"是的。因为我看到您为了树原亮帮了我们这么多。"接着南乡突然问道，"您的血型是A型吗？"

"不，是B型。"

南乡差点笑了。现在的他面临进退两难的局面。证据被发现，对于真正的凶手来说，意味着极刑。如果十年前的存折被纯一找到了，安藤拼了命也要夺回去。

奔驰车从已经成为废墟的十年前的杀人现场前面开过去，上了没铺柏油的林中土路。坐在高级奔驰车里也能感到有些颠簸。

"快到了吗？"安藤问道。

"快了。"南乡答道。自己在董事长办公室给纯一打电话时，应该没有说出过"增愿寺"这个词。"我的搭档已经拿到了证据，就在前面等着我呢。"

"前面什么地方？"

"森林里。以前营林署使用过的山中小屋。"

在黑暗中，纯一终于登上了第13级台阶。

南乡大概还没到——纯一这样想着，用手电筒向下面照了一下，可是光束连大殿一层的入口都照不到。

纯一把光束移到大殿二层中央的佛像身上。不动明王手上紧握降魔宝剑，好像在时刻准备消灭所有佛的敌人。据说不动明王原来是异教的最高神祇，他与他那可以压倒一切的破坏力一起转世再生为守护佛教的武神。如果有谁玷污了释迦如来开辟的净土，如果有谁违反了佛法，都会受到他手上宝剑无情的一击。

现在的纯一终于明白了自己被眼前这尊佛像吸引的理由。他在图书馆看过的资料中这样写着：佛教为那些只靠大慈大悲无法挽救的愚昧众生准备了这尊破坏神。

纯一感到悲哀。自己是不动明王的敌人——纯一在心里这样想着，双手合十祈祷了片刻，然后走近佛像，把戴着手套的手伸出去，触摸不动明王的身体。

一种令人难以置信的感触传遍全身，纯一惊得出了一身冷汗，手不由自主地缩了回来。他再次仰望着不动明王那愤怒的形象祈祷之后，摘下手套直接用手摸。

刚才的感触没有错。这尊佛像是一座木雕，不是采用"脱活干漆"技法制作的内部有空洞的佛像。

纯一心中充满了绝望。证据藏在佛像肚子里的推测是错误的！

这时从外面传来汽车发动机的声音。是南乡到了吗？纯一回头向入口处看，可是发动机的声音没有停止，汽车开过去了。

纯一的视线重新回到不动明王身上。他用手电筒照着佛像，前前后后一点一点地细心观察，结果在佛像后背上发现了一个正方形，似乎是划痕，但好像比划痕更深。只是因为被不动明王背负的火焰木雕挡住，无法近看。

纯一再次双手合十祈祷，然后使劲往下拽火焰木雕。整个佛像倾斜了，插入佛像中的火焰木雕被拔了下来。

纯一放下火焰木雕，再次用手电筒照着完全裸露出来的佛像后背，凝视着那个正方形的划痕。那是一个木制的正方形盖子，这尊木雕佛像内部肯定有空洞！纯一用手指划了划盖子周围的缝隙，他的心狂跳起来。虽然盖子的颜色跟整个佛像是一致的，但无疑是用环氧树脂类黏合剂粘上的。这不是古代技术，应该是十年前凶手干的。

纯一想打开木盖，但无论如何也打不开。黏合剂的黏合力很强，将盖子与佛像紧紧连成一体，用手指根本抠不开。

纯一走下13级台阶，寻找可以使用的工具。他在大殿一角找到一把锄头，拿起锄头再次走上13级台阶，绕到不动明王的木制雕像身后。

要想看看佛像的空洞里有什么，只有毁坏佛像。

纯一紧握锄头，将锄头高高举起。就在那一刻，他犹豫了。

此刻，纯一的矛盾心理比两年前杀死佐村恭介时还要强烈。他好像一下子明白了发生在世界各地的以神的名义屠杀民众的理由。

但是纯一知道，能够救树原亮的命的，不是这尊木雕佛像，而是自己。

纯一将高高举起的锄头照着不动明王的后背刨下去。

奔驰车驶过增愿寺以后，又向前开了三百米左右才停下来。

南乡从奔驰车上下来，对安藤说道："我要从这里走到森林里的山中小屋去。"

安藤点点头，从副驾驶座前面的储物箱里拿出一个手电筒："我也去。"

"别把您的皮鞋弄脏了。"

"弄脏了还可以再买新的嘛。"安藤看着擦得锃亮的黑皮鞋笑了。

二人向营林署用过的山中小屋走去。穿行在树木之间的南乡几乎没有说话，他在拼命地思考着将要发生的事情。

到达小屋后，安藤如果看不到纯一，会是怎样的反应呢？是的，只有那个时刻才是看透安藤真面目的时机。如果安藤是真正的凶手，他肯定知道证据藏在什么地方，肯定会火速赶到增愿寺去。

而南乡一定会想办法阻止他。他开始在记忆中搜寻小屋里有没有可以当作武器的东西，结果什么也没想起来。

这时隐约传来了汽车的声音。安藤也注意到了，他停下脚步与南乡互相对视了一下。汽车的声音在他们后方停了下来。好像停在了增愿寺附近。

到底是谁到增愿寺去了？南乡不由得盯住了安藤。难道眼前这个男人不是真正的凶手？真正的凶手是别人？是不是去增愿寺抢夺证据了？

"谁来了？"安藤问道。

南乡假装歪着头思考，表示自己也不知道，但对方的脸上还是浮现怀疑的表情，至于在怀疑什么，还无法判断。

南乡觉得情况不妙，明明一切都还很模糊，南乡却清晰地预感到事态将朝着令人绝望的方向发展。

汽车好像在陡坡下面停下了。

纯一心想：南乡终于来了！就像是觉得所向无敌的援军到了，纯一把锄头举起来，用尽全身力气一下接一下地刨下去。每刨一下佛像后背的木头就剥落一块。再刨深一点，再刨深一点，终于，那个正方形盖子连同它周围的木头一起被刨了下来。

纯一放下锄头，用手电筒照着那个黑咕隆咚的大洞里边仔细观看。他看到一卷东西，伸手掏出来一看，是一卷很旧的经文。纯一再次把手伸进去摸，没想到那个洞很深，根本摸不到底。纯一抡起锄头，憋足劲朝着佛像的后背发起了最后一击。

随着轰隆一声响，不动明王的整个后背都被刨下来，底部完全暴露了。

纯一看到里面东西的那一瞬间，不禁叫出声来。

果然有一个存折，存折的封皮上写着宇津木耕平的名字。整个存折被染成了黑色，应该是十年前的血迹。除了存折以外，还有一捆被胡乱捆在一起的文件之类的东西。大概是凶手从犯罪现场拿走的监护观察记录吧？但是让纯一叫出声来的原因还不是这些，因为他还看到了不可能出现在这里的东西。

小手斧和印鉴。

这两件东西也和存折一样满是血痕。

这两件证据不是已经被发现了吗？这是怎么回事呢？

纯一决定先看看存折。他把已经凌乱的手套整理好，尽量不触碰纸面，慢慢翻开了满是血污的存折。

以百万元为单位的转账记录立刻映入眼帘，转账人的名字都是安藤纪夫。

安藤纪夫！

纯一知道了真正的凶手的名字以后，不由得回头向入口处看了一眼。阳光饭店的董事长现在是不是跟南乡在一起？会不会就坐在刚才停在陡坡下方的汽车里呢？

　　安藤发起攻击的时刻来得比南乡预想的早多了。
　　南乡站在营林署用过的小屋前正要开门，就听到背后有衣服摩擦的声音。在他回头看的那一瞬间，一根直径约十厘米的圆木，朝着南乡的头部横扫过来。
　　南乡的左耳顿时什么都听不见了。也许是耳轮被打裂了，脸颊上感到有一股热乎乎的液体在往下流。遭到重击后南乡蹲在地上，这时才确信安藤是真正的凶手。
　　紧接着南乡又遭到了第二次打击。他用两只手护住头部，假装已经失去了抵抗能力，忍耐着安藤的殴打。终于，安藤认为南乡已经失去了知觉，就停止了攻击。南乡用眼角的余光捕捉到对方的皮鞋，看到那双皮鞋向小屋移动时，立刻开始反击。他抱住安藤的双腿，站起身往上一抄，安藤一扭身子，后背撞到了门上，撞破门板，倒在了小屋里边。
　　南乡猛扑上去，将安藤按住，没想到被安藤一脚踢到了裆部，仰面倒在了地上。管教官时代学过的擒拿术随着年龄的增长生锈了。这回安藤占了上风，骑在南乡身上，双手掐住了南乡的脖子。
　　这时南乡才彻底醒悟，这是真正的拼杀，是你死我活的拼杀。虽然他的意识已经开始变得朦胧了，但两只手本能地在地上摸。他终于摸到了安藤落在地上的手电筒，于是他抓起手电筒，怒吼着向安藤的太阳穴砸去。
　　但是安藤掐着南乡的手并没有松动，他那失去弹性的僵硬的眼皮里的眼睛布满血丝。
　　南乡用手电筒向布满血丝的眼睛捅了过去。

纯一合上存折，小心地放进背包里，然后将目光投向小手斧和印鉴。

这两件东西为什么会在这里呢？检出了自己的指纹的证据又是怎么回事呢？

突然，纯一心中一隅响起一个声音：必须尽快离开这里。如果刚才停在入口附近的那辆车是安藤开过来的，再这样磨磨蹭蹭的就没命了。

但是，出现了不应该存在的证据，说明了什么问题呢？只能说明自己和南乡完全看漏了重大线索。

紧接着，纯一发现刻着"宇津木"三个字的廉价印鉴，材质是塑料的。就在那一瞬间，一切都明白了。

委托人这次委托杉浦律师重新调查树原亮事件，根本不是为了给树原亮昭雪冤案，也不是为了查出安藤纪夫这个真正的凶手。许诺给纯一和南乡的高额报酬，说穿了实际都是纯一的父亲支付的。不让纯一参加调查工作的理由，把纯一的指纹印在假证据上的方法，一下子都被纯一看破了。

委托人使用了精确到微米的凝固光硬化性树脂的激光造型系统。使用这个系统，可以根据诉讼记录中宇津木印鉴的复印件，很容易地复制一枚宇津木耕平的印鉴。这个系统不仅可以复制印鉴，还可以读取指纹图像的二维数据，再把指纹的凹凸仿制出来，就可以制成一枚指纹图章。

纯一想起了自己在不知道匿名委托人是谁的情况下登门谢罪时的情景。人家给他茶喝并不是对他的热情招待，而是为了获取他的指纹。

就在这时，纯一听到13级台阶发出了轻微的嘎吱嘎吱的声音。虽然来人蹑手蹑脚，尽量不让脚下出声，但黑暗中的13级台阶还是向纯一发出了入侵者正在向他靠近的警告。一级又一级，充满杀意的敌人，离纯一越来越近。

委托人大概是通过从杉浦律师那里得到的信息推测出纯一在这里的。对于委托人来说，找出能证明事件真相的证据是最坏的结果。如果委托人亲自捏造的，故意埋在陡坡的泥土下的印鉴和小手斧不能再作为证据，就不能让纯一代替树原亮被送上绞刑架。

纯一把手电筒照向13级台阶的阶口，化为复仇之鬼的男人悄然现身。

"有期徒刑两年？太轻了！"手握猎枪的佐村光男开口说话了，"你夺走了我儿子的性命，只判两年？"

纯一吓得说不出话来。黑洞洞的枪口对准了纯一的头部。佐村光男全身燃烧着复仇的感情，宇津木启介与他根本无法相比。

纯一心想，这位父亲有杀死自己的权利。两年前，自己杀死了他的儿子佐村恭介。作为父亲，他应该有报仇的权利。

超过了限度的憎恨使佐村光男的脸都变了形。他的眉梢高高吊起，将枪托贴靠在腰间做好射击准备，慢慢靠近纯一："把证据一件一件地都给我拿出来！我要把这些证据毁掉！杀死宇津木夫妇的凶手，就是你！"

这句话把毫无抵抗意志的纯一从深渊中唤醒。如果安藤纪夫的犯罪证据被毁掉，树原亮和自己都免不了被冤枉地处死。

看到纯一在犹豫，光男吼叫起来："小手斧和印鉴！还应该有存折！"

纯一点点头，把手伸向背包，拿起背包朝里面看了一眼。里面黑咕隆咚的，什么也看不见。纯一拿着手电筒，装出要照一照背包里的证据的样子。就在这时，纯一突然关闭了手电筒的开关。

周围一下子陷入了黑暗之中。与此同时，霰弹枪喷出了火光。纯一拼命在楼板上打滚。枪声震耳欲聋，余音亦使耳朵感到疼痛，纯一几乎听不到任何声音了。

"你就是应该被判处死刑的人！我现在就对你执行死刑！"

纯一在剧烈的耳鸣中，断断续续地听到了光男的怒吼声。纯一趴在楼板上一动不动，因为如果稍微一动弹就会发出声音，光男就会知道他的位置。

左眼被戳烂的安藤大叫着向后退去。南乡趴在地上，拼命地吞咽着唾液，力图使自己恢复失去的呼吸。就在这时，他的背后又受到了安藤的袭击。一只眼睛流着血的安藤拿起小屋里的一根四棱木棒，开始反击。

如果自己被安藤杀死，在增愿寺里的纯一，以及可能已经被纯一发现的证据，都会陷入危险之中。如果纯一也被安藤杀死，证据被安藤毁掉，树原亮就无法逃脱被判处死刑的命运。南乡终于成功地吸进一口气，跃起身子向小屋深处跑去。那里有一卷铁链。

安藤似乎发现了南乡的意图，照着南乡的腿上就是一棒，但摔倒后的南乡还是用右手抓住了铁链的一端，他迅速回过身来，用铁链向抢劫杀人犯抽过去。

伴随着尖锐的击打音，安藤的上身摇晃起来。但那只是刹那间的事，安藤挥着木棒又向南乡冲过来。南乡把铁链拉回来的时候，安藤也逼近到眼前了。南乡抡起铁链试图阻止安藤的进攻，结果铁链套在了安藤的脖子上。南乡拼命用双手拉紧铁链，勒得安藤喘不上气来。

"你还想杀人吗？"对残忍的杀人犯的愤怒从南乡的口中迸发出来，"正是因为有你这样的浑蛋，我们才有了痛苦！"

虽然安藤已经发不出声音了，但他还想打南乡。南乡对安藤那令人毛骨悚然的样子从心底感到恐怖,他将铁链更紧地勒住安藤的脖子,"你以为我会眼看着你杀死树原和三上吗?"

南乡紧紧地勒住安藤的脖子毫不放松,根本没有注意到安藤已经没有任何抵抗能力了。这时,对生活的记忆全部从南乡的脑子里消失了。父母、哥哥、想重新接回家的妻子,还有开一家受孩子们欢迎的糕点铺的梦想——全都消失了。

从面如土色的安藤的嘴里,垂下来一条通红的舌头。

南乡这才回过神来,放下了铁链。

安藤就像要往南乡身上靠似的瘫倒在地。

南乡恍然若失地看着脚下的死尸。

南乡这次绞死杀人犯的场所,不是拘留所里的刑场。

佐村光男早就放弃了通过法官的审判处死纯一的想法。现在,把已经埋入地下的寺庙作为杀人的舞台,再合适不过了。

在只能依靠听觉判断纯一所在位置的漆黑的寺庙里,光男一边反复嘟囔着"你在哪里?你在哪里"一边来回走动。

纯一屏住呼吸,光男每踏出一步,微微的颤动就会传到趴在楼板上的纯一的身上。一步,又一步,光男正在朝纯一这边走来。

纯一憋不住气了,同时也忍耐不了恐怖了。他抓起背包,向前奔跑起来。

在听到身后啊的一声惊叫的同时,听到了枪声。从枪口喷出的火舌在一瞬间为纯一照亮了逃走的路线,他看到自己离台阶还有三米远。但是枪口喷出的火舌同时也为光男指示了纯一所在的位置。

退弹壳的声音响过之后,又一发霰弹射向纯一。被打飞的地板碎片划破了纯一的脸。紧接着枪声又响了。纯一觉得右腿就像被剥了皮一样疼痛,霰弹打中了他的腿。

向左边倒下的纯一，绕到不动明王雕像前面，凭着感觉靠在了佛像身上。这时，就像从地狱深处发出的可怕的低沉的响声回荡在整个增愿寺。纯一惊恐万分，两手支撑在晃动的楼板上。原来，由于光男刚才的一通乱射，支撑二层楼板的一根柱子折断了。

楼板开始大幅度倾斜。光男也察觉到情况不妙，不顾一切地向纯一扑过来。纯一心想，最后的时刻来到了，战斗将在最后的时刻结束。生死关头，纯一打开了手电筒的开关。

光男就在身边。四目相对那一瞬间，光男举起了霰弹枪。纯一在倾斜的楼板上往上爬的时候，被滑下来的不动明王像撞了一下。

由于重量很大的物体的移动，楼板倾斜的速度急剧加快。纯一的脚被抄了起来，与佛像一起向光男砸将过去。

纯一在听到枪声和惨叫之后，身体被抛向半空。旋转着落下的手电筒的光束，在一瞬间照亮了正在坍塌的增愿寺二层和通向二层的台阶。

不知通向何处的13级台阶。

纯一的目光只在13级台阶上停了一刹那，紧接着就受到了几乎可以把他压成肉饼的冲击。此后他就什么也不知道了。

- 3 -

上午9点。

铁门被打开了。

听到铁门沉闷的撞击声，树原亮停下了糊纸袋的手。就像从头顶到脚尖穿过一根冻硬了的铁丝，恐惧传遍全身。与此同时，整个死囚牢笼罩在不知道是谁要被送上绞刑架的战栗与困惑中,顿时变得鸦雀无声。

终于听到了死神的脚步声。树原亮听到死神们迈着整齐的步伐径直向自己这边走来。

别过来!千万别过来!

树原亮拼命地祈祷着。但是,坚硬的皮鞋敲击地面的声音不但没有停下,反而一步一步地靠近了。一列纵队来到了树原亮的单人牢房前面。

是我吗?今天要被杀掉的是我吗?

就在这时,脚步声突然停下了。

停下了!脚步声在我的牢房门前停下了!

观察口被打开了。

树原亮怅然若失地看着从观察口注视他的管教官的眼睛。

观察口被关闭,门被打开了。门外站着的是警备队员和身着警服的管教部长以及负责指导教育的首席管教官。

"270号,树原亮!"警备队长说,"出来!"

树原亮浑身上下一点力气都没有了,一下子瘫坐在地上。也许是大小便失禁了,下腹部感到热乎乎湿漉漉的。

警备队中的两名队员走进牢房,抓住树原亮的两只胳膊,把他架了起来。树原亮就是想反抗,也没有丝毫的力气。

上下的牙齿合不上了,哆嗦着咯嗒咯嗒作响。管教部长走到树原亮面前,脸上浮现出为难的表情。

"现在跟你说什么大概你也听不进去。但是为了履行手续,我们不能不让你看。"管教部长说着把两张纸塞给了树原亮,"第一张是根据刑事诉讼法第502条提出的异议申请的结果。先看这一张吧。"

树原亮瘫坐在地上，喘了一口气，开始看第一张纸。

平成十三年[1]（M）第165号

决定

东京拘留所在押申请人树原亮

鉴于以上申请人对审判执行提出了异议申请，本法院做出如下决定：

主文

驳回树原亮的异议申请。

后面记载的驳回理由等项目，树原不想看了。希望破灭了——树原亮脑子里想的只有这一句话。

"看完了吗？仔细看了吗？认真看了吗？"管教部长直到看见死刑犯点头才停止了追问。接下来他让树原亮看第二张纸。"还有一张是要求重审的结果。"

树原本想转过脸去不看，但在"你好好看"的斥责声中，还是看了起来。

平成十三年（H）第4号

决定

原籍为千叶县千叶市稻毛区松山町3丁目7番6号的东京拘留所在押申请人树原亮，对因抢劫杀人于平成四年[2]9月7日被东京高等法院宣布的有罪判决（平成六年[3]10月5日被最

---

[1] 2001年。
[2] 1992年。
[3] 1994年。

高法院驳回上诉）提出重审请求。本法院在听取申请人及检察官等各方意见之后，做出如下决定：

主文

对本案开始重审。

树原瞪大了眼睛。

他反复看着最后一句话。

也许是因为意识还处在朦胧之中吧，他以为自己产生了幻觉。

"意思看明白了吗？"管教部长问道。

树原摇了摇头。

大概是为了不让周围牢房里的死刑犯听到，管教部长压低了声音，但还是非常清晰地在树原的耳旁说道："决定开始重审你的案子了。"

树原抬头看了看管教部长和站在他周围的人们。大家脸上都带着微笑。

"听好了，这不是哄你也不是骗你。你作为一个将被重审的被告人，要搬到别的房间里去。你可以离开这个关押死刑犯的牢房了。"

"搬到楼上去，"警备队长看上去很高兴，他低头看了看树原亮那湿漉漉的裤子，"先洗个澡，然后整理一下行李。"

树原亮呆呆地坐在地上，再一次抬起头来看了看周围的人们的笑脸。他想，同样都是这些人，既可以成为死神，也可以成为天使。

"我……真的得救了吗？"

"这要看重审的结果如何。现在我只能这样说。"管教部长说到这里脸上浮现出笑容，"总之，恭喜你！"

站在树原亮身边的两个警备队员想把他拉起来。这次，树原亮用很大的力气挣脱了他们的手，因为他要擦掉夺眶而出的泪水。

这个从死亡深渊边缘上生还的男人，趴在单人牢房的中央号啕大哭了很久。

　　过了一会儿，负责指导教育的首席管教官蹲在树原亮的身旁，把手放在他的肩头说道："在这个决定的背后，有人付出了巨大的牺牲。你永远都不要忘记他们。"

终　章
两个人做的事

现在，中森检察官的办公桌上放着三个犯罪嫌疑人的记录，其中一个犯罪嫌疑人已经死亡不予起诉，剩下的两个在检察院内部经过反复激烈的争论之后决定起诉。

这真的是在行使正义吗？

他首先拿起了已经死亡的犯罪嫌疑人记录。

安藤纪夫。

阳光饭店董事长，二十一岁时犯过抢劫杀人罪。他在单亲家庭长大，随母亲生活，其间被来到家里逼债的高利贷者恶劣的讨债方式激怒，闯入高利贷者的事务所，杀死两名高利贷者，并夺走借款凭证。

一审、二审的判决都是无期，上诉被驳回，确定了刑期。在监狱服刑十四年后假释出狱，出狱五年后被恩赦，恢复公民权利。当时宇津木耕平担任他的监护人。

恢复公民权利之后，安藤考取了房地产交易资格证书，继而靠经营房地产积累了财富。他隐瞒有前科的经历，结了婚，家庭生活也很美满。但是，就在他开始一手掌管中凑郡的观光事业，公司快速发展之时，宇津木耕平开始对他进行敲诈。

最初，安藤满足了宇津木耕平的要求，后来他终于认识到这样下去自己早晚要被毁掉，于是模仿关东一带发生的"第31号事件"，杀害了宇津木夫妇，并将有关文件从犯罪现场拿走。

以后发生的事情就如后来的调查所证实的那样。收到重审决定通知的树原亮逐渐平静下来，恢复了失去的记忆中的某些片段，为证词提供了新的事实。树原亮证实，他没有认出在宇津木耕平宅邸看到的戴着巴拉克拉瓦头套的抢劫杀人犯是安藤纪夫。树原亮还证实，即便没有发生摩托车交通事故，下山时他也不会逃脱被安藤杀死的命运。

法院正在重审树原亮案件，目前还没有结论。但是，由于检察院已经认定了安藤纪夫是杀害宇津木夫妇的真正凶手，树原亮被释放的可能性很大。

中森拿起了第二个犯罪嫌疑人的记录。

佐村光男。

两年前，佐村光男的儿子佐村恭介被三上纯一打死，他对只判三上纯一两年有期徒刑的判决不服。他在反复阅读公审记录的过程中，看到了关于三上纯一离家出走被警察辅导教育的记载，得知宇津木夫妇被害时，三上纯一恰好在中凑郡。

佐村光男通过看报纸了解到，宇津木夫妇被害事件中被作为凶手逮捕的树原亮，在还有一些疑点的情况下被宣判了死刑。他心想如果能把抢劫杀人的罪名加到三上头上，就能够通过法官之手达到为儿子报仇的目的。于是佐村光男加入了反对死刑制度的运动，从中收集有关树原亮的信息。当他得知死刑犯树原亮恢复了有关台阶的记忆之后，就决定把伪造的证据埋在因山体滑坡已经消失的增愿寺大殿外面的石头台阶附近。

同时他也知道，如果把三上纯一送上绞刑架的证据是他本人发现的，肯定会被怀疑，于是他就以高额报酬为条件雇用了律师。数千万元的资金是利用和解契约从三上纯一的父母那里拿到的钱。

本来陷害三上纯一利用的是宇津木夫妇被害时纯一也在中凑郡的偶然因素，但后来又出现了另一个偶然因素。被雇来调查树原亮案件的南乡跟纯一有缘，并让纯一做他的搭档。佐村光男知道以后，再三要求解雇纯一，但是由于南乡和杉浦律师的串通一气，使他的要求以失败而告终。

如果是南乡自己一个人发现了捏造的证据，纯一也许就会被当作真正的凶手送上绞刑架。佐村光男利用尖端技术进行犯罪活动的计划太巧妙了。

对于佐村光男的起诉事实，检察院内部也发生了激烈的争论。捏造证据陷害纯一，将其送上绞刑架，能否构成杀人未遂罪或故意杀人预备罪？不管定什么罪，都涉及绞刑这一行为是否也属于刑法中"杀人"的构成要件。

中森不知道判决的过程，但千叶县地方检察院和东京最高检察院最后的结论是：用猎枪袭击纯一的行为属于杀人未遂罪。根据这一结论，佐村光男将于三个月后被起诉。因为被从增愿寺的废墟中救出来的佐村光男伤势严重，治疗至少需要三个月。

中森拿起了第三个犯罪嫌疑人的起诉状。

南乡正二，罪状是杀人罪。

原管教官绞杀了一个如果送上法庭肯定会被判处死刑的人，结果以杀人嫌疑被起诉。是杀人罪，还是伤害致死罪，是正当防卫，还是紧急避难，无论怎么判似乎都不奇怪。这是一个非常微妙的案子。

但是，令人感到意外的是，南乡本人承认自己有杀意。他说，从他发现安藤的手腕上没戴手表那一刻起，他就想必须杀死这个男人。

中森对这个证词是不是事实表示怀疑。南乡一定是想通过背负起不必承担的罪名来赎罪。中森去看守所看望过南乡以后，得到这样一种印象。

中森跟南乡自选的辩护律师杉浦谈过话。杉浦律师主张南乡最起码是正当防卫,中森听杉浦律师这样说,松了一口气。这位看上去落魄潦倒的律师血气方刚。"无论南乡说什么,我都要从始至终主张他是无罪的。为了正义,我只能这样做。"

"加油!"中森笑了。这不是讽刺也不是嘲笑,只希望最后的判决是:无罪释放。

中森重新看完这一连串案件的资料之后,细心地整理好,塞进文件夹,最后放心地吐了一口气。

在他的检察官生涯中处理的第一个请求死刑的案件是个错案。

树原亮没有被执行死刑,中森感到庆幸。

中森还想到了一个英雄,那就是被从崩塌的增愿寺里救出来的纯一。不知现在他的伤好了没有。

最后一次见到纯一是什么时候呢?

南乡坐在拘留所的单人牢房里回忆着。

那还是在房总半岛外侧的时候,在增愿寺里发现了当时还不知是伪造的小手斧和印鉴的那个夜晚。回到他们租的那个简陋的公寓里以后,尽了最大的努力之后取得了成功的充实感,使他们兴奋不已,喝酒一直喝到天亮。那时候,纯一发自内心地笑着,被晒得黑黑的脸始终是笑眯眯的。

那是最后一次见到他,到现在已经将近半年时间没见面了。

他应该可以出院了吧?南乡听说纯一伤势很重,需要相当长的时间治疗。纯一全身撞伤,右大腿受枪伤,还有四处骨折。幸运的是命保住了。南乡不由得笑出声来。

这时负责他的管教官来叫他了。

有人来会面。

南乡站起身，用手掸了掸脏兮兮的运动裤，跟着管教官向会面室走去。

管教官把南乡带到了律师会面室。这里与一般的会面室不同，没有站在一旁监视的管教官，可以和律师单独交谈，是被告人可以行使"秘密交谈通信权"的地方。

"有三件事。"杉浦律师讨好的笑容里混杂着疲劳的神色。他向南乡打了个招呼，坐在了有机玻璃板另一边："法官问到您是否承认自己有罪时，请您一定要否认，因为南乡先生您不是杀人犯。"

南乡刚要开口说话，杉浦律师用手势制止了他："一直到公判开始，我要每天说这句话，不厌其烦地说。"

南乡笑了："明白了。那么，第二件事呢？"

"这是夫人放在我那里的。"杉浦律师情绪低落起来。他拿出一张纸对南乡说："离婚协议书。您看怎么办？"

南乡盯着有妻子署名盖章的离婚协议书，很长时间没说话。

"这件事没有必要着急，慢慢考虑就可以了。"

南乡点了点头。但是，在他的脑子里已经有答案了。把老婆孩子接回来，开一家糕点铺的梦想，在他杀死安藤纪夫的那个瞬间就被打得粉碎了。

南乡压抑着涌上心头的情感，低下头说道："离婚是理所当然的。我老婆人不坏，丈夫是杀人犯嘛。"

杉浦律师也低下头去，为了跟南乡说第三件事，他开始在包里找什么东西。

这时候南乡想起来一件事，想出"South Wind糕点铺"这个店名的还是纯一呢。

"三上有信托我带给您。"

听杉浦律师这样说，南乡抬起头来。

"他前些日子出院了,康复治疗也结束了,看上去很有精神。"
"太好了!信呢?"
杉浦律师在有机玻璃板另一边当着南乡的面把信拆开。
"是我给您念呢,还是您隔着玻璃看呢?"
"那就让我自己看吧。"
杉浦律师把信纸展开,把写着字的那一面朝着南乡贴在有机玻璃板上。
南乡向前探着身子,开始读纯一用圆珠笔写的信。

　　南乡先生,您身体好吗?我已经治好了伤,平安出院了。从明天开始,我就要到父亲的工厂去干活了,我想能帮上一点是一点。
　　我非常感谢南乡先生。听中森先生说,如果不是您邀请我去调查树原亮事件,我会陷入相当危险的境地。南乡先生不但救了树原亮的命,也救了我的命。
　　本来出院后我应该立刻就去看望您,但是现在我还做不到,因为我一直瞒着您一件事,我觉得非常对不起您。
　　恐怕南乡先生是认为我可以真心悔过自新,才邀请我参加这次调查工作的吧。但在实际上,觉得对不起被害人佐村恭介的心情,我一丝一毫都没有。
　　在这里,我必须把我所做的事情的真相告诉您。被我杀死的佐村恭介是十年前我离家出走时去的那个地方的人,这并不是偶然的巧合。我和佐村恭介都在上高中的时候,就在中凑郡认识了。
　　南乡先生大概知道,在中凑郡我被警察辅导的时候,跟我的同班同学木下友里在一起吧。我和友里从高中一年级时就开始恋爱了。我跟她商量好，高三暑假期间去胜浦旅游，当然是那种对父母保密的旅游。

我们预计在胜浦逗留四天三夜，我认为那时我们两个人都很笨。我们的脚就好像没有踏在地面上，说话时也好，行动时也好，就像飘浮于半空。整天都在梦中，却又拼命追求现实感。我胸中一阵阵躁动，其实就是想得到友里的身体。现在看来，那只不过是孩子为了变成大人，想逞能而已。

在返回东京的前一天下午，我们去了中凑郡，因为我们听说那边的海岸比胜浦人少。我们打算在那里看夕阳落海。下了电车，我们走在矶边町的街道上时，看到了"佐村制作所"的牌子。这家工厂跟我家的工厂一样，也是从事造型工艺的，所以引起了我的兴趣。我刚停下脚步，佐村恭介就从里面出来了。

佐村恭介向我们打招呼，似乎对来自东京的我们很感兴趣，并且还说可以为我们做向导，问我们明天还来不来。

我和友里就像中了魔法似的被他的花言巧语俘虏了。我们嘴上虽然没有说出来，但心里已经决定明天不回东京了。

我们担心食宿费不够。令人吃惊的是，佐村恭介说他给我们出。他说他和父亲两个人生活，父亲给他的零花钱比一般高中生的零花钱多得多。

我和友里有点犹豫，但因为都想延长旅行时间，就同意了。当时我甚至觉得有一种松了口气的感觉，因为我和友里共同走进大人的世界的日子又往后推了。当时，徘徊于一个高中生特有的强烈欲望和正义感之间的我，觉得有点累了。

从第二天开始，我和友里相当轻松地享受在中凑郡逗留的时间。我曾想过父亲大概正担心我,但是这种担心反而种下了所谓"共犯意识"的根苗,加深了我们的爱情。

与此同时,我们也发现佐村恭介是个品行不良的人。他介绍给我们的几个朋友,都是些我们不想认识的高中生。可是,当我们注意到这些问题时,梦一般的日子转瞬就过去了,暑假也接近尾声了。

我们终于决定第二天回东京了,于是把我们的想法告诉了佐村恭介,他说要举行一个欢送晚会。但是我想和友里单独在一起度过最后一晚,谢绝了他的邀请。

佐村恭介见我们拒绝了他,勃然大怒,掏出一把匕首就扑过来,刺伤了我的左臂,然后和他的一个朋友一起把友里架走了。

那时候我才明白过来,从佐村恭介跟我们打招呼的时候起,他的目标就在友里身上。

我捂着左臂上的伤口,沿着附近的海岸奔跑,到处寻找佐村恭介他们的行踪。后来终于听到了友里拼命挣扎的叫声。我循着友里的叫声冲进了码头旁边的一个小仓库,只见他们三个人都在里面。佐村恭介把友里按倒在地,正在强奸她。看到这种情景,可怜的我竟然瞪大眼睛呆呆地站在那里动弹不得。后来佐村恭介的朋友发现了我,他拿着匕首走过来威胁我。我总算回过神来,向友里冲过去。佐村恭介的朋友对着我左臂的伤口又刺了一刀。同一位置两次被刺,血流得更多了。佐村恭介听到我的叫声回过头来,脸上浮现出轻蔑的冷笑。为了让我看清楚他是怎么强奸友里的,竟变换了姿势。我看到鲜血从友里的两腿之间流了下来。

佐村恭介结束了对友里的暴行以后，大概是为了封住我们的嘴，往我口袋里塞了10万日元，扬长而去。

我跑到友里身边，她的脸上没有任何表情，好像她的灵魂已经不在她的身体里了。我大声哭喊着："友里！友里！"让我感到吃惊的是她却关心地问我："你不要紧吧？"她看到了我的伤口，对我说道："你必须去医院。"

在那种时候她担心的不是她自己，而是我！听了这话我才真正懂得了友里的心地是多么善良。我哭了。我为没能保护她向她道歉，但是友里说："赶快去医院，不然纯会死的！"她就像说胡话似的说了一遍又一遍。后来我才明白，那时候友里的心已经破碎了，深重的心灵创伤永远也治不好了。

后来我们两个人都被警察辅导了。我们永远也回不到以前那天真无邪的时代了。友里变成了一个性格抑郁的人。

为了友里，我跑到警察署去告发。但是接待我的刑警对我说，强奸罪属于亲告罪，必须由本人亲自告发，别人是不能代替的。只要被害本人不告，就不能向罪犯问罪，说什么这叫"不告不理"。那个刑警还问我："被害人是处女吗？"他并不是在拿我开玩笑，法律确实是这样规定的。只有处女膜被损伤才属于伤害行为，可以定为强奸致伤罪，但必须由本人亲自告发。

知道了这样的法律规定，我不由得想象了一下如果告上法院结果会是怎样。恐怕在调查佐村恭介犯罪事实的阶段，友里还要再次受到巨大的侮辱。

那个刑警还说，这个案子还有一个年龄问题。即使我们官司打赢了，因为佐村恭介还不到十八岁，也不可能受到刑事处罚。

那时候，我有生以来第一次有了杀人的念头。我的大脑一片模糊，但只有一点是清楚的，那就是既然无法通过法律惩罚佐村恭介，就只有去中凑郡杀掉他了。但是我一想到中凑郡那个地名，就感到恶心想吐。那段令人厌恶的记忆，每天夜里都会在梦中再现。当我发现自己受到了精神上的创伤之后，就越来越觉得对不起友里了，因为我能体会到她受到了更严重的精神创伤，我跟她是无法相比的。

后来友里对我说过，她觉得街上走着的所有男人看上去都像佐村恭介。她还好几次自杀未遂，但是很多具体情况我都不了解。因为那时我们两个人已经变得相当疏远了，我只能站在很远的地方看着她。

在那以后的几年，对于我来说是就像观察期。我在观察：友里心灵的创伤愈合了吗？找到可以向佐村恭介问罪的办法了吗？自己心态恢复了吗？有勇气去中凑郡报仇了吗？

但是，没有一样是顺利的。友里的状态没有变化，我也没有找到向佐村恭介问罪的办法，自己还是没有去中凑郡报仇的勇气。

就在这时，我在滨松町举行的激光造型系统展销会上看到了佐村恭介。他和我一样，都开始帮家里干活了。他到东京来为的是购买高端技术设备。

这是个千载难逢的好机会。我想，如果把这个家伙从世界上消灭掉，友里心中的恐惧不就可以去除了吗？更方便的是，我还很容易地从展销会的来宾登记簿上知道了佐村恭介住的酒店。

我立刻走出展销会会场去买刀。本来我看到一家商店里有卖菜刀的，想买一把菜刀。但转念一想，杀死野兽只能用猎刀，就到处寻找狩猎用品专卖店，终于买到一把猎刀。

我把买来的猎刀放进背包里，直奔佐村恭介住的酒店旁边的餐馆，坐下来最后一次思考行动计划。我认为如果直接去敲佐村恭介的房门，他会让我进屋的，即使他不让我进屋，只要他把门打开，我就可以用猎刀杀死他。

正在我思考行动计划的时候，佐村恭介也进了那家餐馆。他是从酒店里出来到那家餐馆去吃饭的。我吃了一惊，拼命地想我该怎么办。后来，我和佐村恭介的视线碰到了一起。大概他对自己犯下的罪行也有所谓良心上的谴责，但又不想老老实实地承认自己的罪行吧。他突然逼近我，用挑衅的口吻说道："你他妈的看我不顺眼是吗？"

以后的事情就跟在法庭上公布的所谓犯罪事实一样了。当时我想，如果空手跟他对打的话，我可能打不过他。为了杀死这个畜生，我必须摆脱他，从包里把猎刀拿出来。但是，还没等我把猎刀拿出来，佐村恭介就在跟我拉扯的过程中向后倒下去，死了。

您现在看明白了吧？我犯的不是应该被判处两年有期徒刑的伤害致死罪，而是应该被判处死刑的蓄意杀人罪。

我被捕了，流了数不清的眼泪。法官看到在法庭上一直流泪的我，认为我有悔过之心。但是，我的眼泪是在可怜自己成为罪犯，是因为我知道自己给父母带来了巨大的痛苦。而对于被我杀死的佐村恭介，我一滴眼泪也没流。让那个畜生不受任何惩罚继续活在这个世界上，是我绝对不能接受的。如果您问我有没有罪恶感，我可以告诉您，除了杀死那个畜生时有一种生理上的不快感以外，什么都没有，而且一想到那种不快感就会唤起我对佐村恭介的憎恶。

现在我才认识到,杀死佐村恭介,与其说是为友里报仇,倒不如说是为我自己报仇。友里心灵的创伤不但没有愈合,反而又一次自杀未遂。所以我用牺牲自己一生的代价做的这件事,对于友里没有任何安慰。她现在一定还在独自哭泣。

我已经没有办法拯救友里了。就算佐村恭介还活着,就算我能诚心诚意地悔过自新,也不能使友里回到那件事发生之前的生活状态中去。

谁来赔偿她呢?即使通过民事裁判,判给友里一笔赔偿金,她的心也买不回来了。伤害罪只适用于肉体创伤,毁灭的人心却无人理睬。

法律是公正的吗?是平等的吗?无论是有地位的人还是没地位的人,无论是聪明的人还是不聪明的人,无论是有钱的人还是没钱的人,只要他是坏人,只要他犯了罪,都能受到公正的审判吗?我杀死佐村恭介的行为是犯罪吗?至今连这个都搞不明白的我,是一个不可救药的坏透了的恶人吗?

在法律的世界里,有所谓一事不再理的原则。即受到一次判决确定了刑期的被告人,不会因同一事件再次受到审判。我已经因伤害致死罪被判处过有期徒刑两年,而且服了刑,所以谁也不能再以杀人罪来审判我。剩下的办法只有一个,那就是私刑。于是佐村恭介的父亲想方设法要杀死我。我没有一点责备那位父亲的意思,就像我杀死了佐村恭介那样,他的父亲也可以杀死我。

现在我亲身体会到,在这种事件中,如果允许动用私刑的话，将会是一次复仇引起又一次复仇，无穷无尽的复仇将愈演愈烈。为了避免这种情况的发生，就必须有人来代替他们做这件事。我认为，管教官时代的南乡先生做的工作，至少对470号执行死刑，是正确的。

拉拉杂杂一写就是这么多。

因为没有满足南乡先生对我悔过自新的期待，我感到非常遗憾。我的想法将来也许会发生变化，但在我的想法改变之前，我打算背负着没有被审判的杀人罪生活下去。

天气越来越冷了，请您保重身体。

我祈祷南乡先生能早日无罪获释，从拘留所里走出来。

此致

三上纯一

附笔：您的"South Wind糕点铺"怎么样了？

"我和你都是无期徒刑，"南乡看完纯一的来信，小声嘟囔着，"永远没有假释。"

一年后，按照刑事诉讼法第453条的规定，一段新闻刊登在全国性报纸上。

《通过重审无罪判决之公示》

基于树原亮（木更津拘留所在押中，无职业，昭和四十四年[1]5月10日出生）与该事件（平成三年[2]8月29日在千叶

---

[1] 1969年。
[2] 1991年。

县中凑郡民宅杀害宇津木耕平、宇津木康子夫妇,并抢走钱财)有关的犯罪事实,曾判处其死刑。经重审,法院认定犯罪证据不足,已于平成十五年[1]2月19日宣告无罪释放。

千叶县地方法院馆山分院

这就是有伤害致死罪前科的青年三上纯一和夺去过三条人命的原管教官南乡正二两个人做的事。

---

[1] 2003年。

参考文献

[1] 近藤昭二.令人震惊的秘密事实——无人知晓的"死刑"背后的故事（<秘密にされてきた驚くべき真実>誰も知らない『死刑』の裏側）.二见文库.

[2] 大塚公子.死刑执行官的苦恼（死刑執行人の苦悩）.角川文库.

[3] 恒有出版社编.于是，死刑被执行了3——原死刑囚的证词（そして、死刑は執行された3 元死刑囚たちの証言）.恒有出版社.

[4] 合田士郎.有前科的人（前科者）.恒有出版社.

[5] 坂本敏夫.死刑执行官的记录（死刑執行人の記録）.光人社.

[6] 坂本敏夫.前管教官谈监狱（元刑務官が語る刑務所）.三一书房.

[7] 村野薫.执行死刑（死刑執行）.柘植书房.

[8] 村野薫.死刑是什么（死刑って何だ）.柘植书房.

[9] 佐藤友之.死刑囚的一天（死刑囚の一日）.现代书馆.

[10] 佐藤知范.图解 观赏佛像的方法（図解 仏像のみかた）.西东社.

[11] 有魅力的佛像1 阿修罗 奈良兴福寺（魅惑の仏像1 阿修羅 奈良興福寺）.每日新闻社.

[12] 伊藤正己、加藤一郎编.新版现代法学入门(新版現代法学入門).有斐阁双书.

[13] 小暮得雄、板仓宏、宫野彬、沼野辉彦、白井骏、川端博著.刑法入门第3版(刑法入門第3版).有斐阁新书.

[14] 小西圣子.NHK人类讲座 精神创伤心理学(NHK人間講座 トラウマの心理学).日本放送出版协会.

[15] 冈村勋.我所看到的"犯罪被害人"地狱般的生活(私は見た犯罪被害者の地獄絵).文艺春秋2000年7月刊.

[16] 野中弘.插图监狱事典(イラスト監獄事典).日本评论社.

[17] 久保博司.日本的检察机关(日本の検察).讲谈社.

[18] 佐藤晴夫、森下忠编.犯罪者的待遇(犯罪者の処遇).有斐阁双书.

[19] 濑川晃.犯罪者在社会上的待遇(犯罪者の社会内処遇).成文堂.

[20] 铃木昭一郎.再生保护的开展实践(更生保護の実践的展開).日本再生监护协会.

[21] 东京监护人协会联盟30周年纪念志编辑委员会编.东京监护人活动30年(東京における保護司活動三十年).东京监护人协会联盟.

[22] 事件、犯罪研究会编.图解科学搜查手册(図解科学捜査マニュアル).同文书院.

[23] 警视厅刑事局编.新版 记载要领 搜查文件基本样式(新版 記載要領 搜查書類基本書式例).立花书房.

[24] 刑事裁判书集录(刑事裁判書集 上・下).法曹会.

[25] 法务省法务综合研究所编.犯罪白皮书 平成12年版(犯罪白書 平成12年版).大藏省印刷局.

[26] 六法全书(六法全書).有斐阁.

另外，本书在写作过程中，还参考了其他很多书籍和互联网上的资料。

参考资料的主旨与本书内容无关。

图书在版编目（CIP）数据

消失的13级台阶 /（日）高野和明著；赵建勋译
. -- 上海：上海文艺出版社，2020.5
（读客外国小说文库）
ISBN 978-7-5321-7551-2

Ⅰ．①消… Ⅱ．①高… ②赵… Ⅲ．①长篇小说-日本-现代 Ⅳ．① I313.45

中国版本图书馆 CIP 数据核字 (2020) 第 038463 号

13 KAIDAN
by TAKANO Kazuaki
Copyright © 2001 by TAKANO Kazuaki
All rights reserved.
Originally published in Japan.
Chinese (in simplified character only) translation rights arranged with
TAKANO Kazuaki, Japan
through THE SAKAI AGENCY and BARDON-CHINESE MEDIA AGENCY.
Simplified Chinese translation copyright ©2020 by Dook Media Group Limited
ALL RIGHTS RESERVED.

中文版权 © 2020读客文化股份有限公司
经授权，读客文化股份有限公司拥有本书的中文（简体）版权
著作权合同登记号 图字：09-2019-1027

责任编辑：秦　静
特约编辑：许天奔　孟　南
封面设计：李子琪

消失的13级台阶
［日］高野和明　著
赵建勋　译
上海文艺出版社 出版、发行
地址：上海市闵行区号景路159弄A座2楼
电子信箱：cslcm@publicl.sta.net.cn
新华书店 经销　三河市中晟雅豪印务有限公司印刷
开本 890毫米×1270毫米　1/32　9印张　字数 217千字
2020年5月第1版　2025年6月第31次印刷
ISBN 978-7-5321-7551-2/I.6009
定价：42.00元

如有印刷、装订质量问题，
请致电010-87681002（免费更换，邮寄到付）